ROUGHING THE KICKER - EXTRAPUNKTE FÜR DIE LIEBE

Ein Friends-to-Lovers- und Sport-Liebesroman

Denver Mountain Lions

EMILY SILVER

Prolog

»Hat jeder die Spielregeln verstanden?«

»Warum hast du mich nur hierhergebracht, Gabby?« Ich schnaube und lasse meinen Blick nervös durch den Raum gleiten.

»Weil du ganz genau weißt, dass Matt hier sein wird. Ich möchte in seiner Nähe sein, sooft es nur geht.« Ihre blauen Augen nehmen einen verträumten Blick an. Schon seit Wochen schwärmt sie für diesen Typen. Aber ich, wie ich mich verstohlen nach Jackson umsehe, bin auch nicht viel besser.

Er steht bei Rachel und hält einen roten Plastikbecher in der Hand. Ich sehe die beiden mit zusammengekniffenen Augen an. Sie spielt mit einer Haarlocke, während sie eine Hand auf seinen Arm legt und über etwas lacht, das er gerade gesagt hat. Glühend heiße Eifersucht durchfährt meinen Körper.

»Wirst du jemals Frau genug sein und ihm sagen, was du für ihn empfindest?«, flüstert Gabby mir ins Ohr. Ich bin total in meinen Nachbarn verschossen, der kurz vor Schuljahresbeginn nebenan eingezogen ist.

»Sch!« Ich schubse sie weg, als damit begonnen wird, alle in getrennte Zimmer zu bringen.

»Warum spielen wir dieses Spiel überhaupt?«

»Damit die Leute miteinander rummachen können und dann raten müssen, wer wer ist.« Das ›Was denn sonst?‹ ist förmlich aus Gabbys Stimme herauszuhören.

Bei dem Gedanken, dass jemand anderes Jackson küsst, dreht sich mir fast der Magen um. Auf der anderen Seite lässt mich nur die bloße Vorstellung daran, ihm zu gestehen, dass ich ihn mag, schreiend davonrennen. Jedes Mal, wenn ich versuche, ihm zu sagen, was ich für ihn empfinde, verkrampft sich mein Magen, und ich habe das Gefühl, mich direkt übergeben zu müssen. Warum ist es nur so schwierig, mit Jungs zu sprechen?

»Denkt daran, nicht reden und nur sieben Minuten. Wenn alle dran waren, kommen wir wieder raus und raten, wer wen geküsst hat.« Bei dem ausgelassenen Tonfall in Rachels Stimme wird mir ganz anders. Ich wollte nicht hier sein und war nur mitgekommen, um Gabby bei ihrem Vorhaben zu unterstützen, endlich ihren Schwarm um ein Date zu bitten. Ich wünschte, mir würde sich auch so eine Gelegenheit bieten.

Wir sitzen und warten, während die Leute kommen und gehen, und mit jeder Sekunde werde ich nervöser.

»Tenley, du bist dran.«

»Ach, ich muss das nicht unbedingt machen.« Ich lecke mir über die Lippen und versuche, mich so klein und unscheinbar wie möglich zu machen.

»Doch, du musst«, entgegnet Rachel und verdreht genervt die Augen. »Wir sind gleich viele Jungs und Mädchen, und wenn du nicht mitmachst, geht das Ganze nicht mehr auf.«

»Das wird super werden«, beruhigt mich Gabby und schiebt mich in Richtung Wandschrank.

Ich atme tief durch, gehe hinein, schließe die Tür hinter mir und verschränke die Hände ineinander. Ich gehe nicht gerne auf Partys. Das ist einfach nicht mein Ding. Ich würde jetzt viel lieber zu Hause mit Gabby abhängen und einen Film ansehen.

Da öffnet sich plötzlich die Tür, und ich atme scharf ein.

»Scheiße.«

Es ist nur ein Wort, das mir sofort eine Gänsehaut beschert.

Es ist Jackson. Diese Stimme würde ich überall erkennen. Er stößt mit seiner Hand an meine Schulter, während er versucht, sich in dem dunklen Schrank zurechtzufinden.

Ich weiß nicht, wer sich diese Version von sieben Minuten im Himmel ausgedacht hat, aber ich danke ihm oder ihr von ganzem Herzen, als Jacksons warmer Atem meine Wange streift.

Als ich den Kopf drehe, berühren meine Lippen die seinen, und in meinem Bauch flattern tausend Schmetterlinge.

Ich flippe aus. Ich küsse tatsächlich gerade Jackson. Den Jungen, der nebenan eingezogen ist und mich bereits vom ersten Schultag an in seinen Bann gezogen hat.

Ich lege meine Hände auf seine Arme, während seine Zunge in meinen Mund gleitet. Wie in Trance schmiege ich mich an ihn und atme tief ein, wobei mir sein Eau de Cologne fast den Atem raubt. Es ist beinahe unmöglich, einen klaren Gedanken zu fassen, während er die Kontrolle übernimmt und mit seinen Händen meine Ellbogen umschließt.

Jackson weiß, was er tut. So war ich noch nie geküsst worden. Um ehrlich zu sein war ich überhaupt noch nie geküsst worden. Ich überlasse ihm die Oberhand, während ich versuche, mit den Liebkosungen seiner Zunge Schritt zu halten und den Verstand nicht zu verlieren, als er auch noch an meiner Unterlippe knabbert.

Ich könnte mich komplett in Jackson verlieren, als ein lautes Klopfen an der Tür mich schmerzhaft aus meinen Träumen reißt.

»Die Zeit ist um. Kommt raus, dann schicken wir das nächste Pärchen rein.«

Ich atme langsam aus und wünschte, wir hätten mehr Zeit. Sieben Minuten waren nicht annähernd ausreichend, um genug von Jackson zu bekommen.

»Du bist eine wirklich gute Küsserin«, flüstert er.

Ich verrate ihm nicht, wer ich bin, als er sich aus dem dunklen Raum zurückzieht. Mit meinen Fingern zeichne ich meine geschwollenen Lippen nach und versuche mir jede Sekunde von Jacksons Mund auf meinem einzuprägen. Ich fühle mich, als stünde ich in Flammen und würde ihn am liebsten wieder zu mir in den Schrank ziehen und ihm sagen, dass ich es war und dass er niemals aufhören soll.

Stattdessen vibriert mein Handy in meiner Tasche.

MOM: Du solltest schon vor zwanzig Minuten zu Hause sein, junge Dame! Wenn du in zehn Minuten noch nicht hier bist, verpasse ich dir zwei Wochen Hausarrest.

»MIST.« Ich schreibe Gabby eine kurze Nachricht, dass ich nach Hause muss, und hoffe, dass ich später noch Zeit haben werde, mit Jackson zu sprechen.

Denn nach diesem Kuss …

Schwebe ich auf Wolke sieben.

Kapitel Eins

Mir geht es fantastisch.

Mit der Sonne hoch am Himmel und dem Rasen unter meinen Stollen fühle ich mich so lebendig und energiegeladen wie nie zuvor. Der Puls der Mannschaften dröhnt durch das leere Stadion.

Es ist der zweite Tag des Trainingslagers, und ich könnte nicht glücklicher sein. Für die Mountain Lions sieht es jetzt schon gut aus. Letztes Jahr haben wir die Play-offs verpasst, aber das macht uns nur noch gieriger auf einen Sieg.

»Special Teams, ihr seid dran!«, ruft der Coach.

Die Mannschaft aus Vegas war für ein Freundschafts-spiel angereist. Betonung auf ›Freundschaft‹. Allerdings sind sie einer unserer größten Rivalen, voller unberechen-barer Spieler, und selbst hier im Trainingslager werden schon einige unfaire Nummern abgezogen. Jedes Mal, wenn wir vom Feld kommen, schreien unsere Trainer uns an, ein sauberes Spiel zu spielen.

Ich schnappe mir meinen Helm und jogge dorthin, wo meine Jungs sich aufstellen. Die Field Goals ragen fast über den Rand des Stadions, wo die Rockies sich auftürmen und uns begrüßen. Es ist das verdammt beste Stadion im ganzen Land.

Ich trete von der Stelle zurück, wo mein Long Snapper hockt, und nicke, bereit, den Ball zwischen die Pfosten zu schießen. Ich atme tief ein und versuche, alle Geräusche um mich herum auszublenden.

Der Ball ist gesnappt. Ein Schritt. Zwei Schritte. Mein Blick fokussiert sich auf den Ball, während ich kicke. In der Sekunde, in der der Ball den Boden verlässt, stürmt ein Linebacker auf mich zu. Unser eigener Lineman versucht, ihn zurückzuhalten, aber mit einer schnellen Drehung kracht er mit seinen gesamten hundertdreißig Kilo in mich und mein ausgestrecktes Bein hinein, als ich wieder auf dem Boden aufkomme.

Es folgt ein hässliches Knacken in meinem Knie und ich liege vor Schmerzen zusammengekrümmt auf dem Rasen.

»Was zur Hölle, du Arschloch?«, schreie ich, während ich mein Bein fest umklammere.

Meine Jungs stehen sofort im Pulk um ihn herum. Wäre das ein richtiges Spiel, würden jetzt Flaggen fliegen.

»Was ist passiert?« Darius, der Teamtrainer, ist blitzschnell zur Stelle und kniet sich neben mich.

»Es ist mein Knie.«

Ein stechender Schmerz schießt durch mein ganzes Bein.

Darius legt beruhigend seine Hand darauf, was mich erneut aufschreien lässt.

»Ich mache keine Witze! Es tut höllisch weh!« Ich schiebe mir den Helm vom Kopf und winde mich dabei vor Schmerzen. Die Handballen fest gegen die Augen gepresst, versuche ich, die Qualen, die mich durchströmen, ein wenig zu unterdrücken.

»Brauchst du Hilfe?« Die Sonne verdunkelt sich, als sich ein Körper davorschiebt. Ich öffne ein Auge und sehe Coach Franks neben mir stehen.

»Ich dachte, das Spiel sollte kontaktlos ablaufen.« Ich wende meinen Blick zu meinen Jungs, die inzwischen alle dicht neben mir hocken und äußerst besorgt aussehen.

»Das wird eine Unterhaltung für später werden.« Ich setze mich auf, während der Trainer sich neben mich kniet. »Ich will, dass du untersucht wirst. Sei ein braver Patient, okay?«

»Wir werden uns gut um ihn kümmern.« Darius ruft zwei Typen zu Hilfe. »Dann wollen wir dich mal in die Umkleide bringen und uns ein Bild von der Lage machen.«

»Du bist in guten Händen, Fields.«

Was auch immer es ist, es wird wohl nichts Gutes sein. Ich versuche, gegen den Schmerz anzuatmen, während mir zwei Spieler des Special Teams aufhelfen. Es verlangt mir alles an Willensstärke ab, um vor Schmerzen mein Mittagessen nicht wieder loszuwerden, während ich zu einem bereits wartenden Cart humple.

»Jackson. Was ist denn da draußen passiert?«, begrüßt mich der Mannschaftsarzt, als ich mich schließlich auf der Liege im Röntgenraum niederlasse.

»Ein verdammtes Arschloch aus Vegas, das ist passiert«, knurre ich.

Er klopft mir auf die Schulter und schenkt mir einen mitfühlenden Blick, was meine Stimmung aber auch nicht hebt. Nichts hebt meine Stimmung. Weder das leise Reden zwischen dem Trainer und dem Arzt, noch das Brummen der Maschine, während ich ganz still daliege und warte.

»So wie ich das sehe, könnte es das Innenband sein. Aber ich möchte im Krankenhaus noch ein paar weitere

Bilder machen lassen, um sicherzugehen, dass dein Kreuzband nicht beschädigt wurde.«

»Fuck.« Ich lege mir die Hände vors Gesicht und versuche die Gedanken zu ignorieren, die mir durch den Kopf schießen.

Raus für die Season.

Verletzte Reserve.

Vereinslos.

»Innenband ist besser als Kreuzband, Jackson.«

»Nicht, wenn man in einem Vertragsjahr ist«, entgegne ich verbittert.

Das hätte unser Jahr werden sollen. Mein Jahr. Das Jahr, in dem Denver es in den Super Bowl schafft.

»Selbst ein schwerer Innenbandriss kann ohne Operation innerhalb von acht Wochen selbst verheilen. Später werden wir mehr wissen. Immer positiv denken, Jackson.«

Der hatte leicht reden.

»SIE HABEN GROSSES GLÜCK, MR. FIELDS«, eröffnet mir der Arzt, als er mit einem Klemmbrett unter dem Arm das Zimmer betritt. »Ihr Kreuzband ist nicht beschädigt, weshalb auch keine Operation nötig sein wird.«

Ich atme erleichtert aus und spüre, wie die Anspannung in mir langsam nachlässt. Ich drehe mich nach links und sehe, wie meine Freundin Rachel auf ihrem Handy herumscrollt.

»Und wie geht es jetzt weiter?« Ich versuche, mich etwas mehr aufzusetzen, aber schon bei der kleinsten Bewegung habe ich höllische Schmerzen.

»Sie dürfen das Bein in den nächsten Tagen nicht belasten. Kein Gehen, kein Herumlaufen, gar nichts.« Sein

Blick wandert zu meiner Freundin, die weiterhin niemandem Beachtung schenkt – außer ihrem Handy.

»Und danach?« Ich verkrampfe meine Hände, und es juckt mich in den Fingern, etwas zu tun. Irgendetwas, außer die nächsten Tage einfach nur herumzusitzen.

»Danach müssen Sie sich mit den Ärzten und dem Personal Ihres Teams treffen, um zusammen einen Reha-Plan zu erstellen. Sie werden sich von da an um alles kümmern. Haben Sie jemanden, der Ihnen in der Zwischenzeit behilflich sein kann?«

Ich werfe Rachel einen kurzen Blick zu und mich beschleicht das Gefühl, dass das Ganze ein Schuss in den Ofen wird.

»Ich werde mir etwas einfallen lassen.«

»Keinerlei Belastung. Ich meine es ernst. Jegliche Nichtbeachtung könnte Ihre Reha-Erfolge wieder zunichtemachen, und wir brauchen Sie diese Saison. Sie haben das stärkste Schussbein der gesamten Liga, also müssen wir Sie so schnell wie möglich wieder auf die Beine kriegen.«

»Danke, Doc.« Ich reiche ihm noch die Hand, bevor er das Zimmer verlässt.

»Hey Rach.«

Mein Versuch einer Kontaktaufnahme bleibt unerwidert.

»Rachel.«

Nichts. Keinerlei Reaktion.

»Verdammt noch mal, Rachel!«

Endlich hebt sie ihren Blick und sieht mich mit ihren braunen Augen genervt an.

»Was, J?«

Der bissige Tonfall, der sich in ihre Stimme geschlichen hat, entgeht mir ganz und gar nicht. »Hast du dem Arzt zugehört?«

»Warum sollte ich? Ich verstehe sowieso nichts von

diesem medizinischen Fachchinesisch.« Sie lässt ihre Kaugummiblase platzen, während *mir* beinahe der Kragen platzt, denn so wie der Tag bisher gelaufen ist, geht mir langsam die Geduld aus.

»Ich weiß nicht, vielleicht weil ich in den nächsten Wochen auf deine Hilfe angewiesen bin? Ich darf mein Bein nicht belasten«, wiederhole ich die Anweisung des Arztes.

»Und warum bist du deswegen auf meine Hilfe angewiesen?«

Ich fahre mir mit der Hand übers Gesicht und zwinge mich, ruhig zu bleiben.

»Weil du meine Freundin bist und ich deine Unterstützung brauche?« Es ist, als würde ich mit einem Kleinkind sprechen.

Rachel seufzt und gibt einen genervten Ton von sich. Als ob es meine Schuld wäre, dass ich heute verletzt wurde, und nicht die von diesem Penner aus Vegas. Diesem Arschloch.

»Du weißt, dass ich nächste Woche ein Fotoshooting in New York habe. Das kann ich auf keinen Fall absagen. Das sind einige meiner größten Sponsoren.«

Ach ja. Das Leben einer Beauty-Influencerin. Ich verstehe wahrscheinlich genauso wenig davon, was sie da eigentlich tut, wie sie etwas von Football versteht.

»Du überlässt mich also einfach mir selbst?« Wut schleicht sich langsam aber sicher in meine Stimme.

»Warum schreist du mich denn jetzt an? Gott, du kannst so egoistisch sein.«

Atme, Jackson, atme.

Es bringt niemandem etwas, wenn ich ihr gegenüber die Beherrschung verliere. Im Moment ist sie meine einzige Option, und ich brauche ihre Hilfe.

Rachel steht auf und stemmt die Hände in die Hüfte.

Sie bereitet sich auf einen Streit vor, aber wenigstens weiß ich, wie ich diesen abwenden kann. Immerhin sind wir schon seit dreizehn Jahren zusammen.

»Ich brauche Hilfe, um nach Hause zu kommen. Meinst du, du kannst dir wenigstens das einrichten?«

Sie verdreht zwar die Augen, protestiert aber nicht, und ich gebe mich heute mit jedem kleinen Sieg zufrieden, den ich einfahren kann.

In der Zwischenzeit kann ich mir kaum noch vorstellen, was ich vor all den Jahren in ihr gesehen habe. Ein Spiel mit sieben Minuten im Himmel und schon war es um mich geschehen gewesen. Aber jetzt fällt es mir immer schwerer, mich an die Gründe zu erinnern, warum wir uns überhaupt ineinander verliebt hatten. Wir sind zwei Fremde, die sich des Nachts begegnen.

Rachel winkt mit ihrer Hand in meine Richtung. »Dauert das hier noch lange, J? Ich habe noch einiges zu erledigen.« Ich knirsche mit den Zähnen und hasse es, wie sie mich J nennt.

»Glaubst du, ich wollte, dass mein Tag so verläuft? Mit Knieverletzungen ist verdammt noch mal nicht zu spaßen, Rachel«, schreie ich sie an. Für heute bin ich mit meinem Latein am Ende. Mein Knie pocht, und die Person, auf die ich mich eigentlich verlassen können sollte, ist genervt von mir.

Rachel verdreht die Augen. »Sei doch nicht so dramatisch. Gott, mit dir wird das Zusammenleben aber auch kein Zuckerschlecken werden.« Sie nimmt ihre Designer-Handtasche und geht Richtung Tür. »Ruf mich an, wenn du abgeholt werden kannst. Wir sehen uns dann später.«

Fuck.

Es ist ausgeschlossen, dass ich die nächsten Wochen mit Rachel durchstehen werde. Vor allem nicht, wenn sie irgend so ein Event in New York hat. Heißt im Klartext, dass ich momentan ganz auf mich allein gestellt bin.

Ich stecke in einer Abwärtsspirale fest. Wenn ich nicht aufpasse, könnte ich mein Knie noch weiter verletzen, sodass doch noch eine OP erforderlich sein wird.

Kurze Zeit später kommt die Krankenschwester wieder herein und erklärt mir, dass sie mein Knie noch stabilisieren wollen, bevor ich entlassen werde. Doch bevor mich meine Gedanken noch weiter herunterziehen können, vibriert mein Handy auf dem Tisch neben mir.

Und die einzige Person, die diesen Tag noch retten kann, hat es gerade getan.

Tenley.

Kapitel Zwei

TENLEY

»**D**as sieht super aus, Tenley!«

Ashley steht hinter mir und klatscht begeistert in die Hände, während ich mir Farbe von der Stirn wische. Der blühende Baum an der Wand zählt wohl tatsächlich zu einem meiner besten Wandbilder, wenn ich das mal so sagen darf.

»Ja?« Es sind noch ein paar Wochen bis zum Schulstart, und ich male immer gern etwas Neues auf die schmucklose Backsteinwand in meinem Klassenzimmer. Einer der Vorteile, wenn man an einer Privatschule arbeitet.

»Die Kinder werden es lieben.«

»Ich kann es gar nicht fassen, dass das neue Schuljahr bald schon wieder beginnt.« Ich schaue mich in meinem leeren Klassenzimmer um, das sich ohne das Stimmengewirr der Vorschulkinder ganz schön verlassen anfühlt.

»Ich bin etwas nervös«, gesteht mir Ashley. »Was, wenn sie mich nicht mögen?«

Ich wende mich meiner neuen Assistentin zu. Mit ihren

großen Rehaugen und einem Lächeln, das wärmer ist als ein Sommertag, bin ich mir mehr als sicher, dass die Kinder sie lieben werden. »Lass dir deine Angst bloß nicht anmerken, sonst werden sie dich plattmachen.«

Ich hätte nicht gedacht, dass ihre Augen noch größer werden könnten, aber sie tun es. »Oh Gott, sie werden mich bei lebendigem Leib auffressen.«

Ich werfe lachend den Kopf in den Nacken. »Es wird alles gut werden. Zieh einfach keine weißen Hosen an, dann ist alles okay.«

»Warum keine weißen Hosen?«, fragt sie und runzelt die Stirn.

»An meinem allerersten Tag als Lehrerin hatte ich mein Outfit akribisch durchgeplant. Weiße Hosen und ein Oberteil mit Äpfeln drauf. Ich dachte, damit wäre ich der Inbegriff einer Lehrerin.« Ich muss lachen, als ich mich daran zurückerinnere. Es kommt mir vor wie eine Ewigkeit, seit ich mit dem Unterrichten begonnen habe. »Ich hätte nie gedacht, dass etwas passieren würde, aber während der Kunststunde ist eines der Kinder gestolpert und direkt in mich hineingefallen. Den Rest des Tages bin ich dann mit blauer Farbe an den Beinen herumgelaufen.«

Ashley versucht, ihr Lächeln hinter ihrer Hand zu verbergen. »Okay, das ist ziemlich witzig. Das wird mir auf gar keinen Fall passieren.«

»Na siehst du, dann wird dein erster Tag schon mal besser werden als meiner. Ich habe mich so geschämt. Und Direktorin Carson hat mich nur ausgelacht, als sie mal vorbeigeschaut hat, um zu sehen, wie ich mich so schlage.«

Ashley hört urplötzlich auf zu lachen. »Sie ist irgendwie angsteinflößend.«

Ich zucke mit den Schultern. »Man gewöhnt sich an sie.«

»Ich muss noch so viel von dir lernen.«

»Du wirst das toll machen«, versichere ich und zwinkere ihr aufmunternd zu. Als ich auf die Uhr schaue, stelle ich erschrocken fest, dass ich mich langsam sputen muss, wenn ich rechtzeitig zur vereinbarten Early Happy Hour mit meinen Schwestern kommen will. »Und ein oder zwei Cocktails haben auch noch nie geschadet.«

»AUF DEN BEGINN eines neuen Jahres! Prost!« Penny, Nora und ich lassen die Gläser klingen.

»Ich kann nicht glauben, dass Tyler dieses Jahr in die Vorschule kommt«, seufzt Nora. Ihre Augen werden ganz feucht, während Penny einen großen Schluck von ihrer Margarita nimmt.

»Und ich kann nicht glauben, dass du schon alt genug bist, um ein Vorschulkind zu haben!«

Nora, die Mittlere von uns dreien, hatte sofort nach der Hochzeit mit ihrem Mann damit angefangen, ein Kind nach dem anderen in die Welt zu setzen. »Mein Baby ist schon so groß.«

»Ich wünschte, er wäre in meiner Klasse. Dann könnte ich ihn jeden Tag sehen«, sage ich, während ich einen Chip in die Salsa tunke, die vor uns auf dem Tisch steht.

»Und deshalb bin ich auch die Lieblingstante. Weil ich ihn immer von der Schule abholen darf.« Penny schenkt mir ein selbstgefälliges Lächeln, doch selbst wenn ich wollte, könnte ich ihr nicht böse sein.

»Da ist aber jemand gut drauf. Hast du jemand Neues kennengelernt?« Nur Nora kann es sich erlauben, so mit ihr zu sprechen.

»Warum bitte soll ich nicht einfach so glücklich sein

können? Da brauche ich keinen Mann dafür«, entgegnet Penny mit einem grimmigen Blick. Wäre da nicht ihr hellbraunes Haar, könnte man meinen, wir wären Drillinge, so ähnlich sehen wir uns.

»Natürlich nicht«, ergreife ich schnell das Wort, bevor Nora noch irgendetwas sagen kann, das Penny weiter verärgert. »Wir haben dich nur seit der Scheidung nicht mehr so glücklich gesehen. Und das macht wiederum uns glücklich.«

Penny verdreht die Augen, während sie einen weiteren Schluck von ihrer Margarita nimmt. »Ich dachte, es wäre vielleicht an der Zeit, nicht mehr in Erinnerungen zu schwelgen, sondern endlich nach vorn zu blicken und weiterzumachen.«

»Wer sind Sie und was haben Sie mit unserer Schwester gemacht?«, frage ich lachend.

»Wenigstens verzehre ich mich nicht nach jemandem, den ich nicht haben kann.« Penny zieht eine perfekt gezupfte Augenbraue hoch und sieht mich an. Früher hat mich das immer dazu gebracht, ihr all meine Geheimnisse anzuvertrauen. Heute eher weniger.

»Ich weiß nicht, wovon du sprichst.« Ich lasse meinen Blick durch das hell beleuchtete mexikanische Restaurant schweifen. Wir drei kommen schon seit wer weiß wie lange hierher. Auch wenn Nora inzwischen drei eigene Kinder hat, schaufelt sie sich regelmäßig Zeit für ihre beiden Schwestern frei.

»Mmhmm.« Jetzt ist es Nora, die mir einen vielsagenden Blick zuwirft. »Was macht Jackson eigentlich so?«

»Das was er immer macht. Wieso fragst du?«, entgegne ich möglichst gleichgültig.

Die beiden sehen sich kurz an, bevor sie sich wieder mir widmen. »Hör doch auf mit dem Scheiß, Tenley. Du hast Schluss gemacht mit wie-auch-immer-er-hieß …«

»Ryan«, falle ich Nora ins Wort, die jedoch nur abwinkt.

»Wie auch immer. Jedenfalls hast du dich von diesem einen Kerl getrennt. Warum? Er schien doch ganz nett zu sein.«

»Entschuldige bitte, wenn ich mich nicht mit ›ganz nett‹ zufriedengeben wollte.«

»Zumindest hattest du wahrscheinlich regelmäßig Sex.« Zum ersten Mal an diesem Abend verdüstert sich Pennys Miene. »Gott, ich vermisse Sex.«

»Das würdest du nicht, wenn er nur ›ganz nett‹ wäre«, murmle ich vor mich hin.

»Worauf ich eigentlich hinauswill, ist, dass du aufhören musst, Jackson hinterherzulaufen. Er wird nie mit Rachel Schluss machen.«

Schon bei der bloßen Erwähnung ihres Namens sträuben sich mir alle Nackenhaare. »Ich habe keine Ahnung, warum ihr beiden denkt, dass ich mich für Jackson aufsparen wollen würde.«

»Oh, Liebes«, erwidert Nora und legt ihre Hand auf meine. »Du tust immer so, als wäre das nicht so, aber wir wissen doch alle, wie es wirklich ist.«

»Du musst mich nicht immer so von oben herab behandeln.« Ich winke unseren Kellner für eine weitere Runde heran.

Ich liebe meine Schwestern, wirklich, aber in Augenblicken wie diesen kann ich sie absolut nicht ausstehen.

»Es gibt einen neuen Typen in meinem Büro. Vielleicht kann ich dich ja mit dem verkuppeln?« Nora sieht mich an und wackelt dabei verschmitzt mit den Augenbrauen.

»Nein.« Ich hebe trotzig den Finger, während ein neuer Drink vor mir abgestellt wird. »Der letzte Typ, mit dem du mich verkuppeln wolltest, hing immer noch an seiner Ex und hat das ganze Date über nur geheult.«

»Woher hätte ich das denn wissen sollen?«, entgegnet Nora mit unschuldigem Blick.

»Offensichtlich bist du zu sehr in deinen eigenen Mann verschossen, um die Zeichen zu erkennen.« Ich schüttele den Kopf, während Penny mir nickend zustimmt.

»Da hast du recht.«

Nora nippt an ihrem Drink. »Vielleicht findest du ja eines Tages doch noch jemanden, der deine Aufmerksamkeit von ihm ablenken kann.«

Da entscheidet sich mein Handy mal wieder im ungünstigen Moment, zu vibrieren. Ich schaue aufs Display und versuche, das Lächeln zu verbergen, das sich daraufhin auf mein Gesicht stiehlt. Gelingt mir aber wohl nicht, denn meine Schwestern scheinen genau zu wissen, was Sache ist.

»Lass mich raten … Jackson?«

Ich ignoriere Nora und entsperre mein Handy. Ich hasse es, dass ich so leicht zu durchschauen und so schlecht darin bin, meine Gefühle für meinen besten Freund zu verbergen, obwohl ich mir wirklich Mühe gebe.

Schnell überfliege ich die Nachricht und mein Herz bleibt beinahe stehen. »Oh mein Gott. Er ist im Krankenhaus.«

»Was?!«, rufen beide schockiert.

»Ja, keine Ahnung. Irgendwas mit seinem Knie? Er hat mir nur gesagt, dass ich vorbeikommen soll. Ich muss los.«

»Halte uns auf dem Laufenden, ja?«, bittet mich Penny, während ich mich hinunterbeuge, um ihr zum Abschied einen Kuss auf die Wange zu drücken.

»Mach ich. Tschüss!«

Mit wild klopfendem Herzen renne ich förmlich aus dem Lokal.

Schon die winzigste Kleinigkeit, die meinem besten Freund zustößt, versetzt mich in helle Aufregung.

Denn egal, was ich meinen Schwestern erzähle: In Wirklichkeit bin ich so hoffnungslos in ihn verliebt, dass es schon nicht mehr lustig ist.

Kapitel Drei

»Hey, da ist sie ja!«
Jackson klingt wie betrunken, als ich sein Zimmer betrete. »Da sieht aber jemand aus, als wäre er momentan ziemlich schmerzfrei.«

Er zeigt mit einem Finger auf mich, während ich mich auf einen Stuhl neben seinem Bett setze. »Sie haben mir ein Schmerzmittel gegeben. Sollte in ein paar Stunden abklingen.«

Das dümmliche Grinsen auf seinem Gesicht bestätigt seine Aussage. »Was ist denn passiert?«

»Dieser verdammte Allen.« Er schüttelt den Kopf. An seinem Kinn ist bereits ein leichter Bartschatten zu erkennen.

»Welcher Allen?«

»Allen. Aus Vegas«, entgegnet Jackson mit einer Bestimmtheit, als müsste ich ganz genau wissen, von wem er gerade spricht.

»Sorry, aber ich kenne nicht jeden einzelnen Football-spieler. Was hat er denn gemacht?«

Jackson schüttelt erneut den Kopf und schaut mich

grimmig an. »Wir hatten heute ein Freundschaftsspiel im Trainingslager. Sollte ›gute mannschaftsübergreifende Kameradschaft‹ demonstrieren. Das Arschloch ist viel zu früh von der Linie losgerannt und hat mich einfach umgewalzt. Und dann: Bäm!« Dabei deutet er auf sein Bein.

Ich schaue ihn mitleidig an. »Was haben denn die Ärzte gesagt?«

Jackson schenkt mir ein träges, aber strahlend weißes Grinsen. »Verstauchung des Innenbands. Falle mindestens sechs Wochen aus.«

»Oh nein. Das tut mir so leid.« Ich strecke meine Hand aus und drücke seinen Unterarm. Schon solche kleinen Berührungen genügen, um einen Schauer durch meinen gesamten Körper zu jagen. Er ist nicht mein Mann, und ich hasse es, dass mein Körper so reagiert. Apropos nicht mein Mann … »Wo ist eigentlich Rachel?«

Jackson beißt krampfhaft die Zähne zusammen. Ob aus Verärgerung oder vor Schmerz, kann ich nicht genau sagen. »Sie hatte wichtigere Dinge, um die sie sich kümmern muss. Sie sollte allerdings bei mir zu Hause sein, wenn ich entlassen werde.«

Nun ist es an mir, verärgert die Zähne zusammenzubeißen. Rachel. Der Fluch meiner Existenz. Jackson ist viel zu gut für sie.

»Sollte? Jackson, kannst du denn in diesem Zustand für dich selbst sorgen?«

»Ruhig, Tiger. Ich … schaffe das schon.« Seine Worte klingen mehr als gezwungen.

»Kannst du vielleicht eine Zeit lang bei deinen Eltern bleiben?«

Er schüttelt den Kopf. »Die sind gerade in Europa. Glaube ich. Oder vielleicht in Asien. Ich bin mir nicht sicher.«

Ich lächle. Ich habe Jacksons Eltern schon immer

gemocht. Nachdem sie in Rente gegangen waren, haben sie ihr Haus verkauft und reisen seitdem, wohin es sie gerade verschlägt. »Ich habe sie schon ewig nicht mehr gesehen.«

»Wahrscheinlich genauso lange nicht wie ich.« Jackson rutscht in seinem Bett hin und her, und ein kurzer Schmerz huscht über sein hübsches Gesicht.

»Alles in Ordnung?« Ich stehe auf und würde so gerne seine Schmerzen lindern, aber gleichzeitig möchte ich ihn auch nicht berühren und es noch schlimmer machen. Ob für ihn oder für mich, da bin ich mir allerdings nicht so sicher.

Er kneift seine Augen fest zusammen. »Es tut verdammt weh. Sogar mit Schmerzmitteln.«

»Kann ich irgendetwas tun, damit es dir besser geht?« Ich streiche ihm eine braune Haarsträhne, die ihm in die Augen gefallen ist, aus dem Gesicht. Seine schokoladenfarbenen Augen treffen auf meine, und mein Herz scheint für einen Moment auszusetzen.

»Du bist hier. Das genügt vollkommen.«

»Ist es schlimm, dass ich dem Kerl, der dir das angetan hat, am liebsten eine runterhauen würde?«

Jackson lacht. »Okay, Tenley. Klar würdest du das am liebsten.«

»Was?«, frage ich beleidigt. »Das ist doch scheiße, dass er einfach so ungestraft davonkommt.«

»Ich bin mir ziemlich sicher, dass die Jungs ihn sich vorgenommen haben. Außerdem werden wir es ihnen auf dem Spielfeld heimzahlen.«

»Footballspieler.« Ich versuche gar nicht erst, den Unmut in meiner Stimme zu verbergen. »Alles Dickköpfe.«

Jackson zieht es langsam die Augen zu. »Wie gut, dass du mich so liebst.«

Seine Worte treffen mich wie ein Schlag ins Gesicht. Er meint sie nicht so. Nicht so, wie ich sie meine. Aber es verlangt mir alles ab, mir meine Gefühle nicht anmerken zu lassen.

»Du bist mein Lieblingsfootballspieler.« Ich knuffe mit der Faust gegen seine Schulter. »Wir sind Freunde, richtig? Also werde ich dich jetzt ein wenig ablenken.«

Ich ziehe mein Handy heraus.

»Wie willst du mich denn ablenken?«, fragt er und zieht eine Augenbraue hoch.

»Wordscapes.«

Das Lächeln, das Jackson mir zuwirft, würde mich zum Dahinschmelzen bringen. Aber über die Jahre habe ich es geschafft, eine Mauer um mein Herz herum zu errichten. Es gibt hier und da ein paar Risse, aber im Großen und Ganzen hat sie mir bis jetzt gute Dienste erwiesen.

»Bereite dich auf deine größte Niederlage vor, Rhodes.«

»Mit dir kann ich es jederzeit aufnehmen, Fields.« Ich lasse meine Finger knacken und setze mich neben Jackson aufs Bett. Als ich die App öffne, schmiegt er sich an meine Seite. Er riecht nach einem harten Tag auf dem Footballfeld.

»Ich sollte einen Vorteil bekommen, weil ich so einen schlechten Tag hatte«, meint Jackson und zieht einen Schmollmund. Wie gut, dass ich dagegen immun bin.

»Das klappt schon bei meinen Vorschulkindern nicht. Glaubst du wirklich, dass es dann bei dir funktioniert?«

Jackson lacht und stupst mich mit seiner Schulter an. »Einen Versuch war es wert. Du bist einfach zu gut in diesem Spiel.«

»Ich bin förmlich eins mit den Worten. Und jetzt hör auf, mich abzulenken.«

Wir starten mit dem Spiel und unsere Finger fliegen

nur so über das Display. Für jedes Wort stoßen wir einen Siegesschrei aus.

Aber je länger das Spiel dauert und je mehr unsere kämpferische Seite zum Vorschein kommt, desto mehr fängt mein Herz an, über die Mauer zu spitzen. In Jacksons Nähe fällt es mir ganz leicht, ich selbst zu sein. Das war schon immer so. Als er dann anfing, mit Rachel auszugehen, war ich am Boden zerstört und habe es während ihrer anfänglichen Verliebtheitsphase kaum in ihrer Nähe ausgehalten. Aber über die Jahre habe ich gelernt, mich dagegen zu wappnen.

Einen festen Freund zu haben war dabei immer sehr hilfreich, auch wenn Jackson jeden einzelnen, den ich angeschleppt habe, gehasst hat. Allerdings hat es uns dabei geholfen, uns in unsere festgelegten Rollen als Freunde zu fügen. Beste Freunde. Wir sind schon immer füreinander da gewesen. Ich kann – und werde – ihn in seiner Stunde der Not auf gar keinen Fall im Stich lassen.

»Ha! Geschafft!«

»Nur, dass das kein Wort war, du Dummerchen.«

»Doch, das war …«, unterbricht er sich selbst, als es bei ihm aufblinkt. »Verdammt.«

»Der Letzte, der das Wort herausfindet, hat gewonnen?«, frage ich.

»Du bist dran.«

Das letzte Wort des Spiels ist immer das schwierigste. Konzentration ist hier das A und O. Und zwar so sehr, dass ich die neue Person, die im Zimmer aufgetaucht ist, gar nicht bemerke.

»Sieh an, sieh an. Da haben es sich aber zwei gemütlich gemacht.«

Rachels schrille Stimme lässt mich vom Bett aufspringen und von Jackson zurückweichen. Wir haben zwar nichts Verbotenes getan, aber in ihrer Gegenwart wird mir immer ganz anders.

»Ich dachte, wir treffen uns erst wieder bei mir zu Hause«, sagt Jackson.

Rachel wendet ihren Blick keine Sekunde von mir ab. Mit ihrem durchdringenden Blick hat sie es schon immer geschafft, mich zu verunsichern. Es wurmt mich, dass ich sie absolut nicht einschätzen kann.

»Oh, J. Ich hatte ein schlechtes Gewissen wegen vorhin, deshalb wollte ich wieder zurückkommen und dir dabei helfen, nach Hause zu kommen.« Der Liebreiz, mit der ihre Stimme getränkt ist, lässt mich nur noch weiter zurückweichen.

Die Anspannung, die von Jackson ausgeht, je näher Rachel auf ihn zukommt, ist förmlich spürbar. »Du hast doch gesagt, du müsstest nach New York.«

Sie winkt ab. »Das ist ein Thema für ein anderes Mal, Baby.«

Gott, wie ich es hasse, wenn sie ihn so nennt. Er ist ein Meter fünfundachtzig groß und wiegt über neunzig Kilo. Er ist alles andere als ein Baby.

»Du wirst hier nicht mehr gebraucht«, raunt mir Rachel zu und wedelt mit ihrer Hand in meine Richtung.

»Rach, kannst du bitte aufhören, so zu sein? Tenley war mir nur eine gute Freundin und hat versucht, mich von meinen Schmerzen abzulenken.«

Gute Freundin. Es gibt keine Kombination aus zwei Wörtern der deutschen Sprache, die ich mehr hasse als diese. Ich schwöre.

»Genau deshalb bin ich ja zurückgekommen.« Sie fährt mit einem perfekt manikürten Nagel seine Brust entlang. »Ich werde dir helfen.«

Jacksons Augen huschen zu mir, und ich meine, in seinem Blick so etwas wie Bedauern zu erkennen.

»Wenn du etwas brauchst, weißt du ja, wo du mich findest.« Ich werfe mir meine Handtasche über die Schulter und warte keine Reaktion der beiden ab. »Kümmere dich gut um ihn.«

Das erregt Rachels Aufmerksamkeit. Würde sie ihre Augen noch mehr verdrehen, würden sie ihr wahrscheinlich aus dem Kopf fallen, so übertrieben fällt ihre Reaktion auf mich aus. Ich werfe noch einen letzten Blick auf Jackson und ziehe den Rückzug an. Ich muss nicht hier sein, wenn sie es ist.

Es ist ein nie endender Kreislauf. Ich weiß, dass ich niemals Rachels Rolle in Jacksons Leben einnehmen werde. Aber hin und wieder bekomme ich einen kurzen Blick auf das, was hätte sein können. Und das tut immer am allermeisten weh.

Denn Jackson ist genau das, was ich im Leben will.

Aber ich werde es niemals haben können.

Kapitel Vier

JACKSON

»**R**achel. Kannst du mir bitte noch mehr Ibuprofen holen?« Ich stupse ihren schlafenden Körper neben mir an.

Es ist spät, fast drei Uhr morgens, und ich bin vor lauter Schmerzen wach geworden. Bevor ich aus dem Krankenhaus entlassen wurde, hatten die Ärzte noch mein Knie stabilisiert und mir strikte Anweisungen gegeben, mein Bein nicht zu bewegen. Jegliche zusätzlichen Verletzungen könnten doch noch zu einer Operation führen.

»Hol es dir doch selbst«, brummelt sie, dreht sich auf die andere Seite und ignoriert mich einfach.

»Ich kann es mir aber nicht selbst holen.«

»Das ist doch nicht mein Problem.«

Glühende Wut steigt in mir auf. Es ist viel zu früh für so eine Diskussion. Ich bin müde, mein Bein tut weh, und ich brauche etwas, das meine Schmerzen ein wenig erträglicher macht.

»Du hast gesagt, du würdest mir helfen. Ich darf mein Bein nicht belasten, sonst könnte alles nur noch schlimmer werden.«

»Ich hätte aber nicht gedacht, dass so etwas auch dazugehören würde.« Sie wirft die Bettdecke zurück und schlurft ins Badezimmer. Dort höre ich sie eine Zeit lang herumkramen, bevor sie wieder auftaucht und mir das Fläschchen zuwirft, das von meinem Kopf abprallt und auf dem Fußboden landet.

»Ernsthaft?«

»Ich dachte, es wäre dein Job, ein guter Fänger zu sein.«

»Ich bin ein Kicker, Rach. Kein Receiver.«

Sie schnappt sich das Fläschchen und schüttet mir zwei Tabletten auf die Hand. »Wird so etwas noch öfter passieren? Ich brauche meinen Schönheitsschlaf, wenn ich für mein Shooting gut aussehen will.«

»Das Shooting in New York, von dem du gesagt hast, du würdest nicht hingehen?«

»Ich habe nie gesagt, dass ich nicht hingehen werde.« Ihr langes dunkles Haar fällt ihr über die Schulter. »Ich kann es vielleicht um ein oder zwei Tage verschieben, aber es ist wichtig, dass ich mich dort blicken lasse, J.«

Ich zeige auf mein lädiertes Bein. »Und das ist etwa nicht wichtig? Verdammt, Rachel, ich brauche dich.«

»Manchmal können wir nicht immer füreinander da sein. Ich habe auch noch mein eigenes Leben, Jackson.«

Ihre Worte treffen mich hart. Mit so etwas komme ich momentan absolut nicht klar. »Hör zu, wenn du jetzt nicht für mich da sein kannst, dann ist es vorbei mit uns.«

Rachel verdreht die Augen. Wenn ich für jedes Augenverdrehen von ihr einen Dollar bekommen hätte, könnte ich mich bereits als reicher Mann zur Ruhe setzen. »Jetzt hör doch auf, so dramatisch zu sein.«

»Ich bin nicht dramatisch.« Ich nehme einen tiefen Atemzug. Meine innere Unruhe wird immer größer und mein gesamter Nacken ist bereits angespannt. »Ich brauche nur jemanden, der mir verlässlich zur Seite steht und mir hilft, und im Moment bist dieser Jemand nicht du.«

Die Verbitterung in meinen Worten scheint ihre Aufmerksamkeit zu erregen. »Geht es hier um Tenley?«

Ich schwöre, diese Frau verursacht mir Kopfschmerzen wie nach einem Schleudertrauma. »Nein. Hier geht es nicht um Tenley. Es geht darum, dass du nicht für mich da bist, wenn ich dich brauche, und dass dir deine verdammten Sponsoren in New York wichtiger sind, als mir zu helfen! Es ist vorbei, Rachel. Ich kann einfach nicht mehr.«

»Okay.« Sie dreht sich auf dem Absatz um und geht hinüber zu ihrer Reisetasche. Es hätte mir schon zu denken geben müssen, dass ich sie nie gefragt habe, ob sie bei mir einziehen will. Wir waren immer vollkommen zufrieden in unseren eigenen vier Wänden. Wenn man jemanden genug liebt, sollte man da nicht die ganze Zeit über bei demjenigen sein wollen?

»Okay? Das ist alles, was du dazu zu sagen hast?«

»Wir haben so etwas doch schon öfter durchgemacht. Du wirst wütend oder ich werde wütend, wir trennen uns, einen Monat später kommen wir wieder zusammen.«

»Es wird kein nächstes Mal geben, Rachel. Ich meine es ernst. Es ist aus mit uns.«

»Okay.«

»Hör endlich auf, dieses Wort zu sagen!« Völlig frustriert schlage ich meine Hände vors Gesicht. Es war ein verdammt langer und verdammt harter Tag, und diese Frau hört einfach nicht auf, ihn noch schlimmer zu machen.

»Schön, Jackson.« Gott, das ist sogar noch schlimmer.

»Wenn es das ist, was du willst, dann sind wir fertig mitein-ander. Aber komm bloß nicht heulend angelaufen, wenn du mich zurückwillst. Denn das hier?« Sie deutet mit ihren Händen auf ihren makellosen Körper. »Steht dir ab heute nicht mehr zur Verfügung.«

Nach diesen Worten stampft sie ins Wohnzimmer und ich höre noch, wie sie dort herumkramt, bevor sich schließ-lich die Haustür öffnet und wieder schließt.

»Fuck.«

Dieser Tag hat sich gerade von schrecklich in katastro-phal verwandelt, und ich weiß immer noch nicht so recht, was ich davon halten soll. Aber eines weiß ich: Ich brauche Hilfe.

Es trifft mich hart, dass mein erster Gedanke nach der endgültigen Trennung von Rachel der ist, dass ich Hilfe brauche. Es ist nicht so, dass ich sie groß vermissen werde oder ein tiefes Gefühl des Verlustes empfinde, weil sie nun nicht mehr Teil meines Lebens ist.

Es ist eher so, als wäre endlich eine Last von meinen Schultern genommen und meine Augen dafür geöffnet worden, was unsere Beziehung eigentlich war. Wir beide waren einfach zusammen gewesen – aber keiner von uns hat den anderen gebraucht oder auf ihn gebaut.

In der Highschool waren wir Feuer und Flamme füreinander und hatten kaum die Hände voneinander lassen können. Aber dieser Funke ist mit der Zeit langsam verglüht. Wir sind auf unterschiedliche Colleges gegangen und haben uns – wenn wir konnten – nur noch an den Wochenenden gesehen. Und wir haben uns so oft getrennt und wieder versöhnt, dass mir davon ganz schwindlig wurde.

Und nun atme ich erleichtert auf. Die Angst, die nächsten Wochen allein zu überstehen, wird nicht mehr so groß sein, wenn ich jemanden an meiner Seite habe, auf den ich mich verlassen kann.

Und ich kenne nur eine einzige Person, auf die das zutrifft.

Kapitel Fünf

TENLEY

Das Klingeln meines Telefons reißt mich aus dem Schlaf. Es ist kurz vor sechs. Ein Anruf zu so früher Stunde kann nichts Gutes bedeuten.

»Hallo?«, nehme ich den Anruf schlaftrunken entgegen.

»Ich brauche dich.« Das ist eindeutig Jacksons Stimme am anderen Ende der Leitung. »Ich habe Rachel rausgeschmissen, und jetzt bin ich allein und brauche Hilfe.«

Ich setze mich auf, während mein vom Schlaf noch ganz benebeltes Gehirn versucht, das eben Gesagte zu verarbeiten. »Was?«

»Ich weiß, es ist sehr früh, aber ich brauche dich, Tenley.«

Auf einmal bin ich hellwach. Ohne ein weiteres Wort von ihm abzuwarten, springe ich förmlich aus dem Bett. »Ich bin gleich da«, verspreche ich ihm noch, bevor ich auflege.

Hektisch renne ich durch mein kleines Zimmer und werfe mir die nächstbesten Klamotten über, die ich finde.

Jackson hat Rachel rausgeschmissen? Bedeutet das, dass

es zwischen den beiden aus ist? Ich versuche, die aufsteigende Begeisterung so gut wie möglich zu unterdrücken. So etwas ist nicht zum ersten Mal passiert. Rachel und Jackson streiten sich eigentlich ständig, machen Schluss und kommen dann wieder zusammen. Das hat absolut nichts zu bedeuten.

Wenn ich mir das immer wieder sage, fange ich vielleicht irgendwann an, es zu glauben.

Ich schnappe mir meine Schlüssel und mache mich auf den vertrauten Weg zu Jackson, den ich im Laufe der Jahre schon hunderte Male zurückgelegt habe. Am meisten daran liebe ich, wenn sich die Skyline vor mir auftut.

Denver war schon immer mein Zuhause gewesen — und wird es auch immer bleiben. Die Berge, die hinter der Stadt in die Höhe ragen, haben eine wahnsinnig beruhigende Wirkung auf mich. Nicht, dass ich übermäßig naturverbunden wäre, aber sie sind einfach eine ständige Präsenz, immer da und nie vergehend.

Der morgendliche Verkehr ist nicht besonders stark, und innerhalb kürzester Zeit bin ich bei dem Hochhaus angelangt, in dem Jackson lebt.

Mit jedem Stockwerk, das der Aufzug hinter sich lässt, steigt meine Nervosität.

Du hilfst Jackson doch nur, so wie beste Freunde das eben tun. Keine große Sache.

Nur dass er der Mann ist, in den du seit der Highschool verliebt bist.

Diese gegensätzlichen Gedanken in meinem Kopf tragen nicht unbedingt dazu bei, das mulmige Gefühl in meinem Bauch zu lindern. Das ›Bing‹ des Fahrstuhls lässt meine Hände nur noch schwitziger werden, während ich mich langsam Jacksons Haustür nähere.

Du schaffst das, Tenley. Wenn du vor deinen Vorschulkindern keine Angst hast, dann doch wohl erst recht nicht vor Jackson.

Ich atme noch einmal tief durch und versuche, meine Nerven zu beruhigen, bevor ich schließlich an die Tür klopfe.

»Es ist offen«, höre ich seine durch die schwere Eingangstür gedämpfte Stimme.

Als ich eintrete, brennt nirgendwo in der Wohnung Licht. Nur ein paar erste Sonnenstrahlen fallen bereits durch die Fenster und zeigen auf einen auf der Couch zusammengesackten Jackson wie ein Scheinwerfer.

»Mein Gott, wie lange liegst du denn hier schon so?« Ich lasse meine Tasche fallen und beuge mich über ihn. Sein braunes Haar steht wirr in alle Richtungen ab, so als ob er immer und immer wieder mit den Händen hindurchgefahren wäre, um sich irgendwie von dem Schmerz in seinem Bein abzulenken. Und auch seine Bartstoppeln stechen markanter hervor als gestern.

»Ein paar Stunden. Ich wollte dich nicht zu früh anrufen.« Er öffnet ein Auge und blickt zu mir hoch.

Ich lächle ihn mitfühlend an. »Ich wäre zu jeder Uhrzeit gekommen, ganz egal, wann du angerufen hättest.«

»Du bist eine wirklich gute Freundin, Tenley.«

Ich versuche, mir den Stich, den seine Worte verursachen, nicht anmerken zu lassen. Sollte ich mich nicht selbst unter Kontrolle halten können, dann wird das sicherlich Jackson für mich übernehmen.

»Also, was kann ich für dich tun?«

»Eis und Ibuprofen, hat der Arzt gesagt.«

Voller Tatendrang klatsche ich in die Hände und gehe in die Küche. »Wird erledigt.«

Der kalte Luftzug aus dem Gefrierfach kühlt meine überhitzte Haut. In Jacksons Nähe zu sein, hat immer diesen Effekt auf mich.

Nachdem ich gefunden habe, was ich brauche, mache ich mich zurück auf den Weg zu besagtem Mann.

»Okay, hier ist ein wenig Eis. Ich hoffe, das wird dir helfen.«

Jackson stöhnt auf, als ich die Tüte auf sein Knie lege. »Scheiße. Ich empfehle wirklich niemandem, sich das Innenband zu verstauchen. Das tut höllisch weh.«

»Was kann ich sonst noch für dich tun?«

Mit schmerzverzerrtem Gesicht schmeißt er sich ein paar Ibuprofen ein, während ich den Eisbeutel festhalte.

»In der Zeit zurückreisen und demjenigen im Frontoffice, der es für eine gute Idee gehalten hat, ein Trainingsspiel mit Vegas zu veranstalten, sagen, dass er sich verpissen soll?«

Ich verdrehe die Augen. »Okay, vielleicht etwas, das ich wirklich tun kann?«

»Mir den Kopf massieren?« Jackson zieht einen Schmollmund und sieht dabei so mitleiderregend aus, wie ich es noch nie zuvor erlebt habe.

Ich schenke ihm ein verständnisvolles Lächeln, laufe um die Couch herum – ganz vorsichtig, um nicht an sein Bein zu stoßen – und hebe seinen Kopf. Jackson stöhnt leise auf, als ich meine Finger durch seine dunklen Locken gleiten lasse, und ich muss aufpassen, dass mir nicht der gleiche Laut entwischt, weil sein Haar so wunderbar weich und voll ist.

Ich habe Jackson noch nie so berührt. So intim. So als würde meine Berührung ihm Trost spenden. Dafür hatte er immer Rachel. Aber jetzt bin ich diejenige, an die er sich lehnt. So als ob er mehr wollen würde.

»Wusstest du eigentlich, dass ich nicht immer ein Kicker werden wollte?«, fragt Jackson und schaut mit einem leicht geöffneten Auge zu mir hoch.

»Was? Ernsthaft?«

Er nickt. »Die Quarterbacks sind die, die immer den ganzen Ruhm einheimsen. Aber ich erinnere mich daran, wie ich eines Abends mit dir und Gabby nach Hause gelaufen bin und sie ständig über diesen Typen aus dem Fußballteam gequatscht hat. Und ich wollte dich beeindrucken.«

»Und warum erfahre ich das erst jetzt?« Ein kurzes Lachen entwischt mir, was den Schock in meiner Stimme allerdings auch nicht tarnen kann.

Er wollte mich beeindrucken?

»Ich hab das nicht für eine große Sache gehalten. Außerdem bist du kurz danach mit diesem Arsch zusammengekommen.«

»Brad war kein Arsch.« Er wurde zu meinem festen Freund, nachdem Jackson und Rachel ein Paar geworden waren. Ich konnte es einfach nicht ertragen, die beiden zusammen zu sehen, also war ich auf den erstbesten Kerl angesprungen, der mich um ein Date gebeten hatte.

Jackson sieht mich vielsagend an. »Er hat dich beim Homecoming versetzt, Tenley. Er hat sich betrunken und dann auch noch gekotzt. Meiner Meinung nach eindeutig ein Arsch.«

»Aber es war nicht alles schlecht.« Ich lächle, als ich mich an jenen Abend zurückerinnere. »Ich durfte mit dir tanzen.«

Jacksons Mundwinkel zuckt zu einem leichten Lächeln nach oben. Da er die Augen geschlossen hat, kann ich mich in aller Ruhe an seinem hübschen Gesicht sattsehen. Buschige Augenbrauen und Wimpern, die seine Wangen küssen. Ein paar Sommersprossen, hervorgezaubert von der Sonne. Dunkle Stoppeln an seinem Kinn.

»Ich hasse Tanzen.«

Ich lege meine Hand auf seinen Kopf. »Ich weiß. Und es war der beste Tanz, den ich an diesem Abend hatte.«

»Nur für dich.«

Bei seinen Worten zerbricht mir fast das Herz. Was wäre in jener Nacht nach unserem Kuss im Schrank wohl passiert, wenn ich nicht nach Hause hätte gehen müssen? Wäre ich dann jetzt an Rachels Stelle, all diese Jahre später? Hätten wir die gleiche Art von Beziehung gehabt wie sie? Eine, in der wir uns nur gegenseitig tolerierten?

Es gibt viel zu viele Was-wäre-wenn-Fragen, um darüber nachzudenken. Und ich bin einfach nur glücklich, dass ich Jackson in meinem Leben habe, wenn auch nur als Freund.

»Bist du denn trotzdem froh, dass du Kicker geworden bist?«, frage ich und versuche meine Gedanken wieder in neutralere Gefilde zu lenken, während ich damit weitermache, meine Hände durch sein Haar gleiten zu lassen.

»Auf jeden Fall. Ich habe tatsächlich einen ziemlich schlechten Wurfarm und wäre wahrscheinlich rausgeschmissen worden, wenn ich mich wirklich als Quarterback versucht hätte.«

»Dafür hast du aber all den Ruhm sausen lassen«, scherze ich.

Jackson öffnet die Augen, und die volle Wucht seiner dunkelbraunen Augen trifft mich wie ein Schlag in die Magengrube. Ich könnte mich in diesen Augen verlieren, würde ich es mir erlauben. Aber das kann ich nicht. Weil ich nur eine Freundin bin.

»Ich glaube, ich habe meinen Ruhm auf eine andere Art und Weise bekommen.«

»Und auf welche?«

»Wäre ich kein Kicker geworden, wäre ich wohl kaum in Denver gelandet. Ich liebe es, der Hometown-Boy zu sein, der für das Team spielen darf, das er schon als Kind angefeuert hat.«

Ich halte kurz inne. »Hast du manchmal Angst, irgendwann an eine andere Mannschaft abgegeben zu werden?«

»Bis zu diesem Jahr hatte ich keine.«

»Aber jetzt wegen deines Knies?«

Er nickt. »Ich bin in einem Vertragsjahr. Was, wenn mein Ersatz einen besseren Job macht als ich? Dann könnte ich schon aus dem Team draußen sein, noch bevor die Tinte auf meinen Vertragspapieren getrocknet ist.«

»Du bist einer der besten Kicker in der Liga, wenn es um konstant gute Leistungen geht. Denver wäre verrückt, dich herzugeben.«

»Ich weiß dein Vertrauen in mich sehr zu schätzen, Tenley, aber letztendlich ist das alles nur ein Geschäft. Wenn ich nicht abliefere, haben sie jedes Recht, mich rauszuschmeißen.«

Bei dem Gedanken, dass Jackson irgendwann einmal nicht mehr in Denver sein könnte, zieht sich mein Brustkorb schmerzhaft zusammen. Mir ist durchaus bewusst, dass Jackson großes Glück hatte, von dem Team seiner Heimatstadt ausgewählt worden zu sein. Ich liebe diesen Ort und hege nicht die Absicht, jemals von hier wegzuziehen. Doch bei der Vorstellung, nur wegen einer Verletzung und trotz jahrelanger Loyalität einfach so ausgetauscht zu werden, dreht sich mir fast der Magen um.

»Hör auf, dir den Kopf darüber zu zerbrechen.«

»Was?« Ich zucke mit den Schultern, obwohl er seine Augen bereits wieder geschlossen hat.

»Ich kenne dich. Du kannst dir nicht vorstellen, diese Stadt jemals verlassen zu wollen und dass eine Mannschaft einfach ohne lange zu zögern jemanden aus dem Team werfen könnte.«

»Bin ich so leicht zu durchschauen?«, frage ich lachend.

Jackson bewegt sich unter mir und legt dabei einen

Arm auf mein Bein. Die warme Berührung seiner Haut verursacht mir sofort eine Gänsehaut.

»Wir kennen uns ja erst unser halbes Leben lang.«

»Und trotzdem höre ich heute zum ersten Mal, dass du früher mal Quarterback werden wolltest.«

»Ach, Quarterback zu werden wünscht sich doch fast jedes Kind. Wer wäre nicht gerne Peyton Manning?«

»Aber denk mal an die vielen Zusammenstöße, die du als Quarterback einstecken müsstest. Da wärst du in der Zwischenzeit vielleicht schon gar nicht mehr in der Liga.«

»Ich bin siebenundzwanzig. Da hätte ich auch als Quarterback noch einige gute Jahre vor mir. Aber ich bin sehr zufrieden dort, wo ich jetzt bin.«

»Ich für meinen Teil bin jedenfalls sehr froh, dass du ein Kicker bist. So muss ich mir zumindest nicht immer ganz so viele Sorgen machen. Obwohl ich ab jetzt wahrscheinlich immer ganz nervös werde, wenn du gegen Vegas spielst.«

Jackson drückt leicht mein Knie und sendet damit einen ganz Schwarm Schmetterlinge durch meinen Bauch. »Sie sind bekannt dafür, unfair zu spielen. Ich würde mir nicht zu viele Gedanken um sie machen.«

»Aber ich mache mir Gedanken um dich.« Die Wahrheit kommt mir schneller über die Lippen, als mir lieb ist. »Und das werde ich auch immer tun.«

»Ich bin so froh, dass ich dich habe«, erwidert Jackson und schenkt mir ein warmes Lächeln. »Falls ich es noch nicht gesagt habe: Danke.«

»Du musst mir nicht dafür danken, dass ich eine gute Freundin bin.«

»Ich meine es ernst. Ich kann die Leute, die alles stehen und liegen lassen würden, um mir zu helfen, an einer Hand abzählen. Es sind ungefähr vier. Und zwei von ihnen sind momentan nicht im Lande.«

»Wie geht es eigentlich deinem Bruder?«

»Wie man es erwarten würde, wenn man ständig einem zweijährigen Kind hinterherjagen muss. Er ist verdammt erschöpft, aber er genießt jede einzelne Sekunde.«

»Glaubst du, du wirst auch irgendwann einmal Kinder haben?«

»Jetzt werden die Gespräch aber ganz schön tiefgründig, Tenley.«

»Ist das Thema denn mit Rachel nie aufgekommen?« Ich schaue neugierig zu ihm hinunter.

Jackson schnaubt verächtlich. »Nein, nie. Sie war viel zu sehr mit sich selbst beschäftigt, als dass sie sich jemals auf etwas anderes hätte konzentrieren wollen. Und da mein Hauptaugenmerk schon immer auf Football lag, musste diese Unterhaltung auch nie stattfinden.«

»Aber wenn es deine Lebensumstände erlauben würden, würdest du dann Kinder wollen?«

Ich habe keine Ahnung, warum ich die Antwort auf diese Frage unbedingt wissen muss. Gespannt halte ich den Atem an, während ich ihm beim Nachdenken zusehe.

»Vielleicht, wenn meine Footballkarriere irgendwann vorbei ist. Nach ein paar gewonnenen Super Bowls. Aber warum sich über etwas Gedanken machen, das so weit in der Zukunft liegt?«

Es ist, als hätte Jackson in diesem Moment jegliche Erwartungen, die ich hatte, wie einen Luftballon zum Platzen gebracht. Ich bin eine Freundin von ihm. Und ich werde immer nur eine Freundin von ihm sein. Ich weiß nicht, warum es an seinen Gefühlen für mich etwas ändern sollte, hier bei ihm zu sein und ihm zu helfen.

Nur Freunde.

Ich muss meine Gefühle für Jackson in den Griff bekommen. Denn es gibt keine Zukunft für uns. Und je eher ich das einsehe und mein Herz fest verschließe, desto besser.

Nur Freunde.

Wenn ich das noch tausendmal vor mir hersage, glaube ich es vielleicht irgendwann auch selbst.

Kapitel Sechs

JACKSON

Das waren die längsten sieben Tage meines Lebens. Für absolut alles auf jemand anderen angewiesen zu sein, hat mich fast wahnsinnig gemacht. Nicht falsch verstehen, ich bin mehr als dankbar dafür, dass Tenley sich die Zeit nimmt, mir zu helfen. Aber ich will nicht auf jemanden angewiesen sein müssen.

Und ich hoffe sehr, dass ich nach dem heutigen Treffen mit den Teamärzten und Physiotherapeuten endlich anfangen kann, wieder ein wenig mehr zu tun.

»Wie lange wird dein Termin in etwa dauern?«, fragt Tenley und schließt vorsichtig die Autotür.

»Es schadet meinem Knie nicht, wenn du die Autotür etwas kräftiger zuschlägst.«

Sie verzieht das Gesicht. »Ich gehe kein Risiko mit dir ein. Schließlich transportierte ich hier kostbare Fracht.«

Ich schenke ihr ein Lächeln. »Es sollte nicht länger als ein oder zwei Stunden dauern. Hoffentlich haben sie gute Nachrichten für mich und geben mir ein paar Übungen, mit denen ich anfangen kann.«

»Meinst du, dass du wirklich schon so weit bist?«

In der Stadt wimmelt es nur so vor Menschen und Autos, als wir aus der Tiefgarage fahren und uns auf den Weg zum Trainingsgelände meiner Mannschaft machen.

»Natürlich. Außerdem würden die Ärzte mich auf keinen Fall wieder anfangen lassen, wenn dem nicht so wäre.«

»Wie läuft es eigentlich mit dem Ersatzspieler? Ich glaube, ich weiß noch nicht einmal, wie er heißt.«

»Stevens. Anständiger Typ. Ein Rookie.«

Ich werfe einen kurzen Blick auf Tenley, während sie fährt. Ein kleines Lächeln umspielt ihre Lippen.

»Also keine Chance, dass er deine Position übernehmen wird?«

»Das habe ich nicht gesagt. Ich muss nur die nächsten paar Wochen heil überstehen, dann sollte alles gut werden.«

Und das werden ein paar verdammt lange Wochen werden. Während meiner unfreiwilligen Auszeit habe ich mich bereits über die effektivsten Methoden zur Behandlung einer Innenband-Verletzung informiert. Es wird ziemlich schmerzhaft werden, soviel ist sicher, und ich kann mir nicht vorstellen, dass ich das allein schaffe.

Und ich hoffe bei Gott, dass es keine Rückschläge geben wird.

»Rufst du mich an, wenn du fertig bist?«

Tenleys Stimme reißt mich aus meinen düsteren Gedanken. Ich hatte gar nicht bemerkt, wie schnell wir beim Mannschaftsgelände angekommen waren.

»Na klar. Hilfst du mir bitte aus dem Auto?« Ich setze meinen Dackelblick auf, obwohl ich weiß, dass ich das eigentlich gar nicht tun muss.

»Kein Grund, den Jacksonschen Charme spielen zu lassen. Ist ja nicht so, als ob du viel allein machen könntest.«

»Als ob ich das nicht wüsste.«

Tenley läuft um das Auto herum und hat mit ihrer zierlichen Statur ganz schön damit zu kämpfen, mich aus dem Auto zu bekommen, ohne mein Bein irgendwo anzustoßen.

»Wann bist du nur so schwer geworden?«, schnauft sie, als ich mich mit meinem ganzen Gewicht an sie lehne, weil ich die Krücken einfach nicht gewohnt bin.

»Liegt wahrscheinlich an der ganzen Milch, die ich im College getrunken habe«, erwidere ich augenzwinkernd.

Sie stößt ein angestrengtes Lachen aus, während wir durch den Eingang humpeln. »Mit Sicherheit.«

»Jackson. Wie geht es dir?«, begrüßt mich der Mannschaftsarzt, der bereits im Eingangsbereich auf uns wartet.

»Na ja, es ging mir schon mal besser.«

Er klopft mir aufmunternd auf die Schulter. »Dann lass uns mal einen Scan machen und schauen, wie es aussieht.«

Ich nicke. »Wir sehen uns dann später«, sage ich zu Tenley, die ziemlich nervös aussieht.

»Genau. Ich hoffe, alles geht gut.«

Sie drückt kurz meine Hand, bevor sie das Gebäude wieder verlässt. Dann folge ich dem Arzt in den Trainingsraum, mit dem dumpfen Gefühl, gerade zu meiner Hinrichtung geführt zu werden.

»WIR HABEN gute Nachrichten für dich, Jackson«, erklärt mir der Arzt, der soeben mit Paige, der Physiotherapeutin unserer Mannschaft, den Raum betreten hat. »Du machst gute Fortschritte. Ich übergebe dich jetzt an Paige, die dich wieder ein wenig mobilisieren wird.«

Paige sieht mich hochmotiviert an. »Wir fangen mit ein

paar Kräftigungsübungen an, aber wir dürfen es nicht übertreiben.«

Ich atme erleichtert aus. Bis zu diesem Moment war mir gar nicht bewusst gewesen, wie sehr ich diese Nachricht gebraucht hatte. »Super. Das sind ja wirklich gute Neuigkeiten.«

»Ich weiß, dass es schwer ist, das Bein nicht zu belasten, aber du hast bis jetzt sehr gute Arbeit geleistet. Allerdings wird auch noch ein wenig Arbeit auf dich zukommen.«

Ich muss lächeln. Wäre es nach mir gegangen, wäre ich wahrscheinlich die gesamte letzte Woche bereits in meiner Wohnung herumgehumpelt.

Aber Tenley hat mich sofort durchschaut. Wann immer ich etwas gebraucht habe, war sie da. Ich konnte keinen Finger rühren, ohne dass sie sofort aufgesprungen wäre, um mir zu helfen. Fuck, wäre sie nicht gewesen, hätte ich mir in der Zwischenzeit wahrscheinlich schon das verdammte Band gerissen.

»Welche Übungen soll ich denn machen?«

»Du setzt dich auf deine Couch oder dein Bett, streckst dein Bein aus und ziehst es wieder an.« Sie stellt sich vor mich und zeigt mir die Bewegung.

»Sorry, aber das ist alles?« Das könnte ich sogar im Schlaf.

Paige schüttelt den Kopf »Ihr Footballspieler seid alle gleich. Ihr denkt, ihr seid unbesiegbar. Dein Körper befindet sich in einem Heilungsprozess. Wenn du jetzt zu schnell durchstartest, wird dir das mehr schaden als nutzen. Ist es das, was du willst?«

»Nein«, murre ich und fühle mich zu Recht gemaßregelt.

»Dachte ich mir.« Sie kommt zu mir herüber und legt

ihre Hand auf mein Knie. »Und jetzt machst du das zehnmal. Drei Durchgänge.«

Ich halte zwar den Mund, glaube aber, dass ich auch mehr schaffen könnte, bis ich in die erste Streckung gehe und mich fühle, als würde mir jemand einen heißen Schürhaken ins Knie rammen.

»Shit.«

»Doch nicht so tough, was?«, meint Paige und grinst mich an.

»Warum tut das so weh?«, frage ich, als ich mein Bein wieder sinken lasse.

»Du hast noch neun Wiederholungen vor dir.«

Mit jedem Mal wird es ein kleines bisschen besser, aber verdammte Scheiße: Ich kann mich nicht erinnern, wann mir das letzte Mal etwas so wehgetan hat. Als ich endlich zehn Wiederholungen hinter mir habe, sammeln sich bereits erste Schweißtropfen auf meiner Stirn.

»Und jetzt noch zwei Durchgänge?«, frage ich schwer atmend. Man könnte meinen, ich wäre gerade acht Kilometer gelaufen, so erschöpft klinge ich.

»Ganz genau. Aber über den ganzen Tag verteilt. Ich will nicht, dass du es übertreibst.«

Da öffnet sich knarrend die Zimmertür und Tenley steckt ihren Kopf herein. »Der Arzt hat gesagt, ich kann ruhig reinschauen. Wie läuft es hier drin?«

Ihre fröhliche Stimme ist wie Balsam für meine Seele. »Nun, Paige hier hat vor, mich mit einfachen Dehnungsübungen umzubringen.«

Paige ignoriert mich einfach und wendet sich an Tenley. »Ist er schon immer so gewesen?«

»Ja.«

»Nein«, sage ich gleichzeitig.

»Bin ich nicht«, murmle ich, hauptsächlich zu mir selbst.

»Er war schon immer ein Sturkopf. Deshalb werde ich auch darauf achten, dass er es nicht übertreibt.«

Paige stellt sich Tenley vor, und die beiden fangen an zu reden, als ob ich gar nicht anwesend wäre. Dabei stellt Tenley Fragen, an die ich gar nicht gedacht hätte.

»Wann ist sein nächster Termin? Und muss er bis dahin noch irgendetwas anderes machen als diese Übung?«

Paige schüttelt auf Tenleys Frage hin den Kopf. »Nein, nur diese. Wir machen für nächste Woche einen Folgetermin aus. Wenn dann alles gut aussieht, gehen wir in den Kraftraum.« Paige lenkt ihre Aufmerksamkeit wieder auf mich. »Die Jungs freuen sich schon darauf, dich wieder da draußen zu sehen.«

Dieses Wochenende findet das erste Spiel der Preseason statt. Die Stammspieler spielen nie mehr als ein paar Serien. Es ist mehr für die Neulinge, um ihren Platz in der Mannschaft zu finden. Und zum ersten Mal in meiner Profikarriere werde ich nicht mit dabei sein können. Und das fühlt sich verdammt scheiße an.

»Nicht so sehr wie ich.«

»Okay. Wir sind für heute fertig, aber denk an deine Übungen. Noch zwei Durchgänge und das war's. Benutz die Krücken und leg die Schiene wieder an, sobald du mit den Übungen fertig bist. Sei kein Sturkopf und denk bloß nicht, dass du alles besser wüsstest als ich. Denn glaub mir, das tust du nicht.«

Tenley unterdrückt ein Lachen, während ich mir die Krücken schnappe. »Ich werde nichts Dummes machen.«

»Dafür werde ich schon sorgen«, fügt Tenley hinzu.

Wir verabschieden uns und ich folge Tenley nach draußen. »Scheiße. Mit diesen verdammten Dingern komme ich mir vor wie eine neugeborene Giraffe.«

Sie sind nicht gerade angenehm in der Handhabung.

Ich muss ein Bein anwinkeln, um sie benutzen zu können, und jeder Schritt ist wackelig.

»Na komm her.« Tenley bleibt stehen, nimmt mir die Krücken ab und legt ihren Arm um meine Taille. So klein wie sie ist, fällt es mir leichter, mein Gewicht auf sie zu stützen. »Ist es so besser?«

Ich schaue zu ihr hinunter, und für einen kurzen Moment vergesse ich alles um mich herum. Tenleys blaue Augen strahlen, und man kann kleine grüne Sprenkel darin erkennen. Komisch, dass mir das noch nie aufgefallen ist.

Tenley ist schon immer da gewesen. Schon solange ich denken kann, war sie Teil meines Lebens. In den meisten meiner Erinnerungen von der Highschool bis heute kommt sie mit vor.

Warum fallen mir dann erst jetzt ihre Augen auf? Oder dass ihr Lächeln den dunkelsten Tag erhellen könnte, wenn sie mich ansieht?

Ich schiebe meine Gedanken beiseite. Es war eine seltsame Woche, von meiner Verletzung bis zur Trennung von Rachel. Das musste es sein. Zu viele Veränderungen und die Tatsache, dass ich auf jemanden angewiesen bin, vernebeln meine Sinne.

Schließlich war das hier Tenley.

Meine beste Freundin.

Und nichts würde daran jemals etwas ändern.

Nicht einmal fehlgeleitete Gedanken darüber, wie wunderschön sie ist.

Fuck!

Das werden ein paar verdammt lange Wochen werden.

Kapitel Sieben

»Tenley?«, höre ich Jackson rufen, während ich vollbepackt mit Lebensmitteln die Tür aufstoße. Nach seinem Termin beim Mannschaftsarzt hatte ich ihn zu Hause abgesetzt, um noch schnell einkaufen zu fahren. Eigentlich hätte es mich nicht wundern dürfen, dass er nichts zu essen im Haus hat.

»Ja, ich bin's.« Als ich ins Wohnzimmer komme, wirft Jackson gerade einen Tennisball gegen die Wand. »Alles gut hier?«

»Wusstest du, dass das Cash Register Building siebenunddreißig Fenster hat?«

»Wovon in aller Welt redest du da?« Ich stelle die Tüte mit den Lebensmitteln auf die Kücheninsel und gehe zurück ins Wohnzimmer.

»Von hier aus, wo ich sitze«, er kneift die Augen zusammen und zeigt auf das Gebäude, das man von seinem Balkon aus sehen kann, »hat es siebenunddreißig Fenster.«

»So hast du also deine Zeit verbracht, während ich weg war?«

Dunk.

Der Ball kommt zu Jackson zurückgeflogen, doch bevor er ihn erreichen kann, fange ich ihn ab.

»Wow. Mit so schnellen Reflexen könntest du ja fast in der Defense spielen.« Jacksons anerkennendes Grinsen verursacht seltsame Gefühle in meinem Inneren. Aber ich ignoriere sie. So wie ich das schon immer getan habe.

»Ich glaube, da bekommt langsam jemand einen Lagerkoller.«

»Natürlich bekomme ich den!« Er fährt sich mit einer Hand durch die Haare. »Ich glaube nicht, dass ich seit meiner Kindheit schon mal so lange am Stück still sitzen bleiben musste.«

Ich versuche, nicht zu lachen. Jackson sieht so deprimiert aus, wie er da auf der Couch sitzt, mit einem Kissen unter seinem Bein. Solange ich ihn kenne, war Jackson immer in Bewegung und musste immer etwas zu tun haben. Er war nie jemand, der einfach nur untätig rumsaß. Die Frustration, die von ihm ausgeht, ist förmlich greifbar.

Ich setze mich ihm gegenüber an den Couchtisch. Ihm so nahe zu sein ist riskant für mich. Ich habe mir über die Jahre schön ordentlich eine Kiste gezimmert, in die ich ›Jackson, meinen besten Freund‹ gesteckt habe. Aber dieser verletzliche Jackson bricht langsam den Deckel auf.

Ich atme seinen Geruch ein. Ich sehe die winzigen goldenen Sprenkel in seinen Augen. Die seidigen Locken seines Haares, die ihm in die Augen fallen. Ich will diese Dinge an Jackson nicht bemerken. Ich darf diese Dinge an Jackson nicht bemerken.

Weil ich nur eine Freundin bin. Das ist alles, was ich je sein werde. Die Grenzen verschwimmen lediglich, weil ich mich momentan so sehr um ihn kümmere. Das ist alles.

Ich schiebe diese gefährlichen Gedanken beiseite und

rudere zurück in sicheres Fahrwasser. »Was kann ich tun, um dich vom Fensterzählen abzulenken?«

»Wenn ich das nur wüsste.« Jackson atmet genervt aus und lässt seinen Kopf zurück auf die Couch sinken. »Ich habe schon alle meine Übungen für heute gemacht. Und ich soll nur laufen, wenn ich unbedingt muss. Ich bin nutzlos.«

»Du befindest dich im Heilungsprozess. Besser du bleibst so, als irgendetwas zu tun, was dein Knie weiter gefährdet.« Ich schaue mich im Zimmer um und versuche, etwas zu finden, das wir tun können. Es ist tatsächlich einfacher, Vorschulkinder zu beschäftigen als einen erwachsenen Mann.

»Das Einzige, was hier rumsteht, ist meine alte Playstation, und ich bezweifle, dass du damit spielen willst«, brummt er.

»Whoa.« Ich lehne mich zurück und tue so, als hätte mich seine Aussage zutiefst gekränkt. »Glaubst du etwa, ich könnte es nicht mit dir aufnehmen?«

Jackson lässt seinen Blick in meine Richtung schweifen. »Nichts für ungut, Tenley, aber du bist eine Niete bei Videospielen.«

Ich schaue ihm fest in die Augen und wende meinen Blick keine Sekunde ab. »Siehst du hier irgendetwas anderes, womit du dich im Moment beschäftigen könntest?« Ich ziehe eine Augenbraue hoch und verschränke meine Arme vor der Brust.

»Hm. Also schön. Aber ich warne dich: Ich habe keinerlei Skrupel, dich fertigzumachen.«

Ich stehe auf und klopfe Jackson auf die Schulter. »Wir werden sehen. Welches Spiel willst du denn spielen?«

»Nimm das mit dem Jet-Ski. Das kann ich dir beibringen.«

»Wer sagt, dass man mir das erst beibringen muss?« Ich lege die Disc ein und reiche Jackson einen Controller.

Er lacht laut auf. Jackson war noch nie besonders offen gegenüber anderen Menschen, aber bei mir war das schon immer anders. Da er in der Öffentlichkeit steht, buhlen die Leute ständig um seine Aufmerksamkeit. Man weiß nie, was echt ist und was nicht. Ich konnte über die Jahre beobachten, wie Jackson sich immer mehr verschlossen hat, und dass er heute viel schneller mürrisch wird als früher. Aber wenn er so lacht? Dann beginnt alles in mir zu strahlen.

»Die Lehrerin glaubt also, dass sie alles kann, was?« Er gibt mir mit seiner Schulter einen Stups, als ich meinen Platz neben ihm einnehme.

»Hey! Ich bin nicht so schlecht, wie du denkst.«

Jackson startet das Spiel und jeder von uns wählt einen Spieler. Ich lehne mich gegen die Armstütze und bringe so genug Abstand zwischen uns, um nicht von Jacksons Duft überwältigt zu werden.

Denn genau so fühlt es sich in Jacksons Nähe an. Überwältigend.

Früher war das immer einfach gewesen, weil ich letztendlich nach Hause gegangen war und er zu Rachel. Aber jetzt, seitdem er auf jemanden angewiesen ist, kleben wir förmlich aneinander. Ich kann mich nicht erinnern, wann wir das letzte Mal so viel Zeit miteinander verbracht haben.

Und das bringt meine sorgfältig aufgebaute Mauer, mit der ich Jackson fernhalte, langsam aber sicher ins Wanken. Es war notwendig, unverzichtbar sogar, diese zu errichten, um mein Herz zu beschützen.

»Erde an Tenley. Seit wann schweifst du denn mit deinen Gedanken so ab?« Jackson schnippst einen Finger vor meinem Gesicht und reißt mich damit aus meiner Gedankenspirale.

»Ich sinniere nur darüber, wie ich dich am besten schlagen kann.« Ich versuche, meine Stimme möglichst unbeschwert klingen zu lassen, damit Jackson nicht weiter nachbohrt.

»Alles klar. Bist du bereit?«, fragt er.

Ich wende meine Augen von ihm ab und richte den Blick auf den Fernseher. »Bist du es denn?« Ich setze mich aufrecht hin, als Jackson das Spiel startet.

»Keine Sorge. Ich werde es ruhig angehen lassen mit dir.«

»WO HAST du verdammt noch mal gelernt, so zu spielen?«, fragt Jackson und wirft verärgert den Controller weg.

Ich kann mir ein freches Grinsen nicht verkneifen, während ich mich im Schneidersitz auf der Couch nieder-lasse. Die Sonne ist schon längst untergegangen und wirft tiefe Schatten ins Wohnzimmer.

»Ich habe Neffen und dadurch vielleicht im Laufe der Jahre das eine oder andere gelernt.«

»Hätte ich das gewusst, hätte ich mich nicht so zurück-gehalten.«

Ich ziehe einen Schmollmund. »Du Ärmster hast nicht gewonnen. Kratzt das an deinem Ego?«

»Ich will eine Revanche«, grummelt er.

Ich gebe ihm einen Schubs gegen die Schulter. »Ich hatte ganz vergessen, was für ein schlechter Verlierer du bist.«

»Bin ich überhaupt nicht!«, verteidigt er sich lautstark.

Ich lehne mich gegen die Armstütze und ziehe eine Augenbraue hoch. »Nicht?«

Jackson schüttelt den Kopf und erinnert mich dabei

ein wenig an meine Vorschulkinder. »Man ist kein schlechter Verlierer, wenn man nicht von Anfang an auf gleicher Augenhöhe war.«

»Also gut. Ich gewähre dir eine Revanche.« Ich schnappe mir den Controller und klatsche ihn in seine erwartungsvoll ausgestreckte Hand. Plötzlich zieht er mich näher zu sich heran, und der Blick in seinen Augen bringt die Schmetterlinge in meinem Bauch zum Flattern.

»Willst du wetten?«

»Was schwebt dir denn als Einsatz vor?«

»Der Verlierer muss eine Woche lang das Abendessen machen«, erklärt Jackson mit der Zuversicht eines Mannes, der sich sicher ist, zu gewinnen.

»Glaubst du wirklich, dass das eine faire Wette ist? Du kannst momentan nicht mal auf deinem Bein stehen!«

Jackson lässt mich los, und ich kehre in die Sicherheit meiner Kissen zurück. »Und allein für diese Aussage werden es zwei Wochen werden.«

Und bevor ich überhaupt eine Chance habe, mir meinen Controller zu schnappen, hat Jackson das Spiel bereits gestartet. »Hey! Du schummelst!«

»Ich habe nie gesagt, dass das verboten ist.« Jackson schiebt seine Zunge zwischen die Lippen, während er sich ganz auf das Spiel konzentriert.

Alles klar. Dann wird eben mit unfairen Mitteln gekämpft. Ich stehe von der Couch auf und stelle mich vor Jackson, um ihm den Blick auf den Fernseher zu versperren.

»Hey! Das ist unfair!«

»Ich habe nie gesagt, dass das verboten ist«, äffe ich ihn nach.

Da schlingt Jackson einen starken Arm um meine Taille und zieht mich direkt in seinen Schoß.

»Dein Knie …«, fange ich an.

»Ist vollkommen in Ordnung«, beendet Jackson meinen Satz und schaut mir direkt in die Augen.

Er bewegt seinen Arm keinen Millimeter; seine Finger liegen auf der empfindlichen Haut meiner Taille. Ein Flackern huscht durch Jacksons Augen. Hätte ich geblinzelt, hätte ich es nicht einmal bemerkt.

War das Begierde? Lust?

Hat Jackson vielleicht doch Gefühle für mich? Ich konnte den Gedanken nicht schnell genug abschütteln; er hatte sich bereits in mir festgesetzt. Jackson war immer ein Teil eines Paares gewesen. Jackson und Rachel. Rachel und Jackson. Wo der eine hinging, da folgte normalerweise auch der andere.

Aber jetzt, wo Rachel nicht mehr Teil des Bildes war, könnte es da sein, dass er Gefühle für mich entwickelt? So hatte mich Jackson zumindest noch nie angesehen, das war sicher. Allein schon darüber nachzudenken, macht mich ganz wuschig.

»Vielleicht sollten wir es unentschieden nennen.« Jacksons Stimme klingt auf einmal anders – rauer, tiefer – und das bringt mich dazu, mich aus seinen Armen zu winden. Sofort kühlt sich die Situation ab.

Ich nicke. »Bei einem unfairen Spiel gibt es keinen Gewinner.« Ich fahre mir mit einer Hand über die Haare, während ich mit der anderen hinter mich zeige. »Okay. Ich werde dann jetzt mal Pizza bestellen. Ich sage dir Bescheid, wenn sie da ist.«

Jackson bleibt regungslos sitzen, und all seine Aufmerksamkeit ist auf einmal auf den Controller in seiner Hand gerichtet. »Klingt gut.«

»Gut.«

Und nebenbei werde ich alles in meiner Macht

Stehende tun, um zu vergessen, wie es sich angefühlt hat, auf Jacksons Schoß zu sitzen.

Denn wenn ich nicht aufpasse, werde ich mehr wollen.

Und mehr zu wollen, ist gefährlich.

Kapitel Acht

JACKSON

»Na sieh mal an, wer da ist.« Alex' Stimme lässt mich aufhorchen. »Hätte nicht gedacht, dass wir dich so schnell hier wiedersehen würden.«

»Es sind jetzt schon zwei Wochen.« Ich wische mir über die Stirn. Paige hatte mir heute Morgen grünes Licht dafür gegeben, im Kraftraum mit ein paar leichten Übungen anzufangen.

»Zwei lange Wochen. Wir vermissen dich, Mann.« Alex klopft mir auf die Schulter und geht zur Hantelbank hinüber. »Sicherst du mich?«

Ich nicke, greife nach meiner Wasserflasche und nehme einen großen Schluck. »Das Team hat dieses Wochenende einen guten Eindruck gemacht.«

Alex winkt ab. »Die Preseason ist immer easy. Eine Schande das mit Tampas Quarterback.«

»Macht es mich zu einem schlechten Menschen, wenn ich sage, dass ich froh bin, dass mir das nicht passiert ist?« Ich stelle mich ans obere Ende der Bank, als Alex mit seinen Übungen beginnt, und nutze das als kurze Pause von meinem eigenen Work-out.

»Ich würde auch nicht mit ihm tauschen wollen. Ich habe noch nie einen Arm in so einer Position gesehen.« Er schüttelt sich.

»Da hat er jetzt einiges vor sich.«

Alex legt die Hantelstange auf die Ablage und setzt sich auf. »Apropos, wie geht es eigentlich deinem Knie?«

»Es wird besser. Aber momentan knockt mich schon das einfachste Training fast aus.«

Alex lacht. »So fühle ich mich jedes Mal, wenn ich gesacked werde. Ätzend, oder?«

Das ist es, was ich so an Denver liebe. Das Team ist wie eine Familie. Hier fährt niemand einen Egotrip oder glaubt, er wäre besser als die anderen. Vor fünf Jahren haben Alex Sinclair und ich gleichzeitig hier begonnen. Während unseres ersten Trainingslagers haben wir uns dann ein Zimmer geteilt, und seitdem ist er einer meiner besten Freunde.

»Rachel kümmert sich gut um dich?«, fragt er und bemüht sich nicht einmal, seine Verachtung zu verbergen. Er war noch nie ihr größter Fan gewesen.

»Wir haben Schluss gemacht.«

»Für den Moment.« Er verdreht die Augen.

»Endgültig diesmal.«

Er lehnt sich wieder zurück und macht sich bereit für einen neuen Durchgang. »Tut mir leid, aber das kaufe ich dir nicht ab. Dafür habe ich das schon zu oft miterlebt.«

»Sie konnte mit der ganzen Situation nicht umgehen. Damit, mir zu helfen, als ich nicht laufen konnte. Mit der Reha. Also habe ich mit ihr Schluss gemacht.«

»Im Ernst jetzt?«, fragt Alex, während er die Hantelstange nach oben drückt.

»Im Ernst. Tenley wohnt momentan bei mir.«

»Und wie läuft das so?«

»Es läuft … gut.«

Alex gibt ein spöttisches Schnauben von sich und beendet seinen Durchgang. »Bullshit. Ich will wissen, wie es wirklich läuft!«

Ich gehe rüber zur Bodenmatte, setze mich hin und beginne, mein Bein zu dehnen. Die ganze Arbeit hier macht keinen Sinn, wenn ich mir das Knie gleich wieder verletze. »Es ist irgendwie komisch. Ich kenne sie ja jetzt schon ewig, aber neulich ist etwas Seltsames passiert.«

Alex wedelt mit der Hand und bedeutet mir, weiterzuerzählen.

»Seit wann bist du denn so eine Klatschtante?«

»Seit du Rachel abserviert und nun vielleicht endlich mal die Chance auf ein nettes Mädel hast.«

»Hat denn niemand Rachel gemocht?« Ich spüre, wie sich ein leichter Spannungsschmerz in meinem Kopf ausbreitet.

»Sagen wir es mal so: Man hat ziemlich deutlich gemerkt, dass du nicht glücklich warst. Ich bin nie einem mürrischeren Drecksack begegnet.«

»Na vielen Dank auch.«

»Er hebt verteidigend die Hände. »Ich meine es ernst. Ich hatte erwartet, du wärst grummelig wie ein Bär wegen der Geschichte mit deinem Knie und so, aber das bist du nicht. Sehr zu meiner Überraschung. Und ich kann nur vermuten, dass das an Tenley liegt.«

Ich konnte mein Lächeln nicht unterdrücken, selbst wenn ich es versucht hätte. Wenn ich schon nur an unsere kleine Videospiel-Session zurückdenke, fühle ich Dinge, die ich ihr gegenüber noch nie gespürt habe.

»Siehst du? Genau das!« Alex zeigt mit einem Finger auf mich. »Du lächelst wie ein kompletter Vollidiot. Was ist denn nun neulich passiert?«

»Wir haben Videospiele gespielt und hatten einfach so einen Moment.«

»Extrablatt, Extrablatt. Sie hatten einen Moment«, witzelt er.

»Ich meine es ernst.« Ich fahre mir mit der Hand durch meinen stetig wachsenden Bart. »Auf einmal habe ich sie nicht mehr nur als Tenley gesehen. Sondern als Frau. Als verdammt hübsche Frau. Weißt du, was ich meine?«

Alex wird still. Das ist nicht untypisch für ihn, aber der veränderte Blick, mit dem er mich auf einmal mustert, der schon. Doch noch bevor ich die Chance habe, ihn darauf anzusprechen, fragt er mich: »Und was willst du jetzt machen?«

»Wenn ich das nur wüsste.«

Tenley ist meine beste Freundin. Würde ich überhaupt etwas tun wollen? Hat sie die gleichen Gefühle wie ich? So wie sie mich neulich angesehen hat, könnte das durchaus sein. Ich weiß nur nicht, ob ich das Risiko eingehen will.

»Hör mal. Ich weiß, es ist nicht einfach, die eigene Komfortzone zu verlassen. Wer wüsste das besser als ich. Aber was ist, wenn du dir etwas Großartiges entgehen lässt, nur weil du Schiss hast?«

»Da sieh sich einer an, wie der Kapitän gute Ratschläge verteilt«, scherze ich, um meine eigene Nervosität zu überspielen.

»Ich sag's ja nur. Hilfst du mir jetzt noch bei meinen restlichen Übungen, oder bist du fertig?«

Ich schüttle den Kopf. »Nein. Ich bin für heute fertig. Ich will es nicht übertreiben. Außerdem muss ich noch mein Knie kühlen, bevor ich gehe.«

»Darf ich dir zum Abschluss noch einen weiteren Rat geben?«, fragt Alex, während er mir beim Aufstehen hilft.

»Vielleicht.«

»Rasier dir die Scheiße ab. Du siehst aus wie ein Yeti.«

Ich verpasse ihm einen Stoß, bevor ich den Raum verlasse. »Wichser.«

Aber es fühlt sich gut an, wieder hier zu sein. Wieder bei meinen Mannschaftskameraden zu sein. Dadurch wird mir erst bewusst, wie sehr ich das vermisse. Ich liebe das Footballspielen, keine Frage. Aber das Beste daran war schon immer gewesen, mit den Jungs zusammen zu sein. Und es ist schön zu wissen, dass sie mich nicht gänzlich abgeschrieben haben, auch wenn ich momentan nur an der Seitenlinie stehe.

Das verleiht meinem Gang nach Hause ein wenig extra Schwung, genauso wie der Gedanke, dass Tenley dort auf mich warten wird. Noch nie wollte ich nach einem Training so schnell nach Hause kommen wie jetzt.

Das sollte mir schon ziemlich viel über meine Gefühle für sie sagen, aber im Moment herrscht in meinem Kopf so ein Chaos, dass ich warten sollte, bis ich wieder auf dem Spielfeld stehe. Vielleicht wird mir das die Klarheit verschaffen, die ich brauche.

Aber das ist ein Problem für einen anderen Tag. Etwas, worüber sich erst ein Zukunfts-Jackson Gedanken machen muss.

Kapitel Neun

»Fuck!«

Der Rasierer fällt mir aus der Hand, als ein stechender Schmerz durch mein Bein fährt. Hätte Paige mir nicht gesagt, dass das während des Trainingsprozesses ganz normal ist, würde ich mir jetzt wahrscheinlich Sorgen machen.

»Was machst du denn da?«, fragt Tenley, die gerade in der Badezimmertür erscheint.

Ich lasse den Kopf sinken und atme gegen das Pochen in meinem Bein an. »Wonach sieht es denn aus?«

Sie verschränkt die Arme und sieht mich mit ihrem ganz speziellen Blick an: dem Lehrerblick, wie ich ihn nenne. Anstatt mich zu beruhigen, bringt mich das aber nur noch mehr auf die Palme. »Mir wurde gesagt, ich sehe aus wie ein Yeti, woraus ich geschlussfolgert habe, dass ich mich rasieren sollte. Aber noch nicht einmal das kann ich. Als hätte ich mir die verdammten Arme gebrochen.«

Frustriert fahre ich mir mit der Hand durch die Haare. Ich hasse es, mich so nutzlos zu fühlen.

»Setz dich«, ordert Tenley an und stellt sich neben mich.

Ich lasse mich auf den Rand der Badewanne fallen und spüre sofort die Erleichterung in meinem Knie. »Ich hasse das«, flüstere ich und lasse meinen Kopf gegen die Duschkabine fallen.

Tenley erwidert nichts darauf, sondern verteilt wortlos den kühlen Rasierschaum auf meinem Gesicht. »Es ist okay, um Hilfe zu bitten, Jackson.« Ich öffne ein Auge und schaue zu ihr hoch.

»Das ist das Einzige, was ich in letzter Zeit gemacht habe. Ich hasse es, dass ich für alles auf dich angewiesen bin.« Ich atme genervt aus. Als ich heute Nachmittag mit Alex trainiert habe, ging es mir wirklich gut. Aber jetzt erinnert mich das dumpfe Pochen in meinem Bein wieder an den langen Weg, der noch vor mir liegt. Und daran, dass ich nicht einmal die einfachsten Dinge allein machen kann.

»Ich wäre nicht hier, würde ich dir nicht helfen wollen.« Ihr Atem fühlt sich warm auf meiner Haut an, während sie den Rasierer über meine Wange gleiten lässt. »Du hast Glück, dass ich es gewohnt bin, mich mit Sturköpfen herumzuschlagen.«

Ich schließe die Augen, während ich ihren Bewegungen zuhöre. Es ist hypnotisierend. Das Rauschen des Wasserhahns. Das Gleiten des Rasiermessers über mein Gesicht. Als Tenleys nacktes Bein gegen meines streift, entwickeln meine Finger ein Eigenleben und gleiten über die glatte Haut ihres Oberschenkels.

»Sieh mich an.« Ich öffne die Augen und blicke zu ihr hoch. Ihr sonst so offenes Gesicht wirkt angespannt. Als ob sie gegen etwas ankämpfen würde. Ich ziehe sie näher an mich heran und lasse nicht los.

Ihre Haut ist warm, so warm, dass bei der kleinsten

Berührung ein Schauer durch meinen Körper fährt. Ihre Fingerspitzen berühren sanft mein Gesicht. Nur ganz leicht. Aber diese Berührung zwingt mich dazu, meine Position ein wenig zu ändern, um das wachsende Problem in meinen Shorts zu verbergen.

Was zur Hölle? Das ist mir noch nie passiert.

Verdammt noch mal, das ist Tenley!

Es sind diese ganzen kleinen Augenblicke, die sich langsam summieren. Wir waren doch schon immer so miteinander umgegangen, also warum fühlt es sich jetzt auf einmal anders an?

Ich lasse meine Finger höher wandern, bis ich am Rand ihrer Shorts angelangt bin. Das leise Stöhnen, das ihr beim Ausatmen entwischt, entgeht mir nicht.

Im Gegenteil. Es bringt meine Gedanken zum Rasen. Wie wäre es wohl, wenn ich mich jetzt zu ihr vorbeugen und sie küssen würde? Wenn ich sie in meinen Schoß ziehen und sie spüren lassen würde, was sie mit mir anstellt?

Ihre Lippen sind mit Sicherheit genauso zart und weich, wie sie aussehen. Welche Geräusche würde sie wohl von sich geben, wenn ich sie küsse? Scheiße, ich wette, sie schmeckt auch noch göttlich.

»Wir sind fertig.« Ihre geflüsterten Worte bereiten meinen unkontrollierten Gedanken ein Ende.

»Und, wie sehe ich aus?«, frage ich und schenke ihr mein schönstes Lächeln.

»Wie mein Jackson«. Vorsichtig wischt sie mir das Gesicht ab und hat dabei selbst ein kleines Lächeln im Gesicht. »Gutaussehend wie immer.«

»Das verdanke ich nur dir.« Ich drücke ihr Bein, woraufhin sie einen Schritt zurück macht und sich aus meinem Griff befreit.

»Das Abendessen ist bald fertig. Deshalb bin ich eigentlich gekommen.«

»Alles klar.«

»Okay.« Tenley geht rückwärts aus dem Badezimmer und stößt dabei gegen die Tür. »Abendessen. Küche. Wir treffen uns dann dort.«

Ich muss fast über ihre Tollpatschigkeit lachen, aber das bestätigt mir nur, was ich fühle. Und dass ich jetzt weiß, was sie für mich fühlt.

Vielleicht könnte da wirklich mehr sein.

Aber wie zum Teufel kommen wir dahin?

TENLEY

»BIST DU DIR SICHER, dass du weißt, was du da tust?«

Ich gebe ein verärgertes Schnauben von mir, als das Wasser im Topf schon wieder übersprudelt. »Ja, Jackson. Ich koche heute nicht zum ersten Mal.«

Aber der Geruch in der Küche lässt etwas anderes vermuten. Seit meinem Badezimmererlebnis mit Jackson herrscht in meinem Kopf das reinste Chaos. Das Gefühl seiner Hand auf meinem Bein hat sich wahrscheinlich für immer dort eingebrannt, genauso wie das seiner Fingerspitzen am Saum meiner Shorts.

Ich hatte mich wirklich zusammenreißen müssen, um mich nicht an Ort und Stelle auf ihn zu stürzen. Aber Jackson ist angeschlagen und muss sich auf seine Genesung konzentrieren. Das Letzte, woran er denken sollte, ist, sich in eine neue Beziehung zu stürzen.

»Soll ich dir helfen?«

Ich drehe mich auf dem Absatz um und zeige mit der

Schaumkelle auf ihn. »Nein. Du sollst einfach nur dein Knie nicht belasten.«

Verteidigend reißt er die Hände nach oben. »War ja nur ein Angebot. Aber vielleicht möchtest du ja …«

Da platzt plötzlich eine Blase, die sich in der Soße gebildet hat, und verteilt einen Schwung Marinara über mich und die Arbeitsfläche. Jackson unterdrückt ein Lachen, als ich den Deckel wieder auf den Topf knalle.

»Das ist alles deine Schuld.«

»Wieso soll das meine Schuld sein?« Jackson reißt sich ein Stück Brot ab und steckt es sich in den Mund. Wenigstens ist das nicht verbrannt, während ich ihm beim Rasieren geholfen habe.

»Weil du keine Töpfe in der richtigen Größe hast, um Essen zu machen. Wäre ich bei mir zu Hause, gäbe es keinerlei Probleme.«

Ein kleines Lächeln schleicht sich auf Jacksons Lippen. Ich hasse es, wie das mein Herz höherschlagen lässt. Er schenkt nicht einfach jedem sein Lächeln, und immer wenn er mir dann eines zukommen lässt, schmelze ich schneller dahin als ein Stück Butter auf einem Bürgersteig im August.

Ich wende mich wieder dem Herd zu und hoffe, dass die dort aufsteigende Hitze die aufkommende Röte in meinen Wangen tarnen wird. Ich bin im Moment völlig neben der Spur, und das nicht nur wegen des Abendessens. Meine Gefühle für Jackson sind wie ein Schnellkochtopf, bei dem die Temperatur jeden Tag ein wenig höhergedreht wird. Ich weiß nicht, wie lange ich das noch aushalte, bevor ich irgendwann explodiere.

Und die Art, wie Jackson mich im Bad angesehen hat? Allein die würde schon genügen, um eine Nonne ernsthaft übers Sündigen nachdenken zu lassen.

Ich schalte den Herd aus, lasse die Spaghetti abtropfen und richte unser Essen an.

»Meinst du, da ist etwas angebrannt?«, fragt Jackson, während er misstrauisch seinen Teller beäugt.

Ich verpasse seinem perfekt trainierten Brustmuskel einen Schlag. »Quatsch! Der Geruch kommt nur vom Herd. Aber wenn du es nicht essen möchtest, kannst du dir ja noch etwas bestellen.«

Jackson schiebt sich einen Bissen in den Mund, und ich kann einfach nicht anders, als ihm dabei zuzusehen, wie sein Kiefer arbeitet.

»Oh Scheiße, ist das gut«, stöhnt Jackson mit geschlossenen Augen, was schmutzige Bilder in meinem Kopf erscheinen lässt, an die ich auf keinen Fall denken sollte.

»Siehst du?« Meine Stimme klingt ruhiger, als ich es erwartet hätte. »Ich habe dir doch gesagt, dass ich kochen kann.«

»Ich dachte, während der Highschool hättest du das immer gehasst.«

Ich drehe die Spaghetti um meine Gabel und nehme einen etwas zierlicheren Bissen als er. »Das liegt daran, dass meine Mutter mich mindestens einmal pro Woche dazu gezwungen hat und meine Schwestern nicht.«

Jackson schnaubt lachend auf. »Das hatte ich ganz vergessen. Und warum mussten sie es nicht machen?«

Ich verdrehe die Augen. »Weil Penny immer drüben bei ihren Freundinnen war und Nora ihrem Freund nicht von der Seite gewichen ist. Ich schätze, sie hat angenommen, dass die anderen schon irgendwie durchgefüttert werden, aber bei mir hatte sie Angst, ich würde verhungern, wenn ich aufs College gehe.«

Jackson legt seine Gabel ab, dreht sich zu mir um und legt seinen Arm über meine Stuhllehne. Die Wärme, die von seiner Haut ausgeht, brennt sich förmlich in mich hinein. Er berührt mich nur minimal, aber trotzdem spüre ich es überall.

»Weißt du noch, als ich dich in meiner spielfreien Woche im zweiten Highschool-Jahr besucht habe?«

»Wie könnte ich das vergessen?«

Jacksons Gesicht nimmt einen harten Ausdruck an. »Wie war noch gleich der Name von diesem Arschloch?«

»Nicht jeder, mit dem ich ausgegangen bin, war ein Arschloch, Jackson«, rüge ich ihn.

Seine Augen sind eiskalt. »Wir sind auf diese eine Party gegangen, wo er auch war und mit einer anderen Tussi rumgemacht hat.«

»Okay, vielleicht war er wirklich ein Arschloch«, flüstere ich.

»Und du hast dich so betrunken, dass du mich von oben bis unten vollgekotzt hast.«

»Müssen wir darüber wirklich während des Essens sprechen?« Bei der – bestenfalls verschwommenen – Erinnerung an diese Nacht zieht sich alles in mir zusammen. »Zwischen Brad und Mike hast du jeden Kerl gehasst, mit dem ich ausgegangen bin.«

Er legt seine Hand auf meine Schulter und drückt sie leicht. »Das liegt daran, dass sie dich nicht verdient hatten. Du warst zu gut für sie.«

Aber ich war nie gut genug für dich, würde ich ihm am liebsten entgegenschleudern.

»Aber sie waren nicht alle schlecht.«

»Nenn mir einen, der es nicht war«, fordert Jackson mich auf und sieht mich kampflustig an.

»Dylan.«

Wir waren während meines letzten Jahres am College zusammen gewesen, bevor er dann an die Ostküste gezogen ist. Er war süß, wenn auch ein wenig schüchtern.

Jackson schnaubt. »Der Junge war so nervös, man

musste ihm nur einen Blick zuwerfen und schon hat er sich fast eingepisst.«

»Er war süß.«

»Das heißt aber nicht, dass er dich verdient hat«, brummt Jackson.

»Da du ja anscheinend am besten weißt, wer mich verdient: Mit wem sollte ich denn deiner Meinung nach ausgehen?« Ich ziehe fragend eine Augenbraue hoch. »Fällt dir irgendjemand ein?«

Doch Jackson sieht mich nur mit großen Augen an. »Wie hat denn das Gespräch jetzt die Richtung angenommen, dass ich dich verkuppeln soll?«

»Na ja, du denkst, dass ich nicht die richtigen Leute date, also warum verkuppelst du mich dann nicht mit einem deiner Teamkollegen?« Ich drehe mich herum und stoße dabei seinen Arm von der Rückenlehne meines Stuhls.

»Auf gar keinen Fall.«

»Sehr erwachsen von dir, Jackson.« Ich verschränke die Arme und sehe ihn herausfordernd. »Gibt es nicht einen Teamkollegen von dir, der mich verdienen würde?«

»Kerle können ziemliche Arschlöcher sein, wenn sie mit anderen Kerlen über Mädchen reden. Das sollte dich nicht überraschen.«

Schön wär's.

»Um das Thema um meine früheren Liebhaber endlich zu einem Ende zu bringen: Wie war denn die Reha heute?«

»Ich darf jetzt damit anfangen, ohne Krücken zu laufen.« Er reckt ohne jegliche Begeisterung eine Faust in die Luft.

»Jackson, hör auf. Das ist doch großartig.«

»Ich darf leichte Wiederholungen machen und laufen. Wow. Ein Kleinkind kann mehr.«

Ich verdrehe die Augen. »Morgen gehe ich mit dir in den Park und wir machen einen Spaziergang. Es wird dir guttun, mal rauszukommen.«

»Du bist eben einfach die Beste, Tenley.«

»Und vergiss das bloß nie.«

Kapitel Zehn

JACKSON

»**B**ist du bereit?«, fragt Tenley, die in ihren engen Laufshorts und dem Mountain-Lions-Tanktop einfach zum Anbeißen aussieht.

Wenn ich dabei auf deinen Hintern schauen kann, dann jederzeit. Aber das sage ich ihr natürlich nicht.

»Lass uns loslegen. Ich würde ungern eine ganze Stunde für nicht mal zwei Kilometer brauchen.«

Sie gibt mir einen Klaps auf den Arm. »Hör auf damit. Wir lassen es ruhig angehen. Ich passe schon auf, dass du dir nicht wehtust.«

Der Sommer macht langsam Platz für den Herbst. Das ist meine Lieblingszeit in Denver. Die Nachmittage sind heiß, aber von den Bergen weht eine kühle Brise. Einfach perfekt.

»Freust du dich schon auf den ersten Schultag?«

Tenley schenkt mir ein Lächeln, das fast mehr strahlt als die Sonne am Himmel. »Ich kann es kaum erwarten. Es ist meine Lieblingszeit im Jahr.«

»Du bist der einzige Mensch, den ich kenne, der den ersten Schultag schon immer geliebt hat.«

Tenley hängt sich bei mir ein, während wir den Weg in der Nähe des Zoos entlangschlendern. »Neue Schulsachen kaufen. Das Outfit für den ersten Schultag zusammenstellen. Ich habe das alles einfach geliebt. Das Versprechen eines neuen Anfangs, das in der Luft lag.«

»Meine ewige Optimistin. Sieht immer das Gute im Menschen.«

Sie schlägt mir auf den Arm. »Du sagst das, als wäre es etwas Schlechtes.«

»So habe ich das nicht gemeint, ich schwöre. Ich wünschte, ich könnte mehr sein wie du.«

»Wirklich?«, fragt Tenley und sieht mich an. Ihre Augen sind hinter einer dunklen Sonnenbrille verborgen.

»Im Rampenlicht zu stehen, stumpft einen irgendwie ab. Und dabei bin ich noch nicht einmal in einer Spitzenposition. Ich kann mir nicht vorstellen, unter welchem Druck Sinclair die ganze Zeit stehen muss.«

»Ich bekomme ja durch dich indirekt auch einiges von der Liga mit und würde es da auch nicht aushalten.«

Ich bugsiere uns um ein Paar herum, das einen Kinderwagen vor sich herschiebt. »Das würdest du selbstverständlich. Du händelst Fünfjährige wie ein Boss. Profisportler wären dir da in keiner Weise gewachsen.«

»Genau. Ich würde euch alle in meinen Bann ziehen«, erwidert sie lachend.

So kann man es auch ausdrücken.

Je weiter wir in den Park hineinlaufen, desto belebter wird es um uns herum. Der Duft der Blumen des botanischen Gartens weht durch den Park. Lavendel und noch irgendetwas anderes erfüllt die Luft. Das wird mich ab jetzt immer an Tenley erinnern und wie sie mir davon erzählt, was ihr am Lehrersein am besten gefällt.

Ich könnte ihr stundenlang zuhören. Mir war noch nie

aufgefallen, was für eine beruhigende Wirkung ihre Stimme auf mich hat.

»Können wir uns kurz setzen?«, frage ich, als wir uns einer Baumgruppe nähern.

»Oh Gott!«, keucht sie und schaut sofort auf mein Knie. »Geht es dir gut?«

»Mir geht's super. Ich möchte nur eine kleine Pause machen.«

»Okay.« Wir suchen uns einen Platz im Schatten und setzen uns nebeneinander. Unsere Beine berühren sich, und ich fühle mich, als würde ein Stromschlag durch meinen Körper schießen.

Es wird tatsächlich immer schwieriger, in der Nähe dieser Frau zu sein und mir nicht einzugestehen, was ich fühle.

Ich war einfach blind gewesen. Und jetzt, wo Rachel nicht mehr da ist, ist es, als würde ich mir selbst die Erlaubnis geben, meine Gefühle für Tenley genauer unter die Lupe zu nehmen.

Ihr mit Sommersprossen gesprenkeltes Gesicht ist der Sonne zugewandt und sie hat ein zufriedenes Lächeln auf den Lippen. Winzige Strähnen ihres blonden Haars kleben an ihrem Gesicht.

»Wie fühlst du dich angesichts der bald beginnenden Season?«, bricht sie schließlich das Schweigen.

Ich zupfe an ein paar Grasbüscheln herum. »Da ich diese Tatsache vollkommen ignoriere, geht es mir sehr gut damit.«

»Hoffentlich bist du nur noch ein paar Wochen außer Gefecht gesetzt, und danach gehst du raus und zeigst denen, wie der Hase läuft.«

Mir entwischt ein Lachen. Ich liebe es, dass sie so gut wie nie flucht. Das ist eine dieser liebenswerten Eigenschaften von ihr, derer ich nie überdrüssig werde.

»Alles läuft nach Plan. Solange ich nichts Dummes anstelle, stehen die Chancen gut, dass ich nach der spielfreien Woche wieder einsatzfähig bin.«

»Haben die Ärzte das gesagt?« Aufgeregt dreht sie sich zu mir um und drückt meinen Arm.

Ich nicke.

»Jackson! Warum hast du mir das nicht erzählt?«

»Ich wollte mir einfach noch keine zu großen Hoffnungen machen. Und außerdem weiß ich ja, wie du bist.«

»Aber das ist doch super. Wenn die Ärzte mit deinen Fortschritten zufrieden sind, machst du auf jeden Fall etwas richtig.« Sie klatscht in die Hände und steht auf. »Das muss gefeiert werden. Lass uns auf dem Heimweg ein Eis essen.«

»Was immer du willst, Tenley.«

Sie streckt ihre Hände aus, um mir aufzuhelfen, doch als ich danach greife, verliert sie den Halt und ich ziehe sie nach unten. Unsere Oberkörper prallen aufeinander, und ihr Gesicht ist nur wenige Zentimeter von meinem entfernt.

Jede Zelle meines Körpers vibriert. Keiner von uns beiden macht eine Bewegung. Ihre Augen sind starr auf meine gerichtet. Die Luft um uns herum steht still.

Ich spüre jeden Teil ihres Körpers, der mich gerade berührt, so intensiv, dass ich kurz davorstehe, in Flammen aufzugehen. Ich möchte ihre Lippen auf meinem Mund spüren. Diese Grenze überschreiten, die wir für uns selbst gezogen zu haben scheinen.

Tenleys Blick wandert zu meinen Lippen, und als ich gerade denke, dass sie sich zu mir hinunterbeugen möchte, durchbricht ein Schrei die Stille und lässt diesen Moment zerplatzen wie eine Seifenblase.

Fuck.

Fuck.

Fuck.

Fuck.

Wir waren so nah dran, doch nun stößt Tenley sich von mir ab und steht auf. »Bereit, weiterzugehen?«

Am liebsten würde ich Nein sagen. Am liebsten würde ich sie wieder in meine Arme ziehen und sie küssen. Doch leider ist der Moment verflogen. Ich verlagere mein Gewicht so, dass ich mit meinem gesunden Bein aufstehen kann, und täusche ein Lächeln vor.

»So bereit, wie man nur sein kann.«

Kapitel Elf

JACKSON

Auf dem Heimweg reden wir beide kein Wort miteinander. Tenley ist vollkommen in Gedanken versunken, während sie ihr Eis isst. Doch auch das schmälert mein Verlangen nach ihr kein bisschen. Zum ersten Mal in meinem Leben nimmt jede Zelle meines Körpers jede auch noch so kleine Bewegung von Tenley wahr.

Sie ist immer noch dieselbe Tenley – meine beste Freundin. Aber jetzt hat auch mein Körper von ihr Notiz genommen. Und das ist ein gefährlicher Weg, den ich da eingeschlagen habe.

Als schließlich die Fahrstuhltür auf unserer Etage anhält, lasse ich Tenley zuerst aussteigen, doch sie bleibt abrupt stehen und ich stoße mit ihr zusammen. Ich folge ihrem Blick – und muss mich zusammenreißen, nicht auszurasten.

»Rachel. Was machst du denn hier?«

Jegliche Freude von vorhin wird durch eine wachsende Anspannung ersetzt. Ich gehe an ihr vorbei und öffne die Tür zu meiner Wohnung. »Ich wollte dich sehen, Dummerchen.«

Meine Augen suchen die von Tenley, während Rachel völlig unbekümmert an mir vorbeischlendert. Ich habe keine Ahnung, wie sie auf das plötzliche Auftauchen meiner Ex reagieren wird. »Wir haben Schluss gemacht.«

Ein leichtes Pochen macht sich hinter meiner Stirn bemerkbar. Tenley und ich hatten einen so guten Tag. Das Letzte, was ich will, ist, dass Rachel auftaucht und alles kaputtmacht.

»Ach, das hast du doch nicht so gemeint. Du warst nur so aufgebracht wegen deines Knies.«

»Rachel. Du hast mich im Stich gelassen, als ich dich am meisten gebraucht hätte. Wieso zum Teufel solltest du auf die Idee kommen, dass ich es nicht so gemeint haben könnte?« Ich presse mir zwei Finger auf den Nasenrücken und zwinge mich, nicht die Geduld zu verlieren.

»Als ob wir uns noch nie getrennt und wieder zusammengefunden hätten.« Dann dreht sie sich um und richtet ihre dunklen Augen auf Tenley. »Was tut sie eigentlich hier?«

»*Sie* war die ganze Zeit hier, um mir zu helfen. Pass mal ein wenig auf, was du sagst.«

Rachel kommt an meine Seite geschlichen und lässt ihre Finger über meine Brust gleiten. Keine Reaktion. Kein plötzliches Verlangen, sie in meine Arme zu ziehen und wieder aufleben zu lassen, was wir einst hatten. Ich atme erleichtert auf und weiß nun endlich, dass ich ausnahmsweise mal die richtige Entscheidung getroffen habe.

»Rachel. Bitte. Ich möchte es nicht noch einmal sagen. Geh.«

Die Wut, die sich in ihre Augen schleicht, ist unübersehbar. »Du willst lieber mit ihr zusammen sein als mit mir?«, fragt sie und zeigt hinter sich. »Was willst du machen? Noch mal sieben Minuten im Himmel mit ihr spielen und dich dann wieder dem Football widmen?«

»Wovon in aller Welt redest du da?«

Tenley stößt einen erschrockenen Ton aus, und mein Blick huscht hinüber zu ihr. Ihre blauen Augen sind wegen dem, was Rachel gesagt hat, vor Schreck weit aufgerissen.

»Warum sollte ich dir das sagen? Du hast ziemlich deutlich gemacht, dass du mich nicht brauchst.«

Ein Stechen in meinem Knie signalisiert mir, dass ich schon zu lange stehe. Ich greife nach der Wand hinter mir, was Tenley natürlich nicht entgeht.

»Ist mit deinem Bein alles in Ordnung?«, fragt sie leise, so als wolle sie nicht noch mehr Aufmerksamkeit auf sich lenken, als sie ohnehin schon hat.

»Wie süß. Sie glaubt, dass sie endlich eine Chance bei dir hat.« Rachels Worte klingen bitter. Sie mustert Tenley von oben bis unten, wie eine Löwin, die kurz davor ist, sich auf ihre Beute zu stürzen. »Besser du als ich. Er ist ein schrecklicher Liebhaber und interessiert sich nur für Football.«

Und mit diesen letzten Worten schlägt sie die Tür hinter sich zu.

Ich fahre mir mit der Hand übers Gesicht und drehe mich zu Tenley um, so gut ich kann. »Wovon in aller Welt hat sie da gesprochen?«

»Woher soll ich das wissen?« Tenley wendet mir den Rücken zu und geht in die Küche. Jetzt weiß ich, dass sie mich anlügt.

Sie hantiert mit dem schmutzigen Geschirr in der Spüle herum. »Tenley.« Mit fester Stimme versuche ich, ihre Aufmerksamkeit zu erlangen.

Teller klappern in der Spüle, als sie sich zu mir umdreht und sich mit mehr Kraft als nötig an der Arbeitsplatte festklammert.

»Es gibt nichts, worüber wir sprechen müssten«, erwidert Tenley leise, während ich zu ihr hinübergehe.

»Sag es mir.«

Als sie sich umdreht, sind ihre Augen feucht. Ich möchte sie in meine Arme ziehen und trösten, wenn Rachel ihr irgendwie wehgetan haben sollte. Ich würde die ganze Welt niederbrennen, wenn ich sie dadurch beschützen könnte.

Tenley fängt an, an ihrem Fingernagel herumzuspielen und sieht mich nicht an. Das macht mich nur noch nervöser, bis sie schließlich doch den Mund aufmacht.

»Ich war es.«

»Du warst was?«

Sie atmet tief durch. »Auf dieser Party in der Highschool. Das war ich im Wandschrank.«

Ich kann ihr nicht ganz folgen und schüttle den Kopf. »Nein, warst du nicht. Du warst ja nicht mal da.«

»Freut mich, dass ich so unscheinbar und leicht zu vergessen war.« Sie verdreht die Augen und Sarkasmus trieft aus jedem ihrer Worte. »Ich bin früher gegangen, weil ich meine Ausgehzeit überschritten hatte.«

»Aber ich wüsste doch, wenn du dagewesen wärst.« Es will einfach nicht Klick machen.

»Ich bin mit Gabby hingegangen. Wir waren spät dran, und alle hatten gerade mit dem Spiel angefangen. Du hast in dem Moment gerade mit Rachel gesprochen.«

Verdammte Rachel. »Warum hast du nicht Hallo gesagt, als du gekommen bist?«

Sie stößt ein hämisches Lachen aus. Etwas, das ich absolut nicht von ihr gewohnt bin. »Ich war in der Highschool schwer in dich verknallt. Es ist mir nicht gerade leichtgefallen, mit dir zu sprechen, wenn du andere Mädels um dich hattest.«

»Warst?« Mir gefällt es gar nicht, wie enttäuscht ich bin, das zu hören. Tenley war schon immer ein Teil meines Lebens gewesen. Und sie wird auch immer ein Teil meines Lebens sein. Aber in letzter Zeit hat sich etwas verändert. Ich weiß nicht, ob es daran liegt, dass ich mehr auf sie angewiesen bin als sonst, aber die Dinge, die ich für sie empfinde, sind mir neu. Und ich wünsche mir so sehr, dass diese Gefühle auf Gegenseitigkeit beruhen.

Aber als Tenley mich ansieht, steht ihr der Schock förmlich ins Gesicht geschrieben. Ich schiebe mich auf einen Barhocker, weil ich nicht mehr stehen kann. »Du *warst* in mich verknallt, Tenley?«

»Darüber müssen wir jetzt wirklich nicht sprechen.«

»Doch, müssen wir!«, schnauze ich sie an. Meine Geduld mit dem anderen Geschlecht ist für heute definitiv aufgebraucht. Zuerst mit der Frau, die einfach wieder hier aufgetaucht ist und dachte, sie könnte Anspruch auf mich erheben, und jetzt mit der Frau, die vor mir steht und nicht mit mir sprechen will.

»Wie du willst!«, schnauzt Tenley mich schließlich an. Ich setze mich aufrecht hin und höre zu. »Ich war es, die du in jener Nacht geküsst hast. Wir durften nicht miteinander reden, aber du bist gestolpert, als du in den Schrank gestiegen bist, und ich habe sofort gewusst, dass du es bist. Dann hast du gesagt: ›Du bist eine wirklich gute Küsserin.‹ Ich konnte es kaum erwarten, dir zu sagen, dass ich es war, aber dann habe ich eine Nachricht von meiner Mutter bekommen und musste gehen, und als ich am Montag in die Schule gekommen bin, warst du schon mit Rachel zusammen.«

Von der Geschwindigkeit, mit der sie das alles herunterrattert, wird mir ganz schwindlig. »Aber warum hätte Rachel behaupten sollen, dass sie es war?«

»Weil in der Highschool jeder in dich verschossen war! Du warst der neue Footballspieler und jeder wollte deine Aufmerksamkeit haben. Gott, es ist wirklich erstaunlich, wie schwer von Begriff du manchmal bist.«

»Tja, tut mir schon sehr leid, wenn ich das nicht so schnell verarbeiten kann wie du. Ich habe gerade erst herausgefunden, dass ich den besten Kuss meines Lebens mit meiner besten Freundin hatte und nicht mit der Frau, mit der ich die letzten dreizehn Jahre meines Lebens verbracht habe. Warum hast du nie etwas gesagt?«

Tenley verschränkt die Arme und sieht mich grimmig an. »Weil du mit Rachel zusammen warst. Ich wollte mich nicht zwischen euch stellen. Außerdem kann Rachel ziemlich Furcht einflößend sein, selbst wenn sie einen guten Tag hat.«

Ich stoße ein Lachen aus. »Da hast du nicht ganz unrecht.«

»Hör zu, ich weiß, dass du Hilfe brauchst, aber ich kann im Moment nicht hierbleiben.«

»Was? Warum nicht?« Ich will nicht, dass Tenley geht. Der dünne Faden, an dem mein Verstand noch hängt, ist kurz davor, zu reißen. Erneut.

»Weil ich Zeit brauche, um wieder etwas runterzukommen.«

»Warum musst du nur immer so vernünftig sein?«, murmle ich.

»Ich bin eine Vorschullehrerin. Ich muss so sein.« Dann geht Tenley in den Flur und nimmt ihre Handtasche und ihre Schlüssel von der Kommode. »Hör zu, ich komme später wieder, aber … tu bitte einfach nichts, was deinem Knie schaden könnte. Das würde ich mir nie verzeihen, okay?«

Ich nicke ihr zu, als sie sich zum Gehen wendet.

Fuck.

Innerhalb von nur einer Stunde hat sich meine ganze Welt verändert. Was ich für in Stein gemeißelt hielt, ist zu Staub zerschmettert und von der Wahrheit, die Tenley mir offenbart hat, weggeweht worden.

Der beste Kuss meines Lebens – der Kuss, der mich zu Rachel geführt und mich dazu gebracht hat, mit ihr während der Highschool, im College, ja sogar während des Drafts und meiner ersten Jahre in der NFL zusammenzubleiben – hatte mit Tenley stattgefunden.

Meiner besten Freundin.

Derjenigen, die alles stehen und liegen lassen hat, um mir in meiner Not beiseitezustehen.

Tenley, die schon immer für mich da gewesen ist. Sie war bei meinem ersten College-Spiel dabei, obwohl wir nicht auf dieselbe Schule gegangen sind. Sie war bei mir im Krankenhaus, als ich während unseres letzten Schuljahres einen Blinddarmdurchbruch hatte und deswegen den Homecoming-Ball verpasst habe.

Es war immer sie. Niemals taucht Rachel in diesen Erinnerungen auf. Immer nur Tenley.

Was wäre wohl passiert, wenn sie diese Party nicht vorzeitig verlassen hätte? Wären wir dann jetzt zusammen?

Die Ereignisse der letzten Wochen geistern mir durch den Kopf. Jede Bewegung. Jede Berührung.

Hatte Tenley schon immer Gefühle in diese Richtung? Aber das hätte ich doch gemerkt, oder?

Doch jetzt sehe ich meine Tenley in einem anderen Licht.

Meine Tenley.

Sie war nie meine Tenley in diesem Sinn, aber selbst früher habe ich sie schon immer so gesehen. Könnte sie jetzt tatsächlich zu *meiner* Tenley werden? Will sie mich noch? Würden wir als Paar überhaupt funktionieren?

Mir schwirrt der Kopf, als mir vor Müdigkeit langsam die Augen zufallen. Aber eines ist mir jetzt klar.

Es ist Tenley.

Und ich will sie für mich gewinnen.

Kapitel Zwölf

TENLEY

»Heilige Scheiße! Ist das dein Ernst?«

Ich nicke und kippe den Rest meines Weins hinunter. Nachdem ich Jacksons Wohnung verlassen hatte, war ich direkt zu Gabby gegangen. Sosehr ich meine Schwestern auch liebe, das war eine Sache für meine beste Freundin. »Rachel hat einfach die Bombe platzen lassen. Jackson hat mich angesehen, als würde er mich zum ersten Mal in seinem Leben sehen.«

»Und jetzt weiß er, dass das damals du warst?«

»Jepp.« Ich lasse das P am Ende wie einen Kaugummi platzen und schenke mir mehr Wein ein.

»Ich wünschte, ich müsste nicht in einer Stunde stillen und könnte mit dir trinken.« Sie wirft einen sehnsüchtigen Blick auf die Flasche. »Und was willst du jetzt machen?«

»Ich wollte Jackson schon mein ganzes Leben lang für mich haben«, sage ich mit leiser Stimme. »Was, wenn wir endlich diese Chance bekommen und es nicht klappt? Ich darf ihn nicht verlieren.«

Gabby ergreift meinen Arm. »Warum glaubst du, dass

du ihn verlieren wirst? Was, wenn deine Zeit jetzt endlich gekommen ist?«

»Nicht jeder von uns hat so viel Glück, seine Highschool-Liebe zu heiraten.«

Gabby verdreht die Augen. »Ich rede doch nicht vom Heiraten. Aber anstatt hier mit mir rumzuhängen, solltest du vielleicht lieber zurückgehen und ein wenig Zeit mit ihm verbringen.«

Ich nehme einen weiteren großen Schluck von meinem Glas. »Ich bin so aufgeregt.« Das gebe ich zwar nur ungern zu, aber es ist nun mal so. »Er sah fix und fertig aus.«

Gabby lächelt mich verschmitzt an. »Natürlich, weil du seine Welt auf den Kopf gestellt hast.«

»Na ja, so sehr man die Welt von jemandem durch ein einziges Gespräch auf den Kopf stellen kann.«

»Ach komm schon. Wenn ihm dieser Kuss nur halb so viel bedeutet hat wie dir, dann könnte das der Beginn von etwas ganz Wundervollem sein«, meint Gabby und lacht.

»Was ist denn jetzt so lustig?«

»Kannst du dir vorstellen, was für ein guter Küsser er jetzt ist? Ich wette, er weiß ganz genau, was man mit einem Paar Lippen so alles anstellen kann.«

Ich pruste und spucke beinahe meinen Schluck Wein über den Couchtisch. »Gabby! Sowas kannst du doch nicht sagen.«

»Als deine beste Freundin ist es mein gutes Recht, dafür zu sorgen, dass du nicht bei jemandem landest, den ich nicht mag. Und ich mag Jackson. Dieser Mann wird ganz sicher wissen, wie er dich im Bett zufriedenstellen kann.«

»Hör auf.« Ich halte mir die Ohren zu und kann nicht glauben, was ich da höre. »Du bist so schnell vom Küssen zu Orgasmen übergegangen, das kann ich alles gar nicht so schnell verarbeiten.«

Gabby zieht meine Hand weg. »Ach, hör doch auf. Mir würde es zwar wirklich gefallen, wenn du heute Nacht zu ihm zurückeilst, aber du hast schon zu viel Wein getrunken. Also wirst du hier übernachten und mir dann morgen sagen, wie es weitergeht.«

Ein weinendes Baby signalisiert Gabby, dass sie nun gehen muss.

Ich mache es mir auf der Couch gemütlich und versuche nicht auf die Gefühle zu achten, die in mir herumschwirren.

Ich habe Angst bekommen und bin weggelaufen. Ich wollte nicht einfach dastehen und warten, ob Jackson mich abweisen würde. Aber könnte das gleichzeitig nicht auch der Beginn von etwas sein, was ich schon immer gewollt hatte?

TIEF DURCHATMEN, *Tenley. Tief durchatmen.*

Seit fast zehn Minuten stehe ich nun schon vor Jacksons Wohnungstür. Ich weiß, dass er den Tag in der Mannschaftseinrichtung verbracht hat, um zu trainieren, während ich in der Schule die letzten Vorbereitungen vor dem ersten Tag nächste Woche getroffen habe.

Es hat ewig gedauert, bis ich auch nur die einfachsten Dinge erledigt hatte. Meine Gedanken waren nie weit von Jackson abgeschweift. Ich kann mich nicht ewig vor ihm verstecken, sosehr ich das im Moment auch möchte.

Also wappne ich mich mental, schiebe meinen Schlüssel ins Schloss und öffne die Tür zu Jacksons Wohnung. Ich kann mich nicht erinnern, wann ich das letzte Mal so nervös war, seine Wohnung zu betreten. Vielleicht habe ich ja Glück und er ist noch unterwegs.

»Tenley? Bist du das?«

Nein, so viel Glück hatte ich nicht. Ich lasse meine Tasche fallen und sehe ihn im düsteren Wohnzimmer sitzen. Die Skyline von Denver hüllt ihn in ein mystisches Licht.

»Ja, ich bin's.« Ich ziehe meine Schuhe aus und gehe zu ihm hinüber. Die Schmetterlinge in meinem Bauch flattern wie verrückt. Ich war noch nie nervös in Jacksons Nähe, und ich hasse es.

»Für einen kurzen Augenblick dachte ich schon, du würdest nicht mehr zurückkommen.«

Ich schenke ihm ein angespanntes Lächeln. »Gestern ist viel passiert, und das hat mich ziemlich aus der Bahn geworfen.«

Jackson steht auf und fährt sich mit der Hand über die Bartstoppeln an seinem Kinn. »Warum hast du es mir nie gesagt?«, fragt er mit ruhiger Stimme.

Ich schaue auf meine Zehen hinunter, die sich zwischen die Zotteln des Teppichs auf dem Boden wühlen. »Das habe ich dir doch schon erklärt: weil du mit Rachel zusammen warst. Und weil ich nie dachte, dass das mein Platz wäre.«

Jacksons dunkle Augen gleiten über meinen Körper. Es fühlt sich an wie eine sanfte Liebkosung, und jeder seiner Blicke bereitet mir eine Gänsehaut. Ich habe mich Jackson gegenüber noch nie so verletzlich gefühlt wie jetzt gerade.

Jedes Gefühl, jeder Moment, kann von ihm wahrgenommen werden.

»Tanz mit mir, Tenley.«

Unsere Blicke treffen sich, als er mir seine Hand entgegenstreckt. Wortlos nehme ich sie in meine; Schwielen vom jahrelangen Footballspielen treffen auf meine zarte Haut. Jackson verschränkt unsere Hände, zieht mich dicht an sich heran, und legt sie auf seine Brust. Mein Herz fühlt sich schwer an nach dem Geständnis, das ich gemacht habe. Nachdem ich ihn angeschrien habe, dass ich in der Highschool in diesem Schrank mit ihm war.

Seine Muskeln spannen sich unter meinen Fingern an, als ich mein Gesicht an seine Brust lehne. Er führt unsere verschränkten Hände über sein Herz und wirbelt uns herum, dass mir ganz schwindlig wird.

Wo war mein miesepetriger bester Freund geblieben? Der sich Pommes in die Nase gesteckt hat, um mich zum Lachen zu bringen, als meine Oma gestorben ist? Der mich immer von seiner Cola trinken lässt?

Jede Stimme, die mir je gesagt hat, Jackson würde mich nie bemerken, ist verstummt, während er mich in seinen Armen hält. Noch nie hat sich eine Umarmung so angefühlt: so liebevoll, so beschützend, so sicher. Am liebsten würde ich Jacksons Arme, die sich anfühlen, als wären sie nur für mich gemacht worden, nie mehr verlassen.

Da hält Jackson plötzlich an und geht ein Stück zurück. Das Licht spiegelt sich in seinen tiefbraunen Augen wider. In ihnen schimmert etwas, das ich nicht benennen möchte. Er legt seine große Hand an meine Wange, und mein Herz schlägt mir fast bis zum Hals. Ich halte den Atem an und warte darauf, was er vorhat.

Sanft, so unglaublich sanft, legt Jackson seine Lippen auf meine. Diese kleine Berührung genügt, um meinen gesamten Körper in Brand zu stecken. Und so schnell wie es angefangen hat, ist es auch schon wieder vorbei. Als ob es nur ein Traum gewesen wäre.

Ich möchte aufschreien und ihn zurückziehen. Ihm sagen, dass das nicht genug war.

Dass ich seine Küsse so sehr brauche wie die Luft zum Atmen.

Aber dann sind sie zurück, entschlossen und fordernd.

Ich kann nichts dagegen tun, wie sich mein Körper an ihn schmiegt, als ich den Abstand zwischen uns verringere und seine stählerne Brust an mir spüren möchte. Ich sauge diesen Kuss förmlich auf, bis Jackson seine Zunge schließlich zwischen meine Lippen schiebt.

Er ist vertraut und neu, Heimat und unerforschtes Land, und ich möchte jeden Zentimeter seines Mundes erforschen.

Bewegungslos stehen wir im immer schwächer werdenden Licht seines Wohnzimmers. Ich versuche, mich irgendwo an ihm festzuhalten, während er mit seinen Händen an meinen Seiten hinabgleitet und an meiner Hüfte Halt macht. Als seine Zunge die meine berührt, verhallt mein Keuchen in seinem Mund. Es ist noch besser, als ich es in Erinnerung habe. Jeder Kuss wurde seit dem Erlebnis im Schrank in der neunten Klasse mit dem von Jackson verglichen.

Und niemand hat ihm je das Wasser reichen können.

Aber dieser Jackson? Dieser Jackson ist ein gestandener Mann. Er weiß, wie man küsst und wie er mit der kleinsten Berührung ein Feuer in mir entfacht. Ich weiß nicht, ob ich mich jemals von diesem Kuss erholen werde.

Jackson löst sich von meinen Lippen und lässt seine Stirn gegen meine sinken. Ich kralle meine Hände in sein Shirt und will ihn nie wieder loslassen.

»Jackson.«

»Ich weiß, Tenley. Ich weiß.«

Sein Daumen streicht über meine geschwollenen Lippen. Die Luft um uns herum ist wie elektrisch aufgeladen. Sie pulsiert und feuert die Leidenschaft an, die in Wellen von uns ausgeht.

Dieser Kuss hat mein Innerstes offengelegt. Mein Herz gehört nun Jackson, und ich kann nur hoffen, dass er es mit seinem Leben beschützen wird.

Kapitel Dreizehn

»Du musst die Footballgötter auf deiner Seite haben. Dein Knie sieht großartig aus«, meint der Arzt, während er sich meine letzten Scans ansieht.

»Ich habe genau das getan, was du mir gesagt hast: mich geschont und nur die Übungen gemacht, die Paige mir gegeben hat.«

Er lacht. »Vor ihr kann man manchmal ganz schön Angst kriegen, es ist also gut, dass du auf sie hörst. Ich werde sie wissen lassen, dass wir dein Training steigern können.«

»Und es besteht keine Chance, dass ich schon früher zurückkommen kann?«, frage ich mit hoffnungsvoller Stimme.

»Keine Chance. Ich will nicht, dass du es übertreibst und dann für diese Season komplett ausfällst.«

Frustriert fahre ich mir mit der Hand durch die Haare. »Ich weiß. Ich würde nur so gerne wieder mit den Jungs auf dem Feld stehen.«

»Das wirst du auch. Mach dir keine Sorgen.«

»Danke, Doc.«

Ich stehe vom Untersuchungstisch auf und gehe zurück in den Kraftraum, wo sich noch ein paar Jungs nach ihrem morgendlichen Training aufhalten.

»Fields.«

»Fisher.« Ich nicke Knox zu, während er einen Satz Übungen an einem Kraftgerät absolviert.

»Wie geht es deinem Knie?«

Ich suche mir ein Gerät in seiner Nähe, um meinen Oberkörper zu trainieren. »Befindet sich auf dem Weg der Besserung. Ich hoffe, noch vor der spielfreien Woche wieder zurück zu sein.«

»Wow, das ist großartig! Der Rookie ist gut, aber wir brauchen dich.«

»Ich kann immer noch nicht glauben, dass das der erste Saisonauftakt sein wird, den ich verpasse.«

»Du hast Glück, dass es nicht so viel Konkurrenz für deine Position gibt.« Knox' Gesichtsausdruck verhärtet sich. Kein Spieler denkt gerne darüber nach, dass jemand anderes seine Position auf dem Feld einnehmen könnte.

»Seid ihr zwei Ladys hier drin fertig mit eurem Geplauder?«

Knox zuckt bei dieser Stimme sofort zusammen.

Frankie, die Trainerin der Linebacker, betritt den Kraftraum. Ihre Kümmert-mich-alles-nicht-Ausstrahlung ist heute besonders stark ausgeprägt.

»Ist es verboten, einen anderen Kapitän zu fragen, wie es ihm geht?« Er sieht sie mit festem Blick an, was sie aber keineswegs aus der Ruhe bringt.

»Und als Kapitän brauche ich dich draußen auf dem Feld, damit wir trainieren können.«

»Wie beim Militär hier«, flüstert er.

»Entschuldige bitte, wie war das?« Frankie dreht ihm

ein Ohr zu. »Ich konnte dich nicht ganz verstehen, aber ich glaube, du wolltest sagen: ›Ja, Coach.‹«

Mein Blick springt zwischen den beiden hin und her.

»Aufs Feld. Jetzt, Fisher.« Und mit diesen letzten Worten stürmt sie davon.

»Shit. Bin ich froh, dass sie nicht meine Trainerin ist.«

Knox brummt vor sich hin. »Ich habe keine Ahnung, mit was ich sie verärgert habe, aber ich weiß, dass ich später dafür bezahlen werde.«

»Besser du als ich.«

Knox sieht mich fragend an. »Ich muss da jetzt raus. Kommst du heute Nachmittag trotzdem noch mit den Jungs mit?«

Ich nicke. »Das ist eine Tradition, und mit der Tradition können wir nicht brechen.«

»Verdammt richtig.« Knox streckt seine Faust für einen Fistbump aus. »Übertreib's nicht. Ich will dich wieder da draußen haben.«

»Nicht nur du, Mann.«

***

»WER GIBT die nächste Runde aus?«, fragt Knox und knallt seinen Drink auf den Tisch, während sein Blick über unsere winzige Sitznische wandert. Für normal große Leute wäre sie in Ordnung, aber wenn man fünf Sportler hineinzwängt, ist es doch ein wenig beengend.

»Ich habe die erste Runde bezahlt, also bin ich raus«, meint Alex, lehnt sich auf seinem Platz zurück und lässt den Blick durch die ruhige Bar schweifen. Ich weiß nicht, wie er diesen Ort gefunden hat, aber hier werden wir zumindest in Ruhe gelassen.

Footballspieler in einer Books-and-Wine-Bar? Kein Mensch würde das je erwarten.

»Kreditkartenroulette?«, fragt Colin und nippt an seinem Cocktail.

Ich werfe meine Karte hin. »Ich bin dabei.«

»Ich hasse euch«, jammert Alex, während er seine eigene Karte zückt.

Ein verschmitztes Lächeln huscht über sein Gesicht, als wir alle unsere Karten hinlegen. Unser Kellner kommt vorbei, und da wir nicht zum ersten Mal hier sind, fängt er an, eine Karte nach der anderen zu nehmen, bis nur noch eine übrig ist.

»Willst du mich verarschen? Ich habe dreimal hintereinander eine Runde ausgegeben! Warum kann der Rookie nicht mal bezahlen?«, beschwert sich Alex.

»Sorry, Quarterback. Ich verdiene halt nicht so viel Geld wie du«, stichelt Logan, was Alex' vorgetäuschte Verärgerung noch anheizt.

»Vorsicht, Logan.« Alex lacht. »Nicht dass du deswegen demnächst ein paar Spiele verpassen wirst.«

»Ohh, ich würde unseren neuesten Runningback nur zu gerne mal wegtackeln«, meint Knox und reibt sich die Hände, als der Kellner mit einer weiteren Runde Getränke zurückkommt.

Logan weicht sichtlich vor Knox zurück. Als einer unserer größten Linebacker ist er eine Naturgewalt, mit der nicht zu spaßen ist.

»Solange jemand Allen eins auswischt, bin ich schon zufrieden.« Ich nippe an meinem Whiskey und lehne mich zurück.

»Ist das der Typ, der dich umgeknockt hat?«, fragt Logan.

Ich nicke und lecke mir über die Lippen. Über diese Sache bin ich einfach noch nicht weg.

»Er ist ein dreckiger Spieler. Immer darauf aus,

jemanden zu verletzen. Also immer schön die Augen nach ihm offen halten«, sage ich direkt an Logan gerichtet.

»Ich habe mit ihm auf dem College gespielt, und er war schon damals so«, bestätigt Alex.

»Macht ihr Jungs das immer so? Rumsitzen und über andere Spieler tratschen, bevor die Season beginnt?«, fragt Logan und lässt seinen Blick durch die Runde schweifen.

»Neee, damit haben wir erst angefangen, nachdem wir im Trainingslager alle zusammen in einem Zimmer untergebracht wurden«, erkläre ich. »Der Coach wollte, dass sich die Spieler der verschiedenen Positionen besser kennenlernen, also hat er sie entsprechend zusammengewürfelt.«

»Und danach sind wir irgendwie aneinander hängengeblieben«, mischt sich Knox ein. »Diese Drecksäcke können einfach nicht genug von meinem hübschen Gesicht bekommen.«

»Wie er wieder von sich auf andere schließt.« Alex lacht in seinen Drink hinein.

»Wir machen das immer, bevor die neue Season beginnt und nachdem wir unser letztes Preseason-Spiel hatten. Eine gute Möglichkeit, sich noch ein wenig zu entspannen, bevor der Wahnsinn so richtig losgeht«, erkläre ich Logan, während die anderen Jungs anfangen, sich über Spielzüge in der Offense zu unterhalten.

Das ist es, was ich mit am meisten am Football liebe. Nicht nur den Sport an sich, sondern auch die Kameradschaft.

Ich spiele mit diesen Jungs – den Rookie mal ausgenommen – schon seit fünf Jahren zusammen. Wir sind eine Familie geworden. Einige Spieler und einige Teams sind nur auf sich selbst aus. Aber nicht Denver.

Vom ersten Tag an herrschte hier ein familiäres

Miteinander. Jeder spielt für das Wohl der Mannschaft. Wenn es einer Person schlecht geht, geht es uns allen schlecht. Einer für alle und alle für einen. Wir sind immer füreinander da.

»Wie geht's eigentlich deinem Knie, Fields?«, unterbricht Alex meine Gedanken.

»Es fühlt sich endlich nicht mehr so an, als wäre es in einen Schraubstock gespannt. Gott sei Dank. Aber sag das bloß nicht Paige. Nicht dass sie mir noch mit härteren Übungen kommt. In einem früheren Leben war sie wahrscheinlich mal ein Drill-Sergeant oder sowas.«

Alex lacht. Wir haben alle schon so unsere Erfahrungen mit ihr gemacht.

»Ich kann mir nicht vorstellen, wie du es geschafft hast, so lange dein Bein ruhigzuhalten. Ich wäre verrückt geworden«, meint Colin neben mir und klopft mir auf die Schulter.

Ich verstecke mein Lächeln hinter meinem Glas. »So schlimm war es gar nicht.«

»So schlimm war es gar nicht? Und was bedeutet dieser Blick?«, fragt Colin mit hochgezogener Augenbraue.

»Gar nichts. Ich wollte damit nur sagen, dass es noch viel schlimmer hätte kommen können. Ich hätte mir das Kreuzband reißen können und dann wäre die Kacke so richtig am Dampfen gewesen.«

»Nein, nein, nein. Ich kenne diesen Blick. Da ist ein Mädchen im Spiel.« Knox schlägt mit der Hand so stark auf den Tisch, dass beinahe die Getränke umkippen.

»Ich dachte, Rachel ist gar nicht da.«

»Wer ist Rachel?«, fragt Logan.

»Ach, Rookie. Du musst noch so viel lernen«, meint Colin und schenkt ihm eines seiner pressetauglichen Lächeln.

»Aber wenn es nicht Rachel ist, wer ist es dann?«

»Ihr Jungs seid ja schlimmer als meine Schwester und ihre Freundinnen.«

Alex zuckt mit den Schultern. »Was sollen wir sagen? Das zeigt nur, dass du uns nicht egal bist.«

Ich stoße einen Atemzug aus. Mir war gar nicht aufgefallen, dass ich die Luft angehalten hatte. »Es gibt da tatsächlich jemanden.«

»Brauchen wir dafür noch mehr Drinks?« Knox kippt den Rest seines Getränks hinunter und gibt dem Kellner ein Zeichen für eine weitere Runde.

»Für mich nicht, danke.« Ich winke ab und nippe an meinem noch vollen Glas.

»Also, wer ist die neue Braut?«, fragt Logan.

»Vorsicht, Winchester.« Es kostet mich meine gesamte Willenskraft, um nicht vor Wut darüber, mit welchem Wort er sich da gerade auf Tenley bezieht, mit den Zähnen zu knirschen.

»Wow. Na nun sag schon. Wer ist diese Frau?«, fragt Alex und lehnt sich zurück.

Ein Lächeln stiehlt sich auf meine Lippen, als ich an Tenley denke. »Ich kenne Tenley schon, seit meine Familie nach Denver gezogen ist, während ich in der Highschool war.«

»Und du bist nie mit ihr ausgegangen?«, fragt Logan.

Ich schüttle den Kopf. »Ich bin mit Rachel zusammengekommen, und es hat eine Weile gedauert, bis ich gemerkt habe, dass sie nicht die Richtige für mich war.«

»Eine Weile? Eine Weile braucht meine Oma dafür, meiner Mom das Kochen beizubringen.« Knox verdreht die Augen. »Du bist seit fast dreizehn Jahren mit ihr zusammen!«

Ich greife über den Tisch und verpasse ihm einen kumpelmäßigen Schlag. »Warst, wenn ich bitten darf.«

»Und wie ernst ist das Ganze jetzt?«, meldet sich Alex zu Wort.

Das ist es, was ich an Alex schon immer gemocht habe. Er ist immer einer der ausgeglichensten Jungs im Team. Wird nie laut und ist immer für dich da, wenn du ihn brauchst.

Aber er stellt mir auch genau die Frage, auf die ich keine Antwort weiß. Wir haben uns erst gestern Abend geküsst und werden schon wieder voneinander weggezogen. Jetzt, wo bei ihr die Schule wieder losgeht und sich meine Reha intensivieren wird, wird unsere gemeinsame Zeit noch begrenzter sein.

Ich weiß, dass wir uns bald einmal unterhalten werden müssen. Wenn man bedenkt, dass die Season bald wieder losgeht und ich alles daransetzen muss, mein Knie wieder in seinen Urzustand zu bringen, sollte eine neue Beziehung das Letzte sein, was meine Aufmerksamkeit in Anspruch nimmt.

Aber hier geht es nun mal um Tenley.

»Es ist alles noch ziemlich frisch«, sage ich schließlich.

Alles, was ich heute wollte, war, zu ihr zurückzukehren. Mit Rachel war das immer ganz anders. Jedes Mal, wenn ich darüber nachdenke, würde ich mir am liebsten eine Kopfnuss dafür verpassen, wie blöd ich doch war.

Jeder sanfte Blick von Tenley, jedes Lächeln, jedes Lachen bringt mich dazu, vor ihr auf die Knie fallen und sie verehren zu wollen wie eine Göttin. Nur damit sie mich so ansieht.

»Shit. Du steckst schon ziemlich tief drin«, flüstert Alex mir zu, sodass nur ich es hören kann.

Ich richte mich auf und bringe mein Bein unterm Tisch in eine neue Position.

»Nein, tue ich nicht«, erwidere ich viel zu verteidigend.

»Ich muss mich im Moment auf Football konzentrieren. Und darauf, wieder zurück ins Spiel zu kommen.«

Alex versteht den Wink und lenkt das Gespräch von den schwierigen Themen ab. »Solange du deine Reha fortsetzt, wirst du schneller wieder da sein, als du schauen kannst.«

Ich kippe den Rest meines Drinks hinunter und spüre das Brennen des Alkohols in meiner Brust. »Ich hasse es, dass ich nicht mit euch da draußen sein kann. Das bringt mich fast um.«

»Kümmere du dich erst mal um dein Knie. Und vielleicht noch darum, jemanden zu verkuppeln, falls Tenley eine Schwester hat«, meint Logan und wackelt vielsagend mit den Augenbrauen.

»Gott, ihr Jungs seid wirklich schrecklich.« Ich lache. »Ich würde dich nicht näher als drei Meter an sie heranlassen. Ihre Schwestern sind nicht für dich zu haben.«

»Na Gott sei Dank! Könntest du dir vorstellen, diesen Typen hier als Schwager zu haben?« Knox lacht, woraufhin Logan ihm eine Handvoll Nüsse entgegenwirft.

»Ganz vorsichtig, Rookie! Wenn wir wegen dir hier drinnen Hausverbot bekommen, war es das letzte Mal, dass wir dich irgendwohin mitgenommen haben.«

Bei dem Gedanken wird sein Gesicht ganz blass. »Scheiße. Tut mir leid.«

Knox packt ihn an der Schulter und starrt ihn mit einem Blick an, der jeden weniger standhaften Mann ins Wanken bringen würde. Tenley würde das sein angsteinflößendes Football-Gesicht nennen. »Dieser Ort ist heilig, Rookie. Wir bringen nur ausgewählte Leute hierher. Also versau es nicht, indem du dich wie ein Vollidiot aufführst oder irgendwelche Fangirls anschleppst. Das ist unser Ort. Verstanden?«

Logan schluckt und bringt als Antwort nur ein Nicken zustande.

»Jetzt hör doch auf, so ein Arsch zu sein und dem Jungen Angst einzujagen«, meint Alex und verdreht die Augen.

Knox zuckt mit den Schultern. »Irgendjemand muss es ihm ja schließlich sagen.«

»Jetzt mal im Ernst, Jungs.« Alex räuspert sich und lenkt damit unser aller Aufmerksamkeit auf sich. »Ich hoffe, dass das unser Jahr wird. Wir kämpfen jetzt schon länger zusammen, ohne einen Pokal vorweisen zu können, als ich zugeben möchte. Ich möchte es nicht verschreien«, alle um ihn herum klopfen auf den Holztisch und er muss lachen, »aber das ist eines der besten Teams, das wir seit Jahren hatten. Wenn wir uns weiter anstrengen und weiter ins Zeug legen, bin ich mir sicher, dass wir es schaffen können.«

Die Anspannung am Tisch ist groß. Jeder will das große Spiel gewinnen. Wir sprechen kaum darüber – diese kleine Gruppe von Jungs, denen ich mein eigenes Leben anvertrauen würde –, außer bei dieser einen Gelegenheit hier in der Bar, die wir uns jedes Jahr einräumen.

Aber es macht sich auch eine gewisse Traurigkeit breit. Denn zum ersten Mal werden sie ihre Stollenschuhe ohne mich schnüren. Ich werde außen stehen und zuschauen. Und ich hasse es. Ich hasse es, dass ich nicht für mein Team da sein kann. Mir wurde zwar gesagt, dass ich Anfang Oktober zurück sein könnte, aber bei einer Knieverletzung weiß man nie.

»Also unterstützt euch gegenseitig. Sagt mir, wenn ihr Hilfe braucht, sagt es Knox oder irgendeinem anderen der Jungs hier. Wir sind eure Kapitäne, und wir wollen euch helfen, uns den Sieg zu bringen.«

Alex sieht jeden von uns nacheinander an, um zu verdeutlichen, wie ernst er es meint.

»Lasst uns eine fantastische Season erleben, Jungs. Auf die Mountain Lions.«

Wir stoßen alle mit unseren Gläsern an, so fest, dass sich deren Inhalt teilweise über den Tisch verteilt. »Auf die Mountain Lions!«

Kapitel Vierzehn

JACKSON

»Na, wie war dein erster Schultag?«

Tenleys Lächeln trifft mich mitten ins Herz. »Heute war nur ein Kennenlerntag. Am Montag fangen wir dann richtig an. Aber die Gruppe ist wirklich toll, auch wenn man das immer noch nicht so genau sagen kann, wenn die Eltern dabei sind. Aber ich freue mich schon riesig.«

Ihre Begeisterung ist spürbar. Nach meinem Treffen mit den Jungs hatte ich noch Abendessen mit nach Hause gebracht, weil ich dachte, dass sie bestimmt müde sein würde. Aber so ziemlich das Gegenteil ist der Fall. Sie sprüht nur so vor Energie.

Ihr beim Reden zuzuhören ist beinahe hypnotisierend. Wir sitzen an dem kleinen Tisch auf meinem Balkon, und sie hat ihre Knie zwischen meine geklemmt.

Mein Fokus liegt voll und ganz auf ihren Lippen. Fuck, diese Lippen. Es hat nur ein paar Küsse gebraucht, und ich bin praktisch schon besessen von ihnen.

So weich.

So willig.

Dieses leise Stöhnen, das entweicht, wenn ich sie küsse.

Die sommerliche Luft um uns herum ist heiß.

»Hörst du mir überhaupt zu, Jackson?«

Ich schüttle den Kopf und mache mir nicht einmal die Mühe, etwas anderes zu behaupten. »Tut mir leid. Ich bin abgelenkt worden.«

»Von was?«, fragt sie mit ihrer Lehrerinnenstimme. Das sollte mich eigentlich gar nicht so anturnen, aber fuck: Mein Schwanz lechzt förmlich nach ihr.

»Deinen Lippen.«

Ich lasse meine Hände unter ihre Knie gleiten und ziehe sie näher heran. Nahe genug, dass ich ihre instinktive Reaktion auf mich sehen kann.

Die steifen Nippel unter ihrem Kleid. Die geweiteten Pupillen. Die herausspitzende Zunge, mit der sie ihre Lippen befeuchtet.

Ich nehme das als mein Stichwort.

Ich lasse meinen Kopf sinken und nehme Besitz von ihrem Mund.

Es ist sogar noch besser als in meiner Erinnerung. Ich habe keine Ahnung, wie ich ihre Küsse mit denen von Rachel verwechseln konnte. Die beiden sind kein Vergleich.

Ich gebe mich ganz dem Moment hin und versinke in diesem Kuss. Als ich mich zurücklehne, ziehe ich Tenley auf meinen Schoß. Ihr leises Stöhnen verrät mir, dass sie ganz genau spürt, wie heiß ich auf sie bin.

Mit ihren zarten Fingern spielt sie mit den Haaren in meinem Nacken.

In diesem Kuss liegt nichts Drängendes. Wir lernen und erforschen einander.

Es ist ein ganz neues Erlebnis, diese Art von Dingen für Tenley zu empfinden. Sie war schon immer ein Teil meines Lebens, aber ihre geschmeidigen Rundungen unter meinen

Händen zu spüren, das ist neu. Ich sollte es langsam angehen lassen, aber das ist so ziemlich das Letzte, woran ich denke, vor allem, weil sie diesen Kuss genauso zu genießen scheint wie ich.

Als ob sie will, dass ich sie verschlinge.

Ich wandere mit einer Hand ihren Arm hinauf, umfasse ihre Wange und vertiefe den Kuss.

Es ist, als wäre sie ein Magnet, der von mir angezogen wird. Je näher sie kommt, desto intensiver werden meine Küsse. Ich lasse meine andere Hand über ihren Körper wandern und spüre ihre sanfte Haut unter meinen rauen Händen, bis ich am Saum ihres Kleides angekommen bin.

So sanft. Ich möchte unbedingt wissen, wie ihre Haut schmeckt.

»Jackson.«

Es ist eine Bitte. Ich stehe auf, nehme ihre Hand in meine und führe sie ins Schlafzimmer. Dort angekommen, ziehe ich sie wieder in meine Arme. Der einzige Ort, wo sie jemals sein sollte.

Als ich mich auf mein Bett setze und den lasziven Ausdruck in ihren Augen sehe, muss ich erst einmal tief durchatmen, um mich zu beruhigen.

Das hier ist Tenley.

Meine beste Freundin. Die einzige Person, die schon immer für mich da war. Und diese Grenze mit ihr zu über-schreiten, fühlt sich äußerst bedeutsam an. So als würden wir danach nie mehr zurückkehren können.

»Alles okay bei dir?« Sie streichelt mir über die Wange und holt mich wieder in die Gegenwart.

Ich lehne mich zurück und ziehe sie auf mich. Ihr blondes Haar umrahmt unsere Gesichter.

»Es ist nur …« Ich stoße einen Seufzer aus und über-lege, ob ich es ihr sagen soll.

»Es ist okay, nervös zu sein.« Ihr Atem ist warm auf meinen Lippen, als sie genau das ausspricht, was ich fühle.

»Ich mache sowas hier nicht zum ersten Mal, weißt du«, stoße ich lachend hervor.

»Aber mit mir schon. Für mich ist das auch eine große Sache.«

Allein das Wissen, dass sie genauso empfindet wie ich, lässt meine Unruhe verschwinden und lenkt meine Aufmerksamkeit vollständig auf die auf mir liegende Frau.

»Weißt du eigentlich, wie sexy du bist, wenn du Dinge sagst, die absolut Sinn ergeben?«

Sie zuckt mit den Schultern. »Ich gebe mir die größte Mühe.«

Ich drehe uns herum und nehme ihre Lippen erneut in Besitz. Der letzte Kuss war sanft und zärtlich. Aber dieser Kuss ist voller Verlangen und Lust. Dem Verlangen, ihren gesamten Körper an meinem zu spüren.

Ich lasse meine Hände unter ihr Kleid wandern und schiebe es höher und höher. Ein Lächeln schleicht sich auf mein Gesicht, als ihre blasse Haut darunter langsam zum Vorschein kommt. Ich möchte mir Zeit mit ihr lassen, sie anhimmeln, aber gleichzeitig weiß ich auch, dass ich wahrscheinlich explodiere, wenn ich nicht bald meine Lippen auf ihr habe.

Mit meinem Finger fahre ich über den Bund ihrer Unterwäsche, und sie windet sich unter meiner Berührung.

»Gefällt dir das?«

»Ja. Oh Gott, ja.« Sie vereint unsere Münder erneut miteinander. »Ich küsse dich wirklich verdammt gerne.«

»Was habe ich dir vor all den Jahren gesagt?« Ich gleite mit meinen Lippen ihren Unterkiefer entlang und knabbere an ihrem Ohrläppchen. »Du bist eine wirklich gute Küsserin.«

»Mm-hmm«. Tenley windet sich unter mir.

»In der Zwischenzeit bist du eine verdammt phänomenale Küsserin geworden.« Ich presse meine Lippen wieder auf ihre und sauge sie förmlich in mich auf. Jedes Mal, wenn sich unsere Zungen berühren, droht mein Schwanz aus meiner Hose zu springen. So habe ich mich beim Küssen noch nie gefühlt.

Ich wusste es damals schon, und ich weiß es auch jetzt. Tenley ist die verdammt noch mal beste Küsserin.

Ich setze mich hin, schaue hinab in das lustverhangene Gesicht meiner besten Freundin und entledige mich meines Shirts. Mir entgeht nicht, wie sie mich dabei mit ihren Augen fast verschlingt.

»Es ist nicht fair, dass du ohne Shirt so gut aussiehst.«

Ich grinse, als sie mit ihren Fingern meine Bauchmuskeln nachfährt.

»So unglaublich gut.«

»Was für eine Schande, dass ich als Einziger hier halb nackt bin.«

Ich setze mich zwischen ihre Beine, schiebe ihr das Kleid über den Kopf und lasse es zu Boden fallen. Nun liegt noch mehr ihrer zarten Haut frei. Ihre Brüste heben und senken sich mit jedem Atemzug und laden mich förmlich dazu ein, sie besser kennenzulernen. Ich küsse die weichen Wölbungen, die über die Körbchen hinausragen. Ihre Fingernägel graben sich in meinen Rücken, während ich mit einer Hand am Rand ihres BHs herumspiele.

Ich ziehe eines der Körbchen nach unten, und zum Vorschein kommt ein dunkler, steifer Nippel, der mehr als bereit für mich ist. Ich umkreise ihn mit meiner Zunge und behalte Tenley dabei immer im Blick.

»Oh Gott, das ist gut.«

Lächelnd nehme ich ihn in den Mund und sauge daran, während ich mit meiner anderen Hand an ihrem Bauch hinabwandere, um mit ihrem Slip zu spielen. Die

Art und Weise, wie Tenley auf mich reagiert und wie sich ihr Körper an meinen schmiegt, verlangt mir wirklich alles ab, um nicht zu früh zu kommen.

Ein leichtes Stechen in meinem Knie lässt mich zusammenzucken und holt mich schmerzhaft in die Realität zurück.

»Fuck.«

»Alles okay?«, fragt Tenley leise, während sie sich auf die Ellbogen stützt und mich ansieht. »Ist es dein Knie?«

»Es könnte sein, dass du hier die Führung übernehmen musst.«

»Sollen wir aufhören?« Gott, diese Frau. Die Besorgnis in ihrer Stimme ist etwas, das ich so noch nie zuvor gespürt habe. Noch nie war ich mit jemandem zusammen gewesen, der mir so viel Fürsorge und – wenn ich das so sagen darf – Liebe entgegengebracht hat.

»Auf gar keinen Fall.« Ich nehme ihre Hand, ziehe sie mit hoch und entledige mich meiner restlichen Klamotten. Dann öffne ich ihren BH und genieße für einen Moment diesen wundervollen Anblick.

Absolut nichts könnte mich davon abhalten, mit dieser Frau heute Nacht zu schlafen.

»Als ich gesagt habe, dass du hier wahrscheinlich die Führung übernehmen musst, habe ich das auch genau so gemeint.«

Während ich meinen Blick nach unten schweifen lasse, bemerke ich die Gänsehaut, die auf ihrem Körper ausgebrochen ist. Ich lasse mich zurück aufs Bett sinken, mache es mir darauf bequem und spüre ihre Augen auf mir, als ich mit der Hand langsam über mein Glied streiche.

Tenley schlüpft aus ihrer Unterwäsche, und ich muss aufpassen, dass ich nicht anfange zu sabbern. Die schönste Frau der Welt steht nackt vor mir, und wenn sie mich nicht bald anfasst, verliere ich noch den Verstand.

Sie kniet sich mit einem Bein aufs Bett und lässt ihre Hand meinen Oberschenkel hinaufgleiten.

»Ich weiß gar nicht, was ich zuerst machen will.«

Die Begierde, die aus ihrer Stimme herauszuhören ist, lässt mich den Ansatz meines Schwanzes zusammenpressen. Bei Rachel habe ich mich nie so lebendig gefühlt.

Ich lecke mir über die Lippen und möchte ihren Mund auf jedem Zentimeter meiner Haut spüren.

»Komm her«, sage ich mit rauer Stimme und winke sie zu mir.

»Ich dachte, du hättest gesagt, ich müsse die Führung übernehmen.« Sie krabbelt auf allen vieren zu mir herüber und bringt ihre Lippen ganz nah an meine. »Wenn du dich so verhältst, wenn du nicht die Führung übernimmst, befolgst du Anweisungen aber ziemlich schlecht.«

Sie gibt mir einen sanften Kuss, bevor sie sich wieder zurückzieht.

»Du musst mir irgendetwas geben, Tenley. Ich sterbe hier unten.«

Ich drücke meinen Schwanz zusammen und versuche, die Erlösung, die sich in meinen Eiern ansammelt, noch etwas hinauszuzögern. Das Bild, wie sich Tenley nackt auf mich zubewegt, hat sich wahrscheinlich für immer in mein Gehirn eingebrannt.

»Na dann wollen wir mal sehen, wie gut du Anweisungen befolgen kannst.«

Verdammt, wo kommt diese Sexgöttin auf einmal her? Stöhnend nicke ich ihr zu.

»Gut. Jetzt: Hände hinter den Kopf.«

Ich tue, wie sie befiehlt. Das Lächeln, das sie mir schenkt, zeigt mir, dass sie zufrieden ist.

Doch als sie ihre Hand um meinen Schwanz legt, verliere ich beinahe den Verstand. »Fuck.«

Ihre Finger berühren mich kaum, aber der Anblick,

wie sie sie sich um mein bestes Stück schmiegen, ist geradezu sündig. Dieses süße Mädchen, das ich schon fast mein halbes Leben lang kenne, lässt schmutzige Bilder in meinem Kopf erscheinen.

»Siehst du? Wenn du schön zuhörst, wirst du dafür belohnt.«

Sie schenkt mir noch ein selbstbewusstes Lächeln, bevor sie die Spitze meines Schwanzes in ihren Mund nimmt.

»Oh Shit«, zische ich. Die Hitze ihres Mundes auf meinem Glied reicht fast aus, um mich kommen zu lassen. Ohne nachzudenken, fahre ich mit einer Hand durch ihr Haar.

» Mh-mh.« Sie zieht sich zurück, und ihre Brüste wippen sanft, als sie sich auf die Fersen setzt. »Was habe ich gesagt?«

»Ernsthaft?«, knurre ich.

Sie nickt. »Wenn ich die Führung übernehmen soll, dann musst du auch auf mich hören.«

»Was auch immer du willst, Tenley.« Es kostet mich all meine Selbstbeherrschung, meine Hände von ihr wegzunehmen. Wir haben kaum an der Oberfläche dessen gekratzt, was wir alles tun können, aber ich liebe es schon jetzt.

»Gut.« Und dann nimmt sie mich bis zum Anschlag in sich auf. Ich kralle meine Hände in meine Haare, um mich davon abzuhalten, Tenley zu berühren. Ich würde am liebsten noch weiter in sie stoßen, aber tue es nicht. Denn ich will nicht, dass sie sich bewegt.

»Fuck. Wenn du so weitermachst, werde ich peinlich schnell kommen.«

Mit einem ploppenden Geräusch gibt sie meinen Schwanz wieder frei; ihre Lippen sind geschwollen. »Und das würden wir ja nicht wollen, oder?«

Tenley verteilt sanfte Küsse auf meinem Oberkörper und leckt über jeden meiner Bauchmuskeln. Als ihre Lippen die meinen finden, kneift sie mir in die Brustwarze, und ich werde vor Verlangen halb wahnsinnig. Ich will in ihr sein. Spüren, wie sich ihre Muschi um meinen Schwanz zusammenzieht, während sie kommt.

»Kondom?« Als hätte sie meine Gedanken gelesen.

»Nachttisch.« Ein weiterer Kuss, bevor sie sich zurückzieht. »Du hast einen phänomenalen Arsch.«

Tenley sieht mich mit ihren blauen Augen über ihre Schulter hinweg an, während sie verführerisch mit dem Hintern wackelt.

Wer hätte gedacht, dass sich hinter dieser süßen Fassade so eine Sexbombe verbergen könnte? Eine, die geschickt wurde, um mich zu verführen und mir zweifellos den besten Orgasmus meines Lebens zu bescheren.

Meine Tenley.

Meine süße, kleine Tenley.

Ab nun auch bekannt als Sexgöttin Tenley.

Sie dreht sich um, öffnet die Packung und rollt das Kondom über mein steifes Glied. Ich stoße in ihre Hand, als sie sich über mich setzt und ihre feuchte Muschi über meinen Schwanz gleiten lässt.

»Du spielst mit dem Feuer, Tenley. Wenn du nicht anfängst, dich zu bewegen, muss ich die Sache vielleicht selbst in die Hand nehmen.«

»Und auch das würden wir doch nicht wollen, oder?« Sie zieht verschmitzt eine Augenbraue nach oben, bevor sie mich schließlich zu ihrem Eingang führt und sich auf mir niederlässt. Zentimeter für quälend langsamen Zentimeter.

»Oh mein Gott.« Tenley wirft ihren Kopf zurück, während sie sich mit ihren Händen auf meiner Brust abstützt. Diesmal höre ich keine Widerworte, als ich meine Hände bewege und auf ihre Hüften lege.

Ich bin kurz davor, meinen Verstand zu verlieren, weil es sich so gut anfühlt, in ihr zu sein. Weil sie so wunderbar warm und feucht ist. Es fühlt sich an, als wären wir füreinander gemacht.

Tenley fängt an, ihre Hüfte zu bewegen Ich setze mich auf und nehme einen ihrer steifen Nippel in den Mund, während sie sich fest an mich klammert.

Wir bewegen uns, als wären wir eins. Die Spannung, die uns umgibt, ist kaum mehr auszuhalten. Ich lecke eine Schweißperle ab, die sich im Tal zwischen ihren Brüsten niedergelassen hat.

»Ich bin kurz davor, Jackson.« Ihre Bewegungen werden immer wilder, während ich weiterhin in sie stoße. Mein eigener Orgasmus steht kurz bevor, aber ich möchte auf keinen Fall vor ihr kommen.

»Komm für mich.« Ich küsse mir einen Weg von ihrer Brust über ihren Hals bis zu ihrem Ohr, an dem ich liebevoll knabbere. »Komm, Tenley.«

Nur ein paar Stöße später verliert sie schließlich die Kontrolle über sich. Ihre Muschi drückt meinen Schwanz bis auf den letzten Zentimeter zusammen, während mein eigener Orgasmus in einem Schwall weiß glühender Lust aus mir herausbricht.

»Fuck. Fuck, fuck, fuck«, schreie ich und halte Tenley fest an mich gepresst, während wir gemeinsam auf den Wellen unseres Höhepunkts reiten.

Er ist intensiv. Er ist gewaltig. So etwas habe ich in meinem Leben noch nie erlebt.

Ich lasse mich aufs Bett zurückfallen und ziehe sie mit mir nach unten. Schwer atmend versuchen wir, uns von diesem wilden Ritt zu erholen. Ich schließe sie in meine Arme und freue mich, wie entspannt sie ist.

»Das war unbeschreiblich.« Sie dreht ihren Kopf und sieht mich mit einem zufriedenen Ausdruck in den Augen an. Ich streiche mit einem Finger über ihren Rücken und lege meine Hand auf ihren Hintern.

»Irgendwie mag ich es, wenn du die Führung übernimmst.«

»Ich auch.« Sie küsst mich direkt über dem Herzen.

Ich kneife ihr kräftig in den Hintern und genieße das Stöhnen, das ihr dabei entweicht. »Aber das nächste Mal wirst du für die ganzen Sticheleien bestraft.«

»Hmmm, ich kann es kaum erwarten.«

Kapitel Fünfzehn

JACKSON

»Woran arbeitest du da?«

Tenley sitzt mir gegenüber auf der Couch und wickelt sich eine Haarsträhne um den Finger. Es war ein langer Tag mit anstrengenden Übungen für mein Knie. Paige geht nicht gerade zimperlich mit mir um, und auch wenn ich das sehr zu schätzen weiß, macht es mich doch immer verdammt müde.

»Ich plane gerade unsere Freitagsfavoriten für den Unterricht.«

Ich runzle die Stirn. »Was sind denn Freitagsfavoriten?«

»Ich lasse die Schüler über das sprechen, was ihnen in dieser Woche am besten gefallen hat. Oder jeder darf einen Gegenstand mitbringen und etwas darüber erzählen. Es hängt ein bisschen davon ab, was in der Woche so alles passiert ist.«

»Und die Kinder mögen das?«

Tenley sieht mich an und nickt. »Sie lieben es. Sie sind ein bisschen wie Footballspieler. Sie lieben es, über sich selbst zu reden.«

Am liebsten würde ich ihr das Grinsen aus dem Gesicht küssen. »Ach ja? Wer sagt denn, dass wir gerne über uns selbst reden?«

»Mir ist schon öfter aufgefallen, dass einige deiner Teamkollegen die mediale Aufmerksamkeit mehr als genießen.«

Ich ergreife ihre Hand und ziehe sie auf meinen Schoß. »Teamkollegen, ja. Aber ich? Ich würde lieber einen Monat lang in der Wüste festsitzen.«

»Das ist jetzt aber sehr dramatisch.« Tenley verdreht zwar die Augen, legt aber gleichzeitig einen Arm um meine Schultern. Momente wie dieser, diese kurzen Augenblicke, in denen ich sie im Arm halte, treffen mich immer wieder wie ein Blitz. Das habe ich mein ganzes Leben lang verpasst.

Ich liebe es, Tenleys wohlproportionierte Rundungen unter meinen Händen zu spüren; liebe es, wenn sie mich in ihren Armen hält. Rachel war immer so sehr auf Äußerlichkeiten fixiert, dass sie ständig auf ihrem Handy herumgescrollt hat, um auch ja nicht den neuesten Social-Media-Trend zu verpassen.

Doch die einzige Zeit, in der Tenley mal nicht hier bei mir ist, ist die, wenn sie sich auf ihre Schüler konzentriert. Ihre Leidenschaft für das Unterrichten ist genauso groß wie meine für Football.

Ich werfe einen Blick über ihre Schulter und auf ihre Notizen. »Football?«

Sie schiebt das Notizbuch beiseite. »Warum nicht? Alle Schüler lieben Football auf irgendeine Weise, also dachte ich mir, wir könnten vielleicht einen Football-Freitag veranstalten.«

»Wie wäre es mit einem Auftritt deines Lieblingsspielers?«

Tenley sieht mich voller Begeisterung an. »Glaubst du, Alex könnte es diese Woche einrichten?«

Ich werfe sie auf die Couch und kitzle sie an den Seiten, woraufhin sie in lautes Lachen ausbricht. »Wer hätte gedacht, dass ich mit so einer Komikerin zusammenlebe?«

»Stopp! Stopp! Ich mach doch nur Spaß.« Sie atmet tief durch und sieht mich mit ihren babyblauen Augen an, in denen ich mich immer wieder verlieren könnte. »Ist Knox da? Vielleicht kann er ja kommen, wenn Alex keine Zeit hat.«

»Dann weiß ich ja, woran ich bin«, sage ich mit vorgetäuschtem Ärger und löse mich von ihr.

»Oh, armes Baby. Gefällt es dir etwa nicht, dass du nicht mein Liebling bist?« Sie hakt einen Finger in den Ausschnitt meines T-Shirts und zieht mich wieder zu sich herunter.

Ich schiebe meine Unterlippe vor und ziehe einen Schmollmund. »Ich sollte dein einziger Liebling sein.«

Tenley beugt sich vor und umschließt meine Lippen mit ihrem Mund. Ich genieße den Geschmack ihrer Zunge, als diese sich mit meiner verbindet. Ich lasse mich nach unten sinken, wandere mit einer Hand ihre Seite hinab und lege ihr Bein über meine Hüfte. In ihr könnte ich mich verlieren. In dem süßen Duft nach Erdbeeren, der bereits meine ganze Wohnung eingenommen hat. In dem Gefühl ihrer weichen Rundungen unter meinen Händen. In dem Stöhnen, das ich ihr entlocke, wenn meine Lippen sich einen Weg zu ihrem Hals bahnen.

Ich drücke mich ein wenig hoch, doch Tenley folgt mir sofort nach oben und versucht, mir einen weiteren Kuss abzuknöpfen. Der quengelige Laut, der daraufhin ihre Lippen verlässt, lässt mich schmunzeln.

»Sag mir, dass ich dein Liebling bin.«

»Du bist mein Liebling.«

Ich lächle gegen ihre Lippen. »Du lügst.«

Tenley umfasst meinen Kopf mit ihren Händen und sieht mich fest an. »Glaubst du, ich wäre hier, wenn du es nicht wärst?«

Ich drücke ihr einen schnellen Kuss auf die Lippen und stemme mich ein wenig weiter hoch. »Ich verarsche dich einfach nur gern.«

Tenley krallt ihre Hand in mein Shirt und zieht mich wieder zu sich nach unten. »Es gibt nicht viele Menschen, für die ich das tun würde. Und mit nicht viele meine ich genau sechs. Meine Familie, Gabby, und dich. Sie sollten sich also wirklich glücklich schätzen, Mr. Fields.«

Ich stöhne und spüre, wie sich mein Schwanz in meiner Hose regt. Diese Worte aus ihrem Mund lassen all mein Blut gen Süden rauschen. Ich möchte mich ihr zu Füßen werfen und ihr huldigen. Die ganze Nacht in ihr verbringen und dieser Frau zeigen, wie sehr sie mein Liebling ist. Aber stattdessen windet sie sich unter mir hervor und steht auf.

»Hey, ich war noch nicht fertig mit dir«, sage ich und versuche, sie mir wieder zu schnappen.

»Tja, da musst du wohl bis später warten.«

»BIST DU BEREIT?«, fragt Tenley und legt ihre Hände auf meine Schultern.

»Ist es schlimm, dass ich ein bisschen nervös bin?« Mein Blick schweift durch das leere Klassenzimmer, während ich darauf warte, dass ihre Klasse vom Kunstunterricht zurückkommt.

Tenley stiehlt sich im Vorbeigehen schnell einen Kuss

von mir, als sie zur Tafel läuft. »Das sind Vorschulkinder. Vor denen braucht man keine große Angst zu haben.«

Ich fahre mir mit der Hand durch die Haare. »Was ist, wenn sie unangemessene Fragen stellen?«

Tenley verdreht die Augen. »Die schlimmste Frage, die sie dir stellen könnten, ist, ob deine Schulterpolster nach einem Spiel müffeln.«

Ich stöhne und schlage mir mit der Hand gegen den Kopf. »Ich kann absolut nicht mit Kindern umgehen.«

»Du schaffst das schon, versprochen.«

»Und wenn nicht?« Ich stehe auf und gehe zu ihr hinüber.

Sie sieht sich um und vergewissert sich, dass auch wirklich niemand im Zimmer ist. »Dann sorge ich später dafür, dass es dir wieder gut geht.«

»Du machst mich fertig, Mädchen.« Da fliegt die Tür zum Klassenzimmer plötzlich auf, und ich mache einen Satz zurück. Ich stand mindestens einen Meter von ihr weg, aber ich komme mir vor wie damals, als ich noch zur Highschool ging und mein Vater manchmal unangemeldet in mein Zimmer kam.

Fünfzehn kleine Menschlein blicken zu mir hoch, während sie sich um den ABC-Teppich herumsetzen.

»Wow! Weißt du überhaupt, wer du bist?«, fragt mich ein Kind mit kurzen braunen Haaren.

Ich nicke und verschränke die Arme, während ich zu ihm hinunterschaue. »Natürlich. Und wer bist du?«

»Billy. Warum spielst du nicht Football?« Er zieht eine Augenbraue hoch und grinst mich breit an.

»Okay, Billy, Kinder. Setzt euch bitte. Wir haben heute einen besonderen Gast hier.« Als Tenley in die Hände klatscht, setzen sich alle hin und schenken ihr ihre volle Aufmerksamkeit. Diese Seite an ihr kannte ich noch gar nicht.

Tenley ist sanftmütig und doch durchsetzungsfähig. Die Art und Weise, wie sie das Kommando in ihrem Klassenzimmer übernimmt, weckt in mir das Bedürfnis, mich mit den anderen Kindern auf den Teppich zu setzen und genau das zu tun, was sie sagt. Sie ist nicht herablassend, sondern begegnet jedem einzelnen Kind mit Respekt.

»Unser besonderer Gast heute bei den Freitagsfavoriten ist mein Freund Mr. Jackson. Kann mir jemand sagen, woher ihr ihn vielleicht kennen könntet?«

Ein paar Hände, darunter auch die von Billy, schnellen in die Höhe. Tenley wendet sich an ein kleines Mädchen, das aufgeregt auf ihrem Platz auf und ab hüpft. »Er spielt für Denver!«, ruft sie allen im Raum voller Begeisterung zu.

»Das tut er. Und weiß jemand, auf welcher Position?« Tenley sieht mich mit einem strahlenden Lächeln an, während sie einen anderen Schüler aufruft.

»Er kickt die Punkte nach einem Touchdown. Mein Papa sagt, wir brauchen ihn unbedingt wieder zurück.«

Ich versuche, bei seinen Worten keine düstere Miene zu ziehen. »Ich hoffe, dass ich in ein paar Wochen wieder einsatzfähig bin.«

Tenley schenkt mir ein süßes Lächeln, bevor sie sich wieder ihren Schülern zuwendet. »Hat irgendjemand eine Frage an Mr. Jackson?«

Sofort schießt wieder eine Hand in die Luft. »Wie ist es so, Football zu spielen?«

Das ist einfach. »Es ist das Beste. Ich liebe es, für meine Heimatstadt spielen zu können. Die Mountain Lions sind wirklich das beste Team da draußen.«

Ein paar der Kinder machen das Mannschaftsknurren nach, das die Fans vor jedem Spiel anstimmen. Ein stechender und tiefgehender Schmerz macht sich in mir breit. Dieses Knurren lassen die Jungs immer von sich hören, bevor sie sich nach ihren Beratschlagungen aus dem Kreis lösen und aufs Spielfeld rennen. Etwas, das ich nicht mehr miterleben durfte, seit ich an der Seitenlinie sitze. Ich hasse es. Ich hasse es, nicht mehr wie früher für mein Team da sein zu können.

Ich weiß, dass ich nichts dafürkann, aber ich hasse es trotzdem. Wir haben in den letzten zwei Wochen keine gute Leistung abgeliefert. Zwei Niederlagen. Es gibt nichts Schlimmeres, als deinem Team beim Verlieren zusehen zu müssen und nichts dagegen tun zu können. Das Gefühl, jeden Sonntag mit da draußen auf dem Feld zu stehen, ist einfach unvergleichlich. Das momentan nicht zu können, bringt mich fast um.

»Wirst du immer ein Kicker sein?«, fragt eine leise Stimme von etwas weiter hinten.

»Was für 'ne blöde Frage, Lily. Man kann nicht einfach so die Position wechseln.« Ganz schön frech, der Bursche neben ihr.

»Nein, nein, die Frage ist durchaus berechtigt«, erwidere ich und wende mich Lily zu. »College-Spieler können die Position wechseln, aber in der NFL ist das eher schwierig. Ich kicke gerne, also wird sich daran auch so schnell nichts ändern.«

Sie dreht sich zu dem stänkernden Jungen um und streckt ihm die Zunge raus. Ich versuche, mein Lachen zu unterdrücken. Das hier erinnert mich so sehr an Tenley und mich, dass es mir ein Lächeln aufs Gesicht zaubert.

Seitdem wir diese Sache zwischen uns begonnen haben, hat jede Erinnerung eine neue Bedeutung bekommen. Wie Tenley immer ohne zu zögern für mich da war, sowohl in der Highschool als auch im College. Wie sie an manchen meiner schlimmsten Tage diejenige war, die ich mehr als sonst jemanden an meiner Seite haben wollte.

Ich beantworte die Fragen so schnell, wie die Kinder

sie mir entgegenschleudern können. Die Pressekonferenzen nach unseren Spielen sind fast ein Witz dagegen.

»Okay. Ich glaube, mehr Zeit haben wir heute nicht. Wer möchte mit Miss Ashley zum Lesen gehen?« Fünfzehn Hände schießen in die Höhe. »Und was sagen wir zu Mr. Jackson, weil er heute zu uns gekommen ist?«

»Danke schön!«, hallen die zarten Stimmchen durch den Raum, bevor Tenleys Lehrassistentin die Kinder in eine andere Ecke des Zimmers bringt.

»Werden hier neue Journalisten ausgebildet oder was? Deine Schüler stellen ziemlich gute Fragen.«

Tenley lächelt mich voller Stolz an. »Ich sage ihnen immer, dass sie gut über jede Frage nachdenken sollen, bevor sie sie stellen, damit sie nicht die Gefühle von jemandem verletzen.«

»Danke, dass du mich heute eingeladen hast, Tenley. Dich in deinem Element zu erleben, war richtig geil.«

»Psst! Keine solchen Wörter. Ich will nicht, dass sie von kleinen Ohren aufgeschnappt und wiederholt werden«, rügt sie mich und verpasst mir einen Schlag auf die Brust.

»Tut mir leid.« Ich würde sie so gerne umarmen und ihr einen Kuss geben, bevor ich gehe, aber ich darf nicht. Stattdessen begnüge ich mich mit einem Augenzwinkern. »Wir sehen uns dann zu Hause?«

Sie bringt etwas mehr Abstand zwischen uns. »Wir sehen uns dann heute Abend.«

Fuck. Wie sehr ich mir wünsche, dass diese nächsten paar Stunden wie im Flug vergehen mögen.

Kapitel Sechzehn

TENLEY

»Warum kaufen wir so viele Kürbisse?«, fragt Jackson nicht zum ersten Mal heute.

»Weil jedes meiner Schulkinder einen braucht.«

Es ist ein perfekter Herbsttag. Weiße Wolkenstreifen hängen am strahlend blauen Himmel und die schneebedeckten Berge ragen hoch über uns auf. Da Jackson jetzt schon etwas mobiler ist, habe ich ihn zu dem kleinen Bauernhof außerhalb der Stadt mitgeschleppt.

»Und was machst du dann mit besagten Kürbissen?« Jackson hievt sich zwei auf seine Schultern und legt sie auf unseren Wagen. Es ist schwer, sich beim Anblick so eines Bizepses zu konzentrieren.

»Die Kinder werden sie bemalen.« Ich begutachte die beiden gerade abgeladenen Exemplare und nehme eines wieder heraus. »Dieser hier hat zu viele komische Flecken.«

»Du bist eine Perfektionistin, das weißt du, oder?« Jackson wischt sich mit einer Hand über die Stirn. Die Sonne brennt auf uns herab. Die letzten Reste des Sommers halten sich noch hartnäckig, bevor wir in den

Oktober hinübergleiten. Jackson konzentriert sich jetzt immer mehr darauf, wieder zum Football zurückzukehren, weshalb ich ihm eines seiner vielleicht letzten freien Wochenenden gestohlen habe, um ungestört Zeit mit ihm verbringen zu können.

Ich nehme seine Hand und ziehe ihn an mich. »Du hast meine Schülerinnen und Schüler doch schon kennengelernt. Glaubst du wirklich, sie würden sich mit weniger als einem perfekten Kürbis zufriedengeben?«

Jackson legt seine Hände auf meine Taille. »Bekommen wir auch einen Kürbis?«

Wir.

Dieses kleine Wort flutet meinen Verstand und setzt sich in der Nähe meines Herzens fest. Ich glaube nicht, dass Jackson sich irgendetwas dabei gedacht hat, aber trotzdem. Es macht mich glücklich, dass er uns auf diese Weise miteinander verbindet. Denn ich möchte auf jede erdenkliche Weise mit ihm verbunden sein.

»Möchtest du einen?« Ich lehne mich zurück und schaue in seine zusammengekniffenen braunen Augen.

»Nur wenn wir ihn schnitzen. Anmalen will ich ihn nicht.«

Ich lache. »Du weißt schon, dass wir sie nur bemalen, weil ich Vorschulkindern keine Messer in die Hand drücken kann, oder?«

»Hm, klingt irgendwie einleuchtend.«

Ich drücke ihm einen schnellen Kuss auf die Lippen und schubse ihn sanft von mir weg. »Und jetzt machen Sie sich auf die Suche nach ein paar ordentlichen Kürbissen, Mr. Fields. Sonst könnte das verheerende Folgen haben.«

»Verheerend, sagst du?« Jackson ergreift meine Hand und zieht mich so nah an sich heran, dass mir sein Duschgel in die Nase steigt. Mein gesamter Körper beginnt zu kribbeln.

»Verheerend«, bestätige ich mit finsterem Blick.

»Nun denn.« Jackson sieht mir fest in die Augen, während seine Lippen meinem Mund immer näher kommen. »Wenn die Folgen so sind, wie Sie sagen, Miss Rhodes, dann wird dieser Kuss wohl nicht genügen, oder?«

Und dann beugt sich Jackson mitten in einem Kürbisfeld zu mir herab und küsst mich. Als er mit seiner Zunge in meinen Mund eindringt, raubt mir das fast den Atem, und dabei ist es mir auch völlig egal, dass es mitten am Nachmittag an einem belebten Sonntag ist. Ich kann einfach nicht genug von Jackson bekommen; von der Art und Weise, wie er das Kommando bei diesem Kuss übernimmt. Als würden wir uns beide in Luft auflösen, wenn wir damit aufhören.

Jackson zieht sich als Erster zurück, während immer noch wildes Verlangen durch meinen Unterleib wirbelt.

»Also gut«, sagt er mir lustverhangener Stimme und räuspert sich. »Ich denke, das sollte jegliche Folgen in Schach halten.«

Mein Kopf ist noch ganz vernebelt, als die Welt um mich herum langsam wieder in den Fokus rückt.

Jackson, wie er mit seiner herumgedrehten Baseballmütze vor mir steht.

Der feurige Blick in seinen Augen.

Seine vom Küssen geschwollenen Lippen.

Worüber hatten wir vorher noch mal gesprochen?

»Du musst aufhören, mich so anzusehen, Tenley.«

»Dich wie anzusehen?«, frage ich und knabbere an seiner Unterlippe.

Er lässt seine Hände sinken, umfasst meinen Hintern und zieht mich zu sich heran. »So als ob du etwas anfangen möchtest, was du hier nicht zu Ende bringen kannst.«

Mit einer Kraft, von der ich gar nicht wusste, dass ich

sie habe, zwinge ich mich, zwei Schritte zurückzugehen. Ich atme einmal tief durch, und die frische Bergluft lässt meinen Kopf wieder etwas klarer werden.

»Richtig. Kürbisse.«

Jackson zwinkert mir noch einmal zu, bevor er seine Sonnenbrille vom Ausschnitt seines Shirts zieht und sie aufsetzt, was den Schleier an Emotionen um uns herum effektiv durchbricht.

»Ich werde hier draußen den besten Kürbis für uns finden. Darauf kannst du wetten.«

Mit diesen Worten dreht Jackson sich um und bahnt sich einen Weg durch das Feld, während ich einfach hier stehe und nur daran denken kann, was für ein perfekter Tag das heute ist.

JACKSON

»UND DU BIST DIR SICHER, dass du weißt, was du da tust?« Tenleys Zunge spitzt zwischen ihren samtweichen Lippen hervor.

»Natürlich. Ich schnitze schließlich nicht zum ersten Mal einen Kürbis.« Sie sieht nicht einmal zu mir auf, als ihr Messer am Strunk stecken bleibt.

»Nur weil du es schon mal gemacht hast, heißt das nicht, dass du weißt, was du tust.«

Tenley wirft mir einen verärgerten Blick zu und atmet genervt aus, während sie sich die Haare aus dem Gesicht streicht. »Es hat nun mal nicht jeder baumstammgroße Oberarme zur Hilfe.«

»Du meinst solche hier?« Ich beuge die Arme und lächle sie eingebildet an.

»Es ist wirklich überraschend, dass neben deinem großen Ego auch sonst noch etwas Platz in dieser Wohnung findet«, meint sie und verdreht die Augen.

»Deswegen behalte ich dich ja auch in meiner Nähe. Um mich immer wieder auf den Boden der Tatsachen zurückzuholen.« Ich werfe eine Handvoll Kerne und Ausgeschabtes in meine Schüssel. Tenley wollte, dass jeder von uns seinen eigenen Kürbis schnitzt. Wie eine Art Wettbewerb.

»Soll ich dir helfen?«, frage ich und zeige mit dem kleinen Schnitzmesser in der Hand auf ihren Kürbis.

Sie durchbohrt mich mit ihrem grimmigsten Blick. »Nein. Ich will nicht gewinnen, wenn du mir dabei helfen musst.«

Ich lache und schüttle den Kopf über ihre Sturheit. »Bringst du das auch deinen Schülern bei? Wenn man etwas nicht kann, soll man es so lange versuchen, bis man schließlich aufgibt?«

»Wer sagt denn, dass ich aufgebe?« Tenley stemmt eine Hand in die Hüfte und versucht mir ihre zickige Seite zu demonstrieren. Wenn ich Tenleys gesamte Zickigkeit aufaddieren müsste, wäre sie wohl nicht größer als mein kleiner Finger. Sie ist wahrscheinlich der freundlichste und netteste Mensch, den ich kenne. Was auch durch die Tatsache belegt wird, dass sie alles stehen und liegen gelassen hat, um mir während meines Heilungsprozesses beizustehen.

»Lass mich dir ein wenig Starthilfe geben.« Ich greife nach ihrem Messer und nehme ihre zierliche Hand in meine riesige Pranke.

»Iiiiiih. Deine Hände sind ja ganz klebrig.« Sie versucht, sich aus meinem Griff zu befreien, aber anstatt loszulassen, halte ich sie nur noch fester.

»Lass mich dir helfen.« Ich komme noch weiter auf sie

zu, bis sie mit ihrem Hintern gegen die Tischkante stößt. Ihre dunklen Pupillen verdecken fast vollständig das Blau ihrer Augen.

»Bei was genau hast du vor, mir zu helfen?«, fragt sie mit heiserer Stimme.

Ich drehe sie herum und lege ihre Hände dorthin, wo sie hingehören. »Beim Schnitzen natürlich. Ich leihe dir nur ein wenig meiner Muskelkraft.« Beim Reden streifen meine Lippen ihre Ohrmuschel.

Tenley entspannt sich in meinem Griff und lehnt ihren Körper sanft und fügsam gegen meinen. Ich bewege meine Hand und lasse das Messer mühelos durch den Kürbis gleiten.

»Nun sieh dir das an.« Tenley dreht ihren Kopf, bis sich unsere Blicke treffen.

»Endlich machst du ein paar Fortschritte.«

Das Messer fällt zu Boden, als der Kreis auf der Oberseite des Kürbisses vollendet ist. »Ich schätze, ich habe dich doch gebraucht.«

Tenley reibt ihre Hüfte gegen meine, was nicht unbedingt gegen meinen langsam anschwellenden Schwanz in meiner Hose hilft.

»Du hättest das die ganze Zeit über auch selbst gekonnt, oder?«, frage ich und lege meine Lippen auf die freie Stelle an ihrem Hals. Ich beobachte, wie sie den Deckel abnimmt und dabei einige Samenstränge mit herauszieht.

»Jackson. Ich bin eine erwachsene Frau. Ich weiß, wie man einen Kürbis schnitzt«, sagt sie und lacht.

Da ich nicht darauf geachtet habe, was sie tut, weiche ich erschrocken einen Schritt zurück, als mir eine Handvoll Kürbisinnereien ins Gesicht geschleudert wird.

»Was zum Teufel?« Ich wische mir die Pampe aus dem Gesicht, nur um Tenleys breites Grinsen auf ihrem sonnengebräunten Gesicht zu sehen. »Du hältst dich wohl für sehr witzig, was?«

Sie zuckt mit den Schultern. »Irgendwie schon, ja.«

Ich wische mir etwas von meiner Nase und schmiere es ihr direkt ins Gesicht.

»Igitt! Ich habe etwas in den Mund bekommen!« Während sie ein paar Kerne ausspuckt, greife ich nach dem Kürbis hinter ihr.

»Geschieht dir ganz recht.«

Ich glaube nicht, dass Tenley schon einmal so süß ausgesehen hat wie jetzt. Aber davon lasse ich mich nicht ablenken. Stattdessen greife ich in den Kürbis und verteile das, was ich daraus hervorziehe, in ihren Haaren.

»Oh, du hast es so gewollt!«, kreischt sie, verschwindet unter dem Küchentisch und taucht auf der anderen Seite wieder auf. Dort schnappt sie sich die Schüssel mit den Innereien und wirft mir einen Klumpen daraus entgegen. Ich versuche so grazil wie es mir mein Knie erlaubt auszuweichen, aber sie trifft mich genau im Genick.

»Nur damit du es weißt: Du hast damit angefangen«, sage ich, während mir die klebrige Pampe hinten am T-Shirt herunterläuft. »Shit. Dieses Zeug fühlt sich ja echt ekelhaft an.«

Tenley scheint verdammt stolz auf sich zu sein und grinst mich breit an, doch bevor sie ausweichen kann, lande ich einen Gegentreffer.

Ihr Lachen hallt in dem kleinen Raum wider, während wir versuchen, den Angriffen des anderen auszuweichen.

Ich kann mich nicht daran erinnern, schon einmal so viel gelacht zu haben. Mit Rachel war immer alles so angespannt. Es war nie einfach mit ihr.

Aber mit Tenley? Es ist uns so leichtgefallen, in unsere neuen Rollen zu schlüpfen. Als ob wir schon immer füreinander bestimmt gewesen wären. Ich packe sie an der

Taille, ziehe sie zu mir heran und schiebe ihr etwas unter ihr Shirt.

»Okay, okay! Waffenstillstand!«

Tenley versucht, sich von mir loszureißen, aber ich lasse sie nicht los.

»Du gibst auf?«

»Jackson, ich habe Kürbismatsche an Körperstellen, wo niemals jemand Kürbismatsche haben sollte. Also ja, ich gebe auf. Du hast gewonnen.«

»Verdammt. Damit hätte ich nie gerechnet.«

Ich sehe die Frau vor mir an. Ihr Gesicht ist orange verschmiert, winzige Fasern kleben in ihrem Haar, und Kürbiskerne sind auf ihrer Brust verteilt. Da will ich gar nicht erst wissen, wie ich aussehe.

Aber das strahlende Lächeln auf Tenleys Gesicht trifft mich mitten ins Herz. Diese Frau ist einfach umwerfend. Sie trägt kein Make-up, und jeder andere Mensch würde wahrscheinlich versuchen, sein kürbisverschmiertes Gesicht zu verstecken.

Aber nicht Tenley. Sie zupft die Kerne einfach so gut wie möglich von sich ab und lässt sie auf den Tisch neben uns fallen.

»Ich schätze, ich hätte wohl nicht etwas anfangen sollen, das ich nicht gewinnen kann«, murmelt sie.

»Falls es dir hilft«, sage ich und entferne einen Klumpen Glibber aus ihrem Haar, »du gewinnst auf jeden Fall den Preis für die größte Schönheit.«

Sie lacht und sieht zu mir hoch. »Du bist so ein Schwätzer.«

Ich greife nach ihrem Kinn und halte sie davon ab, den Blick abzuwenden. »Nein. Ich sage nur die Wahrheit.«

Ihre Augen glänzen belustigt, während ihr eine leichte Röte in die Wangen steigt.

»Du kannst wirklich gut mit Worten umgehen, Jackson Fields.«

Ich zucke mit einer Schulter. »Was soll ich sagen? Du bringst das einfach in mir zum Vorschein.«

Tenley fährt mit einem Finger an meinem Kinn entlang und huscht mit ihren Augen über jeden Teil meines Gesichts. Sie sieht aus, als wolle sie etwas sagen. Sie öffnet ihren Mund, scheint es sich in letzter Sekunde aber doch noch anders zu überlegen und schließt ihn wieder. »Vielleicht sollten wir uns wieder dem Schnitzen unserer Kürbisse widmen?«

Ich ignoriere die Stimme in meinem Kopf, die sich fragt, was Tenley wohl eigentlich hatte sagen wollen. Stattdessen drehe ich mich um und sehe mir das Chaos in der Küche um uns herum an. Einer der Kürbisse ist auf den Boden gefallen, und unsere verfehlten Würfe sind auf allen Oberflächen in der Küche verteilt.

Ein herzliches Lachen bricht aus mir heraus. »Ich glaube, über diesen Punkt sind wir schon längst hinaus.«

Tenley sieht sich jetzt ebenfalls im Raum um und hält sich die Hand vor den Mund, während sie sich vor Lachen krümmt. »Ich kann nicht glauben, dass wir das getan haben.«

»Du hast angefangen«, sage ich und zeige mit einem Finger auf sie, woraufhin sie verteidigend die Hände hebt. »Du hättest ja nicht drauf einsteigen müssen. Ihr Sportler immer mit eurem Kampfgeist.«

»Wir verlieren eben nicht gerne.«

Tenley schnappt sich eines der Kunststoffmesser vom Tisch und legt es mir über die Schulter. »So denn, ich ernenne dich zum Ritter der Kürbisschlacht, Sir Jackson.«

Ich liebe dich. Die Worte liegen mir bereits auf der Zunge, aber sie wollen einfach nicht herauskommen. Doch diese Frau, die hier vor mir steht? Noch nie hatte ich solche

Gefühle für jemanden. Mir platzt förmlich das Herz in meiner Brust, wenn ich an die ununterbrochene Zeit denke, die wir miteinander verbracht haben.

So beschissen es auch ist, dass dies auf Kosten des Spielens ging, glaube ich dennoch nicht, dass ich es gerade für irgendetwas auf der Welt ändern wollen würde. Denn diese ganzen verschiedenen Seiten an Tenley kennenzulernen, war das Licht am Ende des Tunnels dieser gottverlassenen Straße, auf der ich mich befunden habe.

Die zärtliche Seite. Die fürsorgliche Seite. Die verdammt sinnliche Seite. All das vereint in meiner besten Freundin auf der Welt. Eine, ohne die ich mir ein Leben eigentlich nicht vorstellen kann.

Ich nehme ihr das Messer aus der Hand, lege es auf den Tisch und ziehe sie zu mir.

»Ich werde immer dein Ritter in glänzender Rüstung sein, Tenley. Immer.«

Kapitel Siebzehn

JACKSON

»**B**ist du fertig, Tenley?«

»Fast!«, tönt ihre liebliche Stimme durch die Wohnung.

Ich lasse meinen Blick durch die Küche schweifen. Dank des eigenen Touchs, den Tenley meiner Wohnung verpasst hat, fühlt sich diese nun mehr wie ein Zuhause an als während der gesamten letzten Jahre, in denen ich hier gewohnt habe.

Eine Vase mit bunten Blumen.

Gestapelte Bücher auf dem Couchtisch.

Kerzen, wo man nur hinsieht.

Ich habe mir noch nie groß Gedanken über Deko gemacht, da ich während der Season sowieso nicht viel Zeit hier verbringe und die Off-Season größtenteils aus Training und Mannschaftsveranstaltungen besteht. Meine minimalistische Ausstattung hat mich also nie gestört.

Zumindest nicht, bis Tenley eingezogen ist.

Ich weiß, dass das nur vorübergehend ist. Dass sie nur hier ist, um mir während meiner Genesung unter die

Arme zu greifen. Fuck, ich kann mich sogar schon wieder allein von A nach B bewegen.

Aber ich bin noch nicht bereit, sie gehen zu lassen.

»Tut mir leid, dass es so lange gedauert hat.« Tenley bleibt vor mir stehen und rückt den Verschluss ihres Armbands zurecht. »Wer hätte gedacht, dass das Ausmalen heute so ausufern würde?«

Ich weiß nicht, ob ich mich jemals an diesem Lächeln von ihr sattsehen kann. Sie ist die Gutmütigkeit in Person. Manchmal schon zu gutmütig.

Sie hat sich in ein weißes, kurzärmeliges Kleid mit U-Ausschnitt geworfen, der bereits erahnen lässt, was sich darunter befindet. Vorn ist es mit Knöpfen verschlossen, und ich muss mich zusammenreißen, sie nicht zurück ins Schlafzimmer zu ziehen, jeden dieser verdammten Knöpfe zu öffnen und sie meinem Willen zu unterwerfen.

»Hör auf, mich so anzusehen«, sagt sie todernst.

»Wie denn?«, frage ich unschuldig.

»So als ob du ganz genau wüsstest, wie ich nackt aussehe.«

Ich drücke ihr einen Kuss auf die Wange und atme ihr süßes Parfüm ein. »Ich weiß nicht, was du meinst.« Dann küsse ich ihre andere Wange. »Du siehst wunderschön aus.«

Als ich mich von ihr löse, merke ich, wie ihre Wangen ganz rot werden. Ich lege einen Arm um ihre Schultern und führe sie aus der Wohnung zum Aufzug.

»Wo gehen wir heute Abend denn hin?« Tenley steigt in die bereits wartende Kabine, lehnt sich gegen die Wand und nimmt meine Hand. Sie streichelt meine Finger und versetzt mich dabei fast in eine Art Trance. Das Gefühl ihrer zarten Haut auf meinen rauen Händen jagt einen wohligen Schauer durch meinen Körper.

Ich ziehe sie näher an mich heran, so nah, dass ihre

Brust mich berührt. Mir entgeht nicht, wie sich ihre Augen daraufhin weiten.

Ich lege meine Hand auf ihre Wange und streiche mit dem Daumen über ihre Unterlippe.

»Larimer Square.«

Tenley fährt mit den Fingern den Bund am Hals meines T-Shirts entlang, während ein kleines Lächeln ihre Lippen umspielt. »Hast du das aus sentimentalen Gründen ausgesucht?«

Verwirrt runzle ich die Stirn. »Sentimentale Gründe?«

Ein Seufzer entwischt ihren Lippen. »Ich schätze, es sollte mich nicht überraschen, dass ich mich an mehr erinnere als du. Dort haben wir uns zum ersten Mal ohne unsere Eltern getroffen, nachdem du eingezogen bist.«

Ich lehne meine Stirn gegen ihre und gebe ihr einen Kuss. Der süße Geschmack ihrer Lippen bleibt auf meinem Mund haften wie ein Echo. Ich weiß nicht, wie ich sie jemals mit Rachel hatte verwechseln können.

»Ich mag es, dass du dich an solche Dinge erinnerst«, sage ich leise, während der Aufzug mit einem ›Ding‹ seine Ankunft in der Lobby ankündigt.

Tenley schüttelt ihren Kopf, als wir das Gebäude verlassen und den kurzen Fußweg antreten. »Gott, ich war damals so verschossen in dich.«

»Nur damals?«

Tenley dreht vor mir eine Pirouette und schenkt mir wieder eines dieser Lächeln. Eines jener Lächeln, die nur für mich bestimmt sind.

»Na ja. Jetzt bist du auch nicht übel.«

»Nicht übel?« Ich schnappe sie mir und ziehe sie in eine kleine Mauernische neben dem Bürgersteig. Als ich sie mit dem Rücken gegen die Backsteinmauer drücke, sieht sie mich erschrocken an.

Ich warte nicht ab und bitte nicht um Erlaubnis, sondern presse meine Lippen einfach auf ihre.

Ihr Wimmern verhallt in meinem Mund, als sie sich mir öffnet und sich an mich klammert. Ich stütze mich mit einer Hand neben ihrem Kopf ab und vergrabe die andere in ihrem Haar, um unsere Position zu verändern und den Kuss zu vertiefen. Ihre Zunge trifft auf meine. Jedes Quäntchen Verlangen, das ich für diese Frau empfinde, fließt in diesen Kuss.

Und jeder Kuss mit Tenley ist besser als der vorherige. Jeder Kuss hinterlässt bei mir das Gefühl, noch mehr zu wollen. Mehr von ihr. Mehr von ihren Küssen.

Einfach … mehr.

Ich löse mich von ihren Lippen, entferne mich jedoch nur einen Hauch von ihr. »Nicht übel?«

Ihre Augen wirken benommen und ihre Lippen sind geschwollen. So eine Reaktion von ihr auf meinen – zugegeben verdammt guten – Kuss, lässt meinen Schwanz in meiner Hose anschwellen.

Tenley nimmt meine Hand und legt sie auf ihr Herz, das wie verrückt in ihrer Brust hämmert. »Was sagt dir das?«

Fuck. Ich bin so am Arsch.

***

»WUSSTEST DU, dass das hier stattfindet?« Tenley hat sich bei mir untergehakt, während wir uns einen Weg durch die Menschenmassen bahnen.

Ich schüttle den Kopf, als Tenley mich zum Stehenbleiben bringt. Die Straße ist gesperrt und Menschen malen darauf mit Kreide herum. Hätte ich gewusst, dass heute Abend so viel los ist, wäre ich zu Hause geblieben.

Sicher, ab und zu gibt es Leute, die mich erkennen,

aber da ich Mitglied des Special Teams bin, werde ich meistens nicht beachtet.

Aber der Gedanke, dass mich jemand versehentlich anrempeln und mein Knie dadurch noch mehr verletzen könnte, lässt mir die Schweißperlen auf die Stirn treten. Früher hätte mich so etwas nie gestört.

Doch für den Moment setze ich ein gespieltes Lächeln auf, weil ich nicht leugnen kann, wie viel Freude das hier Tenley bereitet.

»Das würde den Kindern bestimmt riesigen Spaß machen.« Ich liebe es, dass Tenley immer an ihre Schüler denkt. Wenn es jemanden gibt, der dazu bestimmt ist, Lehrerin zu sein, dann sie. Sie hat das größte Herz von allen Menschen, die ich kenne.

Tenley steht wie gebannt da und sieht den Künstlern vor ihr zu, während von den Leuten um uns herum immer wieder ein ›Oooh‹ oder ›Aaah‹ zu hören ist. Auf einer der Zeichnungen ist die Skyline von Denver dargestellt, während der Quarterback unseres Teams auf einer anderen zu sehen ist.

»Findest du, dass das wie Sinclair aussieht?« Ich nicke in Richtung besagter Zeichnung.

»Ähnlichkeit ist auf jeden Fall da.« Tenley sieht zu mir auf und legt ihr Kinn auf meinen Bizeps. »Meinst du, ich könnte sie dazu bringen, dich zu zeichnen?«

Ich gehe zurück in die Menge und ziehe sie mit mir. »Und in diesem Sinne, lass uns etwas essen gehen.«

»Spielverderber.« Sie streckt mir die Zunge raus, als ich die Tür zu dem Burgerladen hinter uns öffne.

»Glaub mir, niemand will mich in Kreide verewigt sehen.«

Tenley neigt ihren Kopf und mustert mich. »Meinst du? Ich bin mir sicher, dass sie all diesen Muskeln, die du hast, durchaus gerecht werden könnten.« Sie legt ihre

Hand auf meinen Bauch. »Außerdem, wer würde damit rechnen, dich als Kreidefigur zu Gesicht zu bekommen?«

»Ich jedenfalls nicht«, sage ich lachend.

»Hättest du jemals gedacht, dass du hierbleiben würdest?«, fragt Tenley, als wir uns in einer Sitznische niedergelassen haben.

»Auf keinen Fall. Ich hätte gedacht, vom letztplatzierten Team ausgewählt zu werden.«

»Tja, wer hätte das gedacht … Jackson Fields, der Junge aus Denver, spielt für das Team seiner Heimatstadt.«

Stolz schwingt in ihrer Stimme mit, und ich fühle mich wie der König der Welt.

»Ich würde nirgendwo anders lieber spielen wollen.«

Eine Kellnerin läuft an uns vorbei, während Tenley und ich uns gerade über ihren Tag unterhalten. Und darüber, wie nah ich meinem Ziel bin, bald wieder spielen zu können. In diesem Moment bemerke ich aus dem Augenwinkel zwei Jungs.

»Bestellst du mir bitte noch ein Wasser, wenn unsere Kellnerin vorbeikommt? Ich muss mal auf die Toilette.«

»Klar doch.«

Als Tenley aufsteht und geht, kommen die beiden Jungs auf mich zu.

»Jackson Fields, so wahr ich hier stehe.« Der Größere klopft mir auf die Schulter, als wären wir beste Freunde.

»Hey, Mann. Schön zu sehen, dass du wieder auf den Beinen bist. Wir brauchen dich«, stimmt sein Kumpel mit ein.

»Danke.« Ich bemühe mich, mein Gesicht nicht zu verziehen. Das ist eines der Dinge, die ich am Footballspielen hasse. Jeder denkt, dass du für jeden zugänglich sein musst, weil du ein Footballspieler bist. Viele Leute respektieren zwar deine Zeit und deinen Freiraum, aber andere drängen sich dir regelrecht auf, ohne auch nur darüber nachzudenken.

»Ripley ist längst nicht so gut wie du. Er kriegt den Job einfach nicht gebacken.« Und sie reden so dummes Zeug wie das hier.

»Er ist eingesprungen, als wir ihn gebraucht haben.« Denken die wirklich, dass ich meinen Teamkollegen in die Pfanne haue? »Er ist noch ein Rookie und hat seine Sache sehr gut gemacht.«

Der Junge klopft mir auf die Schulter. »Du hast in deinem Jahr als Rookie doppelt so viele Field Goals geschossen wie er. Der Typ muss sich noch ganz schön steigern, wenn er bei den Mountain Lions bleiben will. Wir brauchen dich zurück.«

Für wen zum Teufel hält sich dieser Kerl? Es ist ja nicht so, als würde ich nur zu Hause rumsitzen und Däumchen drehe. »So eine Verletzung darf man nicht auf die leichte Schulter nehmen.«

»Pearson von Tennessee war in weniger als vier Wochen zurück.«

Bevor ich ihm sagen kann, wo er sich sein Geschwafel hinstecken kann, taucht Tenley hinter den beiden auf. »Sorry, wo waren wir?« Sie setzt sich nicht, sondern stellt sich direkt neben die beiden Idioten vor mir.

»Haben uns nur über das Spiel unterhalten.«

»Nun, ich würde jetzt gerne wieder unser Date fortsetzen. Wenn es euch also nichts ausmacht …?« Tenley schenkt ihnen ihr schönstes aufgesetztes Lächeln, was sie tatsächlich dazu bringt, mir noch einmal auf die Schulter zu klopfen und zu gehen.

»Alles in Ordnung?«

Jegliche Freude darüber, heute Abend mit Tenley unterwegs zu sein, ist verflogen.

»Alles okay. Lass uns einfach zahlen und nach Hause gehen.«

»Wir haben doch noch gar nicht gegessen.«

»Dann lass uns was mit nach Hause nehmen«, schnauze ich sie an.

Tenley verschränkt die Arme und sieht mich mit stählernem Blick an. »Sie haben dich verärgert, nicht ich. Lass das jetzt nicht an mir aus.«

Ich setze bereits zu einer Gegenantwort an, als sie drohend ihren Finger hebt. »Ich würde sehr gut darüber nachdenken, was du sagen möchtest, bevor du anfängst zu sprechen.«

Ich lasse meinen Blick auf das Platzset vor mir sinken. Mit einem einzigen Gespräch wird jeder Gedanke, den ich bezüglich meiner Zukunft in der Mannschaft hatte, infrage gestellt.

Es ist nicht so, als wäre mir die Leistung unseres neuen Kickers nicht bewusst. Er ist ein Rookie, der viel früher in die Startaufstellung geschmissen wurde, als er jemals geplant hatte. Es war kein großartiger Start für unser Team, aber es ist ja nicht so, als würden wir bei null Siegen und vier Niederlagen stehen. Wir stehen bei zwei Siegen und zwei Niederlagen. Nichts, worüber man die Nase rümpfen müsste. Und trotzdem ändert das nichts an meinem Gefühl, das Team im Stich zu lassen.

Alles, worauf ich in meinem Leben jemals hingearbeitet habe, war Football. Dass ich in den letzten Wochen außer Gefecht gesetzt war, hat mich schier wahnsinnig gemacht. Ich hasse es, dass ich nichts zu unserem Team beitragen kann. Unsere Fans zu verunsichern, ist das Letzte, was ich möchte.

»Lass uns gehen.« Tenley wartet nicht auf mich, als sie das Restaurant verlässt. Ich folge ihr, und das Schweigen zwischen uns ist beinahe undurchdringlich.

Was eigentlich ein netter Abend zwischen uns beiden werden sollte, ist ins Gegenteil umgeschlagen. Ich hasse es, wie schnell meine Stimmung gekippt ist, aber es gibt etwas, das mir schon die ganze Zeit im Hinterkopf herumschwirrt.

Wie leicht ich ersetzt werden könnte und meine Footballkarriere mit einem einzigen Fingerschnippen vorbei wäre.

Kapitel Achtzehn

TENLEY

Ich stoße die Tür auf und betrete die dunkle Wohnung. Jegliche Vorfreude auf den heutigen Abend, insbesondere auf Jackson, hatte sich von einer auf die andere Sekunde in Luft aufgelöst. Ich hatte ihm die Frustration ansehen können, als diese Fans auf einmal vor ihm standen. Ich hasse es, dass manche Leute denken, sie könnten einfach so zu ihm hingehen und ihm solche Sachen an den Kopf werfen. Das ist doch nicht fair.

Er hat es verdient, rausgehen und Dinge tun zu können, ohne dass andere ihm sagen, wie sehr sie ihn zurück auf dem Feld brauchen. Es ist ja nicht so, als hätte er es sich ausgesucht, nicht zu spielen. Das alles frustriert mich ungemein.

»Alles okay?« Jackson taucht hinter mir auf, während ich aus dem Fenster starre.

»Alles bestens«, antworte ich mit verschränkten Armen und ohne in anzusehen.

»Ich weiß, dass das nicht stimmt.« Er legt seine Hände auf meine Schultern. »Es tut mir leid, dass der Abend nicht so gelaufen ist wie geplant.«

Ein Seufzen entweicht meinen Lippen. »Ich wünschte nur, du hättest das alles nicht so an dich herangelassen.«

»So einfach ist das nicht.« Jackson legt seine Arme um mich und zieht mich zu sich heran. Sein muskulöser Körper sollte meinen wie eine Art Schutzkäfig übermannen, aber nicht heute Abend. »Und während einer Season voller Niederlagen ist es sogar noch schlimmer.«

»Dann ist es ja gut, dass du nicht viele Niederlagen einfährst.«

»Ja, sehr gut.« Heiße Küsse wandern meinen Hals hinauf und setzen meine Haut in Brand. »Aber daran will ich wirklich nicht denken, während ich dich in meinen Armen halte.«

Ich neige meinen Kopf zur Seite, um ihm mehr Platz zu bieten. »Was würdest du denn lieber tun?«

Er lässt seine Hand meinen Körper hinabgleiten, schiebt seine Finger zwischen die Knöpfe meines Kleides und streichelt meinen Bauch. Schon der kleinste Kontakt zwischen seiner Haut und meiner verursacht eine wohlige Wärme zwischen meinen Beinen. Ich spüre Jacksons hartes Glied an meinem Rücken und stöhne leise auf.

»Ich möchte dich auf meinem Bett ausbreiten. Jeden einzelnen dieser Knöpfe öffnen.« Seine rauen Finger graben sich in meine Haut. »Deine Haut schmecken.«

Dieser verdammte Jackson. Seine Worte lassen mich nach und nach vergessen, warum ich wütend auf ihn war. Wütend über die Situation, in der wir uns heute Abend wiedergefunden haben.

»Worauf wartest du dann noch?«, frage ich mit leiser Stimme, die erfüllt ist von dem Verlangen nach dem einzigen Mann, den ich je geliebt habe. Und je lieben werde.

Jackson unterbricht den Kontakt für einen winzigen Moment, trägt mich in sein Zimmer und legt mich sanft auf sein Bett. Er behandelt mich wie eine kostbare Reliquie, die er nicht kaputt machen will. Gott sei Dank ist sein Bein schon wieder stark genug, um mich tragen zu können.

»Gott. Wie konnte ich nur so viel Glück haben, jetzt hier mit dir zu sein?«

Ich spüre Jacksons Augen auf jeder Stelle meines Körpers. Er streift sein Shirt und seine Jeans ab und krabbelt auf dem Bett zu mir hoch. Die schwachen Lichter der Stadt werfen lange Schatten auf sein Gesicht. Seine braunen Augen füllen sich mit Verlangen, als er meine Lippen mit einem leidenschaftlichen Kuss einnimmt.

Ich schlinge meine Beine um seine Taille und beuge mich seiner Berührung entgegen. Ich kann es kaum erwarten, seinen Körper überall zu spüren.

»Geduld, Tenley. Geduld.« Jackson lacht an meinen Lippen. Dann setzt er sich auf, hockt sich auf seine Fersen und lässt diese Hände, die ich so sehr liebe, außen an meinen Beinen hochwandern. Überall, wo er mich berührt, wird meine Haut in Brand gesteckt, geht meine Seele in Flammen auf.

»Du bist so überwältigend.« Jackson drückt mir einen Kuss auf die Wölbung meiner Brust. »So atemberaubend.« Seine langen, geschickten Finger finden die ersten paar Knöpfe meines Kleides und machen sich daran zu schaffen. Ungeduldig winde ich mich unter ihm hin und her. »Das schönste Wesen, das ich je zu Gesicht bekommen habe.«

Seine Lippen bahnen sich einen feurigen Weg über meine Brust und meinen Bauch, während er jeden Knopf sorgfältig öffnet.

»Ich kann es kaum erwarten, dich zu schmecken.« Sein warmer Atem streift über das schmale Stück Stoff, das meine Mitte bedeckt. Als mein Kleid vollständig geöffnet ist, schiebt Jackson es zur Seite und küsst sich denselben

Weg meinen Körper nach oben, den er gerade zurückgelegt hat.

»Warum quälst du mich so? Ich brauche dich«, wimmere ich. Ich verändere meine Position und versuche, mir ein wenig Erleichterung von dem mir noch verwehrten Vergnügen zu verschaffen.

Ich möchte Jackson auf jede erdenkliche Weise. Ich will seine Lippen auf meinen Brüsten und seinen Schwanz in meiner Spalte spüren, während er mich in Sphären bringt, die ich bisher nur mit ihm erlebt habe.

»Ich verspreche dir, dass es gut werden wird«, flüstert er an meinem Ohr, und ich wimmere, als er seine Hüfte gegen meine Mitte reibt.

»Es ist immer gut.«

»Das ist es verdammt noch mal.« Jackson klingt nicht eingebildet, aber doch selbstbewusst, als er mit einem Finger über meine bedeckte Spalte streicht. »Jedes Mal ist es einfach phänomenal.«

Er schiebt einen Finger unter den Stoff meiner Unterwäsche, und schon diese kleine Berührung bringt mich fast um den Verstand. Sein Knöchel trifft auf meine Klitoris. »Jackson. Bitte.«

»Ich mag es, dich flehen zu hören.« Endlich hat Jackson Erbarmen und gleitet mit einem Finger in mich hinein.

»Ich werde weiter flehen, wenn ich dann mehr hiervon bekomme.« Ich packe sein Handgelenk und halte es fest, während er seinen Finger in mir krümmt.

Jackson grinst, als er sich zurückzieht und nun zwei Finger in mich schiebt. Nie hätte ich gedacht, dass es mit ihm so werden würde. Schon das harmloseste Vorspiel bringt mich fast zum Explodieren.

So etwas habe ich noch mit keinem meiner vorherigen Partner erlebt. Vielleicht liegt es daran, dass ich mich nie voll und ganz auf sie eingelassen habe. Aber mit Jackson? Jedes Mal, wenn ich in seiner Nähe bin, fühlt es sich an, als stünde mein gesamter Körper unter Strom. Schon der kleinste Funke seiner Berührung erhellt meine gesamte Existenz mit einem Glühen, das ich so noch nie gespürt habe.

Ich lasse meine Hand an seiner Brust hinaufwandern, umklammere seinen Nacken und bringe meine Lippen zu seinem Mund. Unser Atem vermischt sich, während er die Geschwindigkeit erhöht.

»Jackson.«

Ich spüre die wachsende Anspannung in meinem Unterleib, während ich versuche, es noch ein wenig hinauszuzögern. Aber ich schaffe es nicht und umklammere seine Finger, während ein Orgasmus über mich hinwegfegt. Vergnügen durchströmt mich, mein ganzer Körper vibriert unter Jacksons gekonnter Berührung und ich sehe Sternchen vor den Augen.

»Fuck, Baby. Du siehst so gut aus, wenn du so für mich kommst.« Mein Blick wird wieder klar, und Jackson wird zurück in meinen Fokus gerückt. Er leckt meinen Saft von seinen Fingern und sieht mich lüstern an.

Ich setze mich auf und presse meine Lippen auf die von Jackson. Der Geschmack von mir auf seinem Mund ist beinahe berauschend. Das Gefühl seiner weichen Zunge auf meiner lässt mich sofort wieder nach ihm verlangen. Ich möchte noch einen Orgasmus. Ich sehne mich danach.

Wenn es um Jackson und Orgasmen geht, bin ich gierig. Ich will alles, was er mir geben kann. Zunge, Finger, alles. Ich will alles.

Er drückt mich zurück aufs Bett und legt sich auf mich. Meine Nippel sind vor Erregung ganz steif. Ich schlinge meine Beine um seine Hüfte und halte ihn genau dort, wo ich ihn haben will.

Der Kuss wird langsamer, weniger drängend, aber nicht weniger intensiv. Jede Berührung seiner Zunge, jede Liebkosung, stürzt mich tiefer ins Verderben.

Ich lasse meine Hand seine Brust hinabgleiten und reibe über die wachsende Beule in seiner Hose. Jackson reißt sich von meinen Lippen los und lehnt seine Stirn gegen meine.

»Wenn du so weitermachst, komme ich noch in meine Boxershorts.«

Ich kann mir das Kichern nicht schnell genug verkneifen.

»Du findest das witzig?« Ohne Vorwarnung kitzelt er mich an den Seiten und rollt uns anschließend herum, sodass ich nun auf ihm sitze und mein Kleid seitlich an mir herunterhängt. Ein Lachen bricht aus mir heraus.

»Ich mag es, dass ich dich so heißmache.« Ich lege meine Ellbogen auf seine Brust und spiele mit den Fingern an seinem Dreitagebart herum.

Jackson hört mit dem Kitzeln auf, greift sich meinen Po unter meinem Kleid und zieht mich näher zu sich.

Ein sanfter Ausdruck huscht über sein Gesicht. »Ich hasse es, dass ich so lange gebraucht habe, um zu erkennen, dass du es warst. Ich habe das Gefühl, dass ich einiges aufzuholen habe.«

Mein Herz ist kurz davor, zu zerspringen. So habe ich mich noch nie gefühlt. Während all der Jahre, in denen ich mich nach Jacksons verzehrt habe, habe ich mein Herz nie freigelassen. Ich habe es immer nah bei mir gehalten und weggesperrt, aus Angst, er könnte es zerbrechen.

Aber nun ist es aus seinem Käfig heraus und frei. Es schlägt schneller, wenn Jackson in der Nähe ist. Es macht einen Satz, wenn er mich anlächelt. Bei der zartesten Liebkosung steht es kurz davor, aus meiner Brust zu springen.

Ich liebe es, dass ich diese Gefühle endlich mit Jackson erleben darf.

»Bist du noch da?«, flüstert er leise, während er mir eine verirrte Haarsträhne hinters Ohr steckt.

»Ich habe nur über dich nachgedacht, weißt du? Darüber, wie viel du mir bedeutest.«

Ich hauche einen zärtlichen Kuss auf sein Herz und atme seinen Duft tief ein. Dieser Mann ist ein Teil von mir. So lebensnotwendig wie das Atmen.

Jacksons Lippen formen sich zu einem Lächeln. »Dann lass mich dir mal zeigen, wie viel du mir bedeutest.«

Wir bewegen uns schweigend; Jackson zieht seine Boxershorts aus, während ich meinen BH öffne und aus meiner Unterwäsche schlüpfe. Ich schnappe mir ein Kondom vom Nachttisch und stülpe es über seinen steifen Schwanz. Ich reibe ihn noch ein paar Mal, begierig darauf, zu spüren, wie er mich ausfüllt, mich dehnt.

Jackson zieht mich zu sich herunter und dreht uns auf die Seite. Dann legt er mein Bein über seine Hüfte und stößt mit einer einzigen Bewegung in mich. Ich klammere mich an ihn und grabe meine Fingernägel in seinen Bizeps, während ich mich an seine Größe anpasse.

Ein leichtes Rollen meiner Hüfte bringt ihn in Fahrt. Mit winzigen Bewegungen zieht er sich erst zurück, um dann schrecklich langsam, Zentimeter für Zentimeter, wieder in mich einzudringen. Seine Lippen saugen an der pulsierenden Ader an meinem Hals, während mich glühende Hitze durchströmt.

Die Vorsicht, mit der Jackson sich in mir bewegt, lässt mir Tränen in die Augen schießen. Ich suche seine Lippen und versuche verzweifelt, das letzte bisschen Zurückhaltung ihm gegenüber aufrechtzuerhalten. Jackson hat gerade eine Beziehung hinter sich. Ich habe keine Ahnung, wohin das führen soll. Meine tägliche Anwesenheit bei ihm ist nicht mehr notwendig, aber ich bin nicht bereit, wieder zu gehen. Denn nur Jackson hat die Macht, mich zu zerstören.

Es ist zu spät.

Und als er mich mit einem weiteren Orgasmus in Stücke reißt, weiß ich, dass ich diesem Mann bereits verfallen bin.

Jackson besitzt mein ganzes Herz, und ich weiß, dass ich es nie mehr von ihm zurückbekommen werde.

Kapitel Neunzehn

JACKSON

»Scheibenkleister«, murmelt Tenley leise vor sich hin. »Alles in Ordnung?« Filme anzusehen hat den Großteil meiner Woche in Anspruch genommen. Jetzt, wo die spielfreie Woche ansteht und ich einen Termin bei den Teamärzten habe, hoffe ich, dass ich beim nächsten Spiel wieder dabei sein kann.

»Unser Schulausflug in das Museum für Kinder ist abgesagt worden.« Tenley lässt sich neben mich auf die Couch fallen. Der Geruch nach Erdbeeren und Sonnenschein überflutet meine Sinne. Gott, ich kann einfach nicht genug bekommen von diesem Duft, der bereits meine gesamte Wohnung in Besitz genommen hat. Als ob es vorher einfach nichts Besseres gegeben hätte.

»Was ist denn los?«

Frustriert fährt sie sich mit der Hand durch die Haare. »Anscheinend gab es einen Wasserrohrbruch, und es wird wohl eine Weile dauern, bis sie das Chaos wieder beseitigt haben. Und jetzt stehe ich mit fünfzehn Fünfjährigen da und weiß nicht wohin.«

Ich pausiere das Spiel, das ich mir gerade ansehe »Wie

wäre es denn, mit ihnen das Mannschaftsgelände zu besichtigen?«

Tenley macht große Augen. »Ist das dein Ernst?«

»Es waren schon einmal Kinder bei uns. Ich wüsste nicht, warum das jetzt etwas anderes sein sollte.«

»Ich spreche von dieser Woche, Jackson. Es ist unmöglich, dass sie uns so kurzfristig zu sich lassen.«

Ich hole mein Handy heraus und schicke eine kurze Nachricht an einen unserer Team-Manager. »Nichts ist unmöglich. Außerdem können wir, wenn die Eltern zustimmen, in den sozialen Medien darüber berichten. Ein bisschen Imagepflege für das Team. Die Presse liebt so einen Scheiß.«

»Das müsste ich mit der Schule absprechen, aber meinst du das wirklich ernst, Jackson?« Ein breites Grinsen ziert ihr Gesicht.

Ich ziehe sie auf meinen Schoß. »Für dich würde ich alles tun«, flüstere ich gegen ihre Lippen.

Ich spüre sie lächeln, als sie ihre Arme um mich schlingt. »Du.« Kuss. »Bist.« Kuss. »Der Beste.«

Sie springt von mir herunter, schnappt sich ihr Handy und beginnt zu telefonieren. Ihre Augen huschen immer wieder zu mir zurück, während sie mit jemandem am anderen Ende der Leitung weitere Einzelheiten bespricht.

Diese Freude in ihrem Gesicht stammt von mir, und die Bestätigung, dass ich es war, der sie so glücklich gemacht hat, lässt meine Brust anschwellen wie bei einem verdammten Höhlenmenschen.

Mein Handy vibriert und eine darauf eingegangene Nachricht lässt mich wissen, dass die Sache klargeht. Ich zeige Tenley einen Daumen nach oben, und sie haucht mir als Antwort darauf einen Kuss zu.

Jepp, wie ein verdammter Höhlenmensch.

»OKAY, Kinder. Ihr kennt ja alle bereits Mr. Jackson.«

Viele kleine Gesichter schauen hoch zu mir, während Tenley mit ihren Schülern spricht. Früher fand ich Kinder immer verdammt einschüchternd, aber Tenleys Klasse in den letzten Wochen hin und wieder zu besuchen, hat mir wirklich Spaß gemacht.

»Wohnt er hier?«, ruft jemand von hinten.

Tenley zeigt ihr bestes Lehrerlächeln. »Hier trainieren die Mountain Lions. Sie werden uns zeigen, wo sie ihre Spielzüge einüben, und ihr dürft euch sogar auf dem Spielfeld austoben.«

Die Eltern, die als Begleitung dabei sind, wirken fast begeisterter als die Schüler. Ich bin mir sicher, dass sie bei dem, was ich geplant habe, sehr viel Spaß haben werden.

»Alle bereit?«, frage ich. Ich bekomme zwar ein paar Rufe als Antwort, aber die meisten Kinder schauen mich nur verwirrt an. Als ich hinter die Gruppe blicke, sehe ich Alex, der bereits mit dem Mannschaftsmaskottchen dasteht und wartet.

»Das war aber ziemlich schwach. Wer freut sich auf den heutigen Tag?«, schreit Alex, woraufhin alle Kinder zu ihm gerannt kommen.

»Wow. Bin ich jetzt wohl nur noch Luft oder was?«, frage ich Tenley, als sie an meine Seite huscht.

Sie schiebt die Unterlippe ein wenig vor, was in mir das Verlangen weckt, sie einfach nur zu küssen. »Armes Baby. Ärgert es dich, dass Alex die ganze Aufmerksamkeit bekommt?«

Ich verschränke die Arme und mache ein trauriges Gesicht. »Was würdest du denn tun, um mich wieder aufzuheitern?«

Wir treffen auf dem Trainingsplatz ein, als Alex gerade

Footballs an alle Kinder verteilt. Zu meinem Glück wohnen alle Kapitäne in Denver und haben somit ihre spielfreie Woche nicht in ihren Strandhäusern zum Sonne tanken verbracht.

»Ich würde dir sagen, dass du mein Lieblingsspieler bist«, erwidert sie trocken.

»Na du bist ja ganz schön überschwänglich in deinem Lob.« Ich verdrehe die Augen und sie muss lachen.

»Ach.« Tenley zuckt mit den Schultern, während sie sich an mich lehnt. »Quarterbacks sind nichts für mich. Kicker allerdings … vollkommene Perfektion.«

Ein Lächeln schleicht sich auf meine Lippen, während sie sich von mir entfernt. »So in der Art denke ich auch über Vorschullehrerinnen.«

Knox und Colin halten sich mit ein paar der anderen Kinder im Hintergrund auf, während Alex der Meute die Spielregeln erklärt. Ich habe noch nie so viele faszinierte Augenpaare gesehen. Ich hatte befürchtet, dass sie das langweilen würde, aber anscheinend kann Alex selbst die herausforderndsten Gruppen für sich gewinnen.

Eines der Mädchen aus der Klasse, Lily, steht ein wenig abseits von der Gruppe. »Hey. Alles in Ordnung?«

»Ich verstehe das nicht«, sagt sie und sieht mich mit großen braunen Augen an.

»Was verstehst du nicht, Lily?« Ich gehe in die Hocke, damit wir auf Augenhöhe sind, und zum ersten Mal seit Monaten ist das nicht mit Schmerzen verbunden. Mein Knie fühlt sich gut an. Und das ist verdammt noch mal das beste Gefühl auf der Welt.

»Warum gibt es keine Mädchen bei euch im Team?«

»Ähh …« Oh Shit. Wie beantworte ich ihr jetzt diese Frage, ohne wie ein riesiges Arschloch dazustehen?

»Ich spiele gern Fußball, weil ich wirklich gut schießen kann. Meinst du, ich könnte auch einen Football kicken?«

Sie schweift von ihrem eigentlichen Gedankengang ab. »Ich kann den Ball weiter schießen als meine Brüder, aber das glauben sie mir nicht.«

»Lily!«, zischt eine Frau hinter ihr. Ihre Mutter, wie ich vermute. »Das interessiert ihn doch bestimmt alles nicht.«

Ich winke ab. »Ist schon okay. Möchtest du mal versuchen, einen Football zu kicken, Lily?«

Sie macht große Augen. »Darf ich? Ich wette, ich kann ihn richtig weit schießen!«

Ich stehe auf und bedeute ihr, mir den Ball zuzuwerfen, den sie in ihren Händen hält. »Na dann, lass uns gehen.«

Sie folgt mir, als wir uns auf den Weg zu den Torpfosten machen. Ihre Mutter hat ihr Handy gezückt und macht ein Foto nach dem anderen. »Okay. Soll ich dir zeigen, wie man das macht, oder möchtest du es gleich selbst versuchen?«

»Ich kann das selbst!«, ruft sie und wirft ihre winzigen Arme, die unter einem viel zu großen Pullover hervorschauen, in die Luft.

»Okay. Ich halte den Ball für dich und du kickst.«

Ich beobachte, wie sie sich vorbereitet. Ein paar der anderen Kinder sind in der Zwischenzeit mit rübergekommen, um uns zuzusehen. Lily zieht ihr zierliches Bein hoch und kickt den Ball etwa zehn Yards ins Feld.

»Das war super, Lily! High Five!« Ich halte meine Hand hoch, doch sie ignoriert sie.

»Aber ich habe ihn nicht durchgeschossen.«

»Glaubst du etwa, ich habe das geschafft, als ich zum ersten Mal ein Field Goal schießen wollte?«

»Hast du nicht?«

Ich schüttle den Kopf. »Nö. Das hat ganz schön viel Übung gekostet. Wenn du also auch weiterübst, wirst du vielleicht irgendwann einmal meine Position übernehmen.«

»Okay! Ich werde ganz viel üben!« Sie jagt dem Ball hinterher, während einige der anderen Kinder herüberkommen, um sich ebenfalls im Kicken zu versuchen.

Ich halte den Ball, während jeder von ihnen einen Versuch wagt, bevor sie mit Alex zum Spielen gehen. Als ich schon wieder so gut wie vergessen bin, schlendert Tenley zu mir herüber.

»Du weißt schon, dass das ziemlich süß ist, wie du dich mit den Kindern abgibst, oder?«

Sie streift mich mit ihrer Schulter, als sie die gleiche Haltung einnimmt wie ich und wir mit verschränkten Armen den Jungs dabei zusehen, wie sie versuchen, die Kinder für ein Spiel zusammenzusammeln. Ein paar von ihnen haben es sich zur Aufgabe gemacht, unser Maskottchen über den Trainingsplatz zu jagen.

»Es sind liebe Kinder.«

»Du bist viel zu bescheiden. Nicht jeder wird mit meinen Kiddies fertig.«

Lily macht sich wieder daran, an ihrem Kick zu üben. »Es würde mich nicht überraschen, wenn sie es eines Tages in die NFL schafft«, meine ich und nicke in ihre Richtung.

Tenley dreht sich zu mir um; ihre Augen sind glasig. »Danke, Jackson.«

»Das ist doch keine große Sache.«

»Ich meine es ernst.« Sie legt ihre warme Hand auf meinen Unterarm. »Du hast dich für mich wirklich ins Zeug gelegt, und ich bin mir sicher, dass sich all diese Kinder noch lange an diesen Tag erinnern werden. Das ist etwas Besonderes für sie, und auch für mich. Also: danke.«

Nicht viele Menschen schaffen es, mir die Schamröte ins Gesicht zu treiben. Eigentlich nur einer. Ich wünschte, ich könnte sie in meine Arme schließen und ihr zeigen, wie viel sie mir bedeutet.

Stattdessen trete ich aus ihrer Blase heraus, in die ich immer wieder hineingesogen werde. Football wird meinen Kopf wieder freimachen und mich zurück in sicheres Terrain lenken.

»Alles nur für dich, Tenley. Immer.«

Kapitel Zwanzig

JACKSON

Ich bin so aufgeregt, dass ich kotzen könnte. Ich bin sogar noch aufgeregter als bei meinem allerersten Spiel in der NFL.

Denn heute ist der Tag. Der Tag, an dem ich hoffentlich die Freigabe bekomme, ab dieser Woche wieder zu spielen. Ich habe hart mit Paige und unserem Special-Teams-Coach zusammengearbeitet, um sicherzustellen, dass ich auch wirklich einsatzbereit bin.

Jeder Kick in den letzten paar Tagen hat sich gut und natürlich angefühlt. So als ob ich nie weg gewesen wäre. Und ich hoffe, das zahlt sich aus.

»Bereit, Jackson?«, fragt mich der Arzt, als er den Raum betritt, wo ich bereits auf einem Tisch liege und darauf warte, dass die finalen Röntgenbilder gemacht werden.

»Scheiße, ja.« Ich sehe ihn erschrocken an. »Tut mir leid.«

Doch er winkt ab. »Muss es nicht. Wenn man ständig von einem Haufen rüpelhafter Footballspieler umgeben ist, gewöhnt man sich irgendwann daran.«

Er stellt die Maschine ein und ich atme ein paar Mal tief durch. Das Surren des Apparats ist das einzige Geräusch, das ich höre.

Ich versuche mir einzureden, dass es vollkommen in Ordnung wäre, wenn ich noch nicht vollständig wieder bei Kräften sein sollte. Jede Verletzung ist anders und braucht Zeit, um zu heilen.

Aber fuck, fällt mir das schwer! Ich will wieder auf dem Feld stehen. Ich will das Brüllen von den Tribünen hören, wenn wir auf das Feld rennen. Das Jubeln der Fans bei einem tollen Spielzug. Und den tosenden Applaus, wenn wir gewinnen.

Mit anderen Worten: Alles!

»So, einen kleinen Moment noch. Ich bin in ein paar Minuten zurück.«

Als der Arzt das Zimmer verlässt, umhüllt mich eine schreckliche Stille. Ich weiß nicht, ob es ein schlimmeres Gefühl auf der Welt gibt, als auf Neuigkeiten zu warten, die sowohl positiv als auch negativ ausfallen können.

Doch es dauert gar nicht lange, bis der Coach das kleine Zimmer betritt, und mir dreht sich beinahe der Magen um.

»Fields. Wie ich höre, wartest du auf Neuigkeiten.«

»Oh Gott. Sie haben dich aber nicht geschickt, um mir eine schlechte Nachricht zu überbringen, oder?«

Er lächelt mich an. »Ganz im Gegenteil. Bist du bereit, dich am Sonntag wieder in dein Trikot zu werfen?«

»Meinst du das ernst?«

»Ja, das meine ich ernst. Der Arzt hat dir grünes Licht gegeben.«

»Oh Gott sei Dank!« Ich lasse mich zurück auf den Tisch sinken, während mir die Tränen in die Augen schießen. Anscheinend hatte ich gar nicht gemerkt, wie sehr mich das alles belastet.

»Dann wollen wir dich heute mal wieder auf die Mannschaft loslassen. Und auch wenn mir bewusst ist, dass du am liebsten gleich wieder Vollgas geben würdest: Bitte lass es ruhig angehen und hör auf deine Trainer.«

»Was auch immer du sagst, Coach.« Ich bin so emotional, dass sich mir die Kehle zuschnürt. »Ich bin so froh, endlich zurück zu sein. Es hat sich langsam so angefühlt, als würde dieser Tag nie kommen.«

Er klopft mir auf die Schulter. »Wir alle sind froh, unseren Special-Teams-Kapitän endlich wieder zurückzuhaben. Und jetzt lass uns da rausgehen und ihnen zeigen, wie der Hase läuft.«

———

ICH BIN NOCH keine zwei Meter in der Wohnung, als Tenley schon an meiner Seite auftaucht.

»Und, was haben sie gesagt? Waren es schlechte Neuigkeiten? Hast du mich deshalb nicht angerufen, weil es schlechte Neuigkeiten waren? Oh Gott, ich halte das nicht aus.« Ihr Gesicht ist hinter ihren Fingern versteckt.

»Nichts dergleichen«, erwidere ich und löse ihre Hände von ihrem Gesicht. »Es war alles gut.«

»Wirklich?« Langsam breitet sich ein Lächeln auf ihrem Gesicht aus. »Du spielst nächste Woche?«

»Ich spiele nächste Woche.«

»Ahh!« Tenley springt in meine Arme und überhäuft mein Gesicht mit Küssen. »Jackson! Ich bin so stolz auf dich.«

Tränen fließen aus ihren Augen, als sie ihr Gesicht an meinen Hals drückt.

»Aber deshalb musst du doch nicht weinen«, sage ich, während meine Augen selbst feucht werden. Ich drücke sie noch fester an mich.

»Ich weiß«, erwidert sie mit gedämpfter Stimme. »Ich kann nur einfach nicht glauben, dass dieser Tag endlich gekommen ist. Du wirst nächste Woche spielen. Mein heißer Freund wird mit den Mountain Lions auf dem Feld stehen.«

»Dein Freund, hm?«

Sie geht einen Schritt zurück, und ihre Augen sind immer noch glasig. »Ist es nicht das, was wir sind?«

Ich setzte Tenley auf die Couch und lehne mich über sie. »Oh doch, das hört sich gut an. Ich möchte es nur noch einmal von dir hören.«

»Mein Freund spielt dieses Wochenende?«

»Fuck, wie ich es liebe, das aus dem Mund meiner Freundin zu hören«, knurre ich und vergrabe mein Gesicht in ihrem Hals.

Ein helles, fröhliches Lachen bricht aus ihr heraus. »Nicht so sehr, wie ich es liebe, das aus deinem Mund zu hören.«

»Dann solltest du dich besser daran gewöhnen, es oft zu hören, Tenley. Denn solange es dich glücklich macht, bin ich auch glücklich.«

Kapitel Einundzwanzig

JACKSON

»Bist du bereit für morgen?« Tenley schlägt die Beine übereinander, während sie mir beim Packen meiner Tasche zusieht.

Ich nicke. »Das bin ich.«

»Und dein Bein fühlt sich gut an?«

Ich schließe den Reißverschluss meiner Tasche, die ich für die heutige Übernachtung im Team-Hotel gepackt habe. »Es fühlt sich gut an. Und stark.« Mir fällt auf, dass sie an ihrer Unterlippe herumkaut. »Was geht dir nur wieder durch den Kopf?«

Ich gehe zum Bett hinüber, umfasse ihr Kinn und hebe ihren Kopf zu mir hoch. In den letzten Wochen, in denen ich mit Tenley zusammen war, habe ich nach und nach gelernt, ihre Gefühle zu lesen. Sie stehen ihr förmlich ins Gesicht geschrieben.

»Ich mache mir nur Sorgen. Ich weiß, dass mit dir alles in Ordnung sein wird.«

»Das wird es. Sie würden mich nicht spielen lassen, wenn ich mich nicht gut fühlen würde.«

Sie kniet sich hin und schlingt ihre Hände um meinen Hals. »Ich habe das Gefühl, dass ich jetzt noch mehr zu verlieren habe, wenn dir etwas passiert.«

»Ach ja?« Ich ziehe eine Augenbraue hoch und lege meine Hände auf ihren knackigen Hintern, während sie mit ihrer Hand meinen Unterkiefer entlangfährt.

»Ich war nach einem Spiel noch nie so für dich da. Ich möchte, dass du da rausgehst und gewinnst.«

»Mach dir keine Sorgen«, sage ich und drücke ihr einen sanften Kuss auf die Lippen. »Was auch immer morgen passiert: Es ist bereits ein Sieg für mich, dass ich wieder mit da draußen sein kann.«

»Ich kann es kaum erwarten, dich wieder spielen zu sehen. Das ist schon viel zu lange her.«

Ich lache und ziehe sie näher zu mir heran. »Du hast mich doch in der letzten Season gesehen.«

Tenley verpasst mir einen Schlag auf die Brust. »Und weißt du, wie lange die Off-Season dauert? Fast acht Monate!«

»Nicht für die Spieler.«

»Für die Fans schon. Und ich bin mehr als bereit, dich wieder spielen zu sehen.«

Ich schmiege mein Gesicht an ihren Hals und knabbere spielerisch an ihr herum. »Ich werde sicherstellen, alle Field Goals zu schießen, nur um dich zu beeindrucken.«

»Du glaubst, das ist es, was mich beeindrucken wird, Jackson Fields?«, fragt sie und lacht.

»Ich dachte, Mädels stehen auf Footballspieler.«

Sie sieht mich mit sanften Augen an. »Einige davon schon. Aber ich nicht.«

»Du nicht?«

»Das ist nur, was du tust. Aber es gibt viel mehr, das ich an dir mag.«

»Und was wäre das zum Beispiel?«, flüstere ich gegen

ihre Lippen, während ich mit meinen Fingern unter den Saum ihres Shirts wandere. Ich muss mich auf den Weg machen, wenn ich pünktlich am Gelände ankommen will. Aber in diesem Moment interessiert mich das nicht wirklich. Nicht, wenn ich Tenley in meinen Armen halte.

»Ich mag, wie fürsorglich du bist. Und dass unter dieser harten Schale ein kleiner Softie steckt.«

»Nur für dich. Verrate bloß meine Geheimnisse nicht.«

Als sie lacht, spüre ich ihren warmen Atem an meinen Lippen, und ich kann einfach nicht mehr anders, als sie zu küssen. Das leise Stöhnen und der Geschmack ihres Vanille-Lippenbalsams lassen mich den Kuss noch vertiefen und meine Zunge auf Erkundungstour gehen. Tenleys Griff verstärkt sich, als sie sich plötzlich zurückzieht.

»Solltest du jetzt nicht gehen?«

»Ich wünschte, ich könnte hier bei dir bleiben.«

Tenley drückt mir einen schnellen Kuss auf die Lippen. »Ich weiß. Aber genauso weiß ich auch, wie sehr du dich auf morgen freust. Also geh. Mach deine gewohnten Rituale vor dem Spiel und verteile ein paar kräftige Arschtritte.«

Ich grinse. Tenleys seltener Gebrauch von Schimpfwörtern bringt mich immer wieder zum Lachen. »Dann sehen wir uns also morgen nach dem Spiel?«

Ich ziehe mich zurück und spüre augenblicklich die schmerzhafte Abwesenheit ihrer Wärme.

»Ich werde diejenige sein, die ein Trikot mit der Nummer vier trägt.«

Der Gedanke an Tenley in meinem Trikot lässt meinen Schwanz in meiner Hose steif werden. Sicher, sie hat es in der Vergangenheit bereits getragen, aber das war vorher. Bevor wir diese Sache zwischen uns angefangen haben.

»Du bringst mich noch um.«

Sie haucht mir einen Kuss zu, bevor ich mich zwinge, mich von ihr abzuwenden. Wie sie bereits gesagt hat: sosehr ich auch bei ihr bleiben möchte, so bereit bin ich doch auch, morgen wieder aufs Feld rauszugehen.

Und ein paar ordentliche Arschtritte zu verteilen.

***

»FIELDS. Wie fühlst du dich?«, fragt mich unser Special-Teams-Coach, während ich mir gerade die Schulterpads anziehe.

»Gut. Bereit. Ich kann es verdammt noch mal kaum erwarten, endlich wieder da rauszugehen.«

Er lächelt mich an. »Wie sehr nervt dich diese Frage schon, hm?«

»Wenn es bedeutet, dass ich da draußen spielen kann, kannst du mich so viel fragen, wie du willst«, antworte ich lachend.

»Gut.«

Dann wendet sich der Coach an das gesamte Team. »Alles klar, Jungs. Wir sind schon alles durchgegangen. Washington ist ein starkes Team, also macht einfach euer Ding und der Rest wird sich von selbst ergeben.«

Lautes Gejohle hallt durch die Umkleidekabine, während sich alle mehr als bereit auf den Weg nach draußen machen und vorher noch den Berglöwen – den Mountain Lion – an der Wand abklatschen.

Langsam machen sich meine Nerven bemerkbar. Ich war schon lange nicht mehr vor einem Spiel so nervös. Vor meinem ersten College-Spiel habe ich gekotzt. Vor meinem ersten NFL-Spiel auch. Aber heute fühlt es sich anders an. Ich habe vorher noch nie von einer solchen Verletzung zurückkehren müssen. Sicher, das eine oder andere Wehwehchen wird es immer geben, aber nichts, womit nicht jeder Spieler irgendwann mal zu kämpfen hätte.

Bevor wir raus aufs Spielfeld laufen, versammelt Alex im Tunnel noch einmal alle um sich herum. »Okay, Jungs. Division Game. Lasst uns da rausgehen und dieses Spiel für unsere Stadt und füreinander gewinnen. Und für Fields. Denn wer würde nicht gerne das erste Spiel nach seiner Rückkehr gewinnen wollen?«

Seine Worte gehen in den Stadiongeräuschen fast unter, bevor wir alle unseren Mountain-Lion-Ruf anstimmen.

Scheiße, fühlt sich das gut an.

Und es fühlt sich sogar noch besser an, als endlich der Name unseres Teams verkündet wird.

Als ich auf das Spielfeld laufe, den harten Rasen unter meinen Füßen und die Anfeuerungsrufe der Fans in den Ohren, wird die Nervosität durch Vorfreude ersetzt.

Es gibt nichts Besseres als einen Spieltag. Die Energie, die durch das Stadion pulsiert. Die Art und Weise, wie die ganze Stadt an einem Sonntag zusammenkommt, um ihre Mannschaft anzufeuern.

Ich stehe an der Seitenlinie, während die US-amerikanische Flagge auf dem Spielfeld ausgerollt wird. Alles rast mit Lichtgeschwindigkeit an mir vorbei. Ehe ich mich versehe, haben wir den Münzwurf gewonnen und unsere Defense betritt das Feld.

Washington ist eine gute Mannschaft.

Aber wir sind besser. Und das sage ich nicht nur aus Überheblichkeit. Unsere Defense nimmt systematisch die Offense der anderen auseinander. Das ist Perfektion vom Feinsten.

Schnell und ohne Probleme erreichen sie ein Three-and-Out.

Mein Adrenalinspiegel steigt rapide an. Touchdowns

sind immer gut. Aber heute? Heute will ich da rausgehen und die ersten Punkte auf die Anzeigetafel bringen.

Unsere Offense marschiert mit dem Ball über das Feld, bis Washington uns an ihrer Zwanzig-Yard-Linie stoppt.

Zeit für ein Field Goal.

»Alles klar. Los geht's!« Während ich auf das Feld laufe, atme ich tief ein und konzentriere mich ganz auf mich. Jegliche Nervosität von vorhin ist verschwunden. Genau dafür trainiere ich. Einen Football zu kicken, ist für mich das Selbstverständlichste auf der Welt.

Unser Holder hat sich positioniert und wartet auf meine Bestätigung, dass der Ball gespielt werden kann. Ich gehe zwei Schritte zurück und richte mich an den Torpfosten aus.

Dann bin ich bereit.

Ich tippe mit der Schuhspitze auf den Rasen und beobachte, wie der Ball geworfen und in Position gebracht wird. Ein Schritt, zwei Schritte und eine schwungvolle Beinbewegung, und schon segelt der Ball genau durch die Torpfosten.

Fuck. Das hat sich unglaublich angefühlt. Keine Schmerzen in meinem Bein. Das vertraute Gefühl, wenn mein Fuß den Ball berührt. Dabei zuzusehen, wie er durch die Luft segelt.

Gott, dafür lebe ich. Es gibt nichts Besseres.

Ich hatte befürchtet, dass ich ein wenig eingerostet sein und dass es schwieriger werden würde, den Staub von mir abzuklopfen.

Aber es ist wie Fahrradfahren.

Ich jogge vom Feld und zurück zu unserer Bank, wo mir von allen Seiten auf die Schulter geklopft wird.

»Gut gemacht, Fields. Weiter so.« Auch vom Coach bekomme ich ein Schulterklopfen, während ich ein Gatorade hinunterkippe und meinen üblichen Platz am Ende der Bank einnehme.

Unsere Defense macht sich wieder an die Arbeit. Es sollte mich nicht so begeistern, ihnen dabei zuzusehen, wie sie den gegnerischen Rookie-Quarterback auseinandernehmen, aber ich liebe es. Ich liebe es zu sehen, wie jedes Rädchen im Getriebe funktioniert.

Unsere Defense hält die Gegner auf, und unser Return Team betritt das Feld. Das Stadion ist wie elektrisiert. Heute kann uns nichts aufhalten.

Sinclair wirft gerade wieder den Ball aufs Feld, während ich meinen Blick durch das Stadion schweifen lasse und an den Suites für die Familien hängenbleibe.

Meine Familie war schon öfter bei Spielen dabei gewesen, aber Rachel ist nie mitgekommen. Laut ihrer Aussage hatte sie immer etwas Besseres zu tun. Doch Tenley heute mit hierzuhaben, erweckt in mir den Wunsch, noch besser zu spielen als sonst.

Ich kann ihre Augen von hier aus förmlich auf mir spüren. Ich lächle in meinen Trinkbecher hinein, als ich daran denke, sie nach dem Spiel wiederzusehen.

Unsere Offense stürmt mit fachmännischer Präzision übers Feld. Eine Out-Route hier, ein Zwanzig-Yard-Lauf dort. Sie arbeiten heute hervorragend zusammen und lassen den ersten Drive bis zum Touchdown aussehen wie einen Spaziergang.

Und genau so geht es auch nach der Halbzeit weiter.

Ich nehme die Energie unserer Mannschaft, unserer Fans, in mir auf. Jeder Kick wird besser. Jedes Mal, wenn ich da rausgehe, fühlt sich mein Bein stärker an.

Und schneller als ich schauen kann, ertönt auch schon der Schlusspfiff. Denver vierunddreißig, Washington zehn.

Die Stimmung in der Umkleidekabine ist euphorisch, als wir unseren Sieg feiern.

»Ein großartiger Sieg, Jungs, ein großartiger Sieg. Jeder Aspekt unseres Spiels heute war spitzenmäßig. Offense, Defense, Special Teams. Und auch wenn wir noch eine Menge starker Gegner vor uns haben, lasst uns heute feiern – aber nicht vergessen, was unser oberstes Ziel ist.«

Der Assistenzcoach überreicht ihm einen Ball. »Der heutige Spielball geht an unseren Kicker. Fields, wo bist du?«

Die Jungs drängeln sich um mich herum und schieben mich in die Mitte der Umkleide. An jedem anderen Tag würde ich es hassen, so im Mittelpunkt zu stehen. Aber heute sauge ich die Energie der anderen förmlich auf.

»Du hast hart daran gearbeitet, wieder zurückzukommen, und hast uns heute mit zum Sieg verholfen. Deshalb ist der heutige Spielball für dich.« Er streckt seine Hand aus und überreicht mir den Ball.

»Rede! Rede! Rede!«, rufen alle im Chor.

»Schon gut, schon gut«, versuche ich sie zum Schweigen zu bringen, aber sie werden nur noch lauter. »Danke an alle für eure Unterstützung. Heute war ein verdammt geiler Tag, und ich bin stolz darauf, ein Mountain Lion zu sein.«

Pfiffe und Beifallsrufe ertönen um mich herum, bevor sich die Menge schließlich auflöst. Ich stelle mich noch einigen Fragen der wartenden Medienvertreter, ehe ich endlich unter die Dusche springen kann.

Das Adrenalin schießt immer noch durch meine Adern. Und jetzt, wo das Spiel vorbei ist, gibt es nur noch eine Person, mit der ich das teilen möchte.

Ich werfe mich wieder in meinen Anzug, schnappe mir meine Tasche und gehe in den Familienbereich, wo mir Tenley sofort ins Auge springt. Ich beobachte sie, während sie mit einigen Kindern der Veteranen spielt. Meine Lippen formen sich ganz wie von selbst zu einem Lächeln.

Ich gehe nicht zu ihr hin, sondern betrachte einfach sie und das Lächeln auf ihrem Gesicht, während ihr die Kinder ein Ohr abkauen.

Als sie mich schließlich sieht, wird ihr Lächeln noch breiter, soweit das überhaupt möglich ist.

»Jackson!«, ruft sie und wirft sich in meine Arme. »Du warst fantastisch! Zwei von zwei Field Goals, und alle vier Extrapunkte. Perfekt.«

Der Stolz in ihrer Stimme durchflutet meinen gesamten Körper.

»Das hat sich verdammt gut angefühlt.« Ich lege mein Gesicht an ihren Hals und drücke sie fester an mich.

»Und wie fühlt sich dein Knie an?«, fragt sie, nachdem sie sich von mir gelöst hat. Ihr Gesicht ist von der Kälte ganz rosig, und ein kleines Berglöwen-Tattoo ziert ihre Wange.

»Ganz gut. Ich habe es nach dem Spiel zwar kühlen müssen, aber es ist alles gut.«

»Du hast fantastisch ausgesehen. Ich bin so stolz auf dich.« Tenley nimmt mein Gesicht in ihre Hände und drückt mir einen lauten Schmatzer auf die Lippen.

»Ohne dich hätte ich das nie geschafft.«

Das Rosa in ihren Wangen wird noch intensiver. »Du wärst schon irgendwie klargekommen.«

Ich schüttle den Kopf. »Ich meine es ernst. Wer weiß, wo ich jetzt wäre, wenn du nicht hier gewesen wärst, um mir zu helfen.«

»Ich wäre nirgendwo anders gewesen, Jackson.« Tenley spielt an den Knöpfen meines Anzughemdes herum, während sie mich mit ihren blauen Augen ansieht.

Ihr Stolz – und noch etwas anderes – ist darin zu erkennen. In meinem Bauch kribbelt es. Im Moment wäre ich lieber irgendwo anders als hier im Stadion.

»Bist du bereit zu gehen?«

Sie nickt, nimmt meine Hand und führt uns hinaus.

Nach einem Spiel wie heute, einem perfekten Spiel, möchte ich die Nacht mit niemand anderem verbringen als mit meiner Lieblingsfrau.

Kapitel Zweiundzwanzig

TENLEY

Die Tür ist kaum zu, da fällt Jackson schon über mich her. Während der Heimfahrt hatte er die ganze Zeit über seine Hand auf meinem Bein liegen gehabt und war langsam damit dahin gewandert, wo ich sie am meisten spüren wollte. Man hat die Funken zwischen uns förmlich sehen können.

Und in dem Moment, in dem wir Jacksons Wohnung betraten, wurde aus diesen Funken eine Explosion.

»Fuck. Du siehst so gut aus in meinem Trikot.« Jackson hebt mich hoch, drückt mich gegen die Wand und lässt seine Hände unter das Trikot mit seiner Nummer auf dem Rücken gleiten. »So verdammt sexy.«

Mit heißen Küssen bahnt er sich saugend und knabbernd seinen Weg an meinem Unterkiefer entlang. Sein steifes Glied pulsiert zwischen meinen Beinen, während ich mich an ihm festklammere und mit den Händen durch seine seidigen Locken fahre.

»Du warst einfach unglaublich heute. Fast wie besessen.«

Jackson sieht mich an; Lust und Verlangen verschleiern

seinen Blick. »Mir hat es gefallen, dass du da warst und mir zugesehen hast.«

»Hat dich das dazu angespornt, noch besser zu spielen?«

Ein freches Grinsen breitet sich auf seinem Gesicht aus. »Würdest du schlecht über mich denken, wenn ich Ja sagen würde?«

Ich schüttle den Kopf. »Nein. Ich mag es, dass du mich beeindrucken willst. Nicht, dass du das müsstest.«

Ich lehne mich hinunter und sauge und knabbere an seiner Unterlippe. Hitze macht sich zwischen meinen Beinen breit, als Jackson schließlich die Kontrolle über den Kuss übernimmt. Trotz des kühlen Nachmittags glüht meine Haut vor Verlangen, als Jackson uns ins Schlafzimmer bringt.

Er wirft mich aufs Bett und lässt seinen Blick über mich gleiten. Ich spüre ihn auf jedem Zentimeter meines Körpers, und eine Gänsehaut macht sich auf meiner Haut breit. Überall, wo seine Augen mich berühren, brennen sie sich in mich hinein wie ein heißes Eisen.

»Ich habe schon den ganzen Tag darauf gewartet, dich endlich unter mir zu haben.« Jackson schiebt meine Knie auseinander und lässt sich auf mir nieder. Mit einer Hand fährt er an der Außenseite meines Beines entlang, aber seine Augen konzentrieren sich nur auf meine. Kräftige Finger öffnen den Knopf meiner Jeans und ziehen den Reißverschluss herunter. Aber sonst tut Jackson nichts weiter. Er verharrt einfach in dieser Position über mir.

Seine Pupillen sind dunkel vor Lust, und ich lecke mir über die Lippen. Die Ausbeulung in seiner Hose ist nicht zu übersehen.

Jackson verlagert sein Gewicht zwischen meinen Beinen, und ich stöhne auf, als er dabei gegen meine empfindliche Mitte streift. Der Geruch seiner Bodylotion steigt mir in die Nase, als er seine Lippen auf meinen Hals legt.

»Gott, du schmeckst fantastisch.« Ich rutsche unter ihm hin und her, weil ich mehr von seiner Haut auf meiner spüren will. »Warum ist es nur immer so berauschend, dich so zu sehen?« Er setzt sich ein wenig auf, gleitet mit seiner Hand an meiner Seite hinab und greift sich mein Trikot.

Der besitzergreifende Blick in seinen Augen lässt mich erstarren. So habe ich ihn noch nie gesehen. Der Jackson, den ich immer gekannt und geliebt habe, war nie gut darin gewesen, seine Gefühle zu zeigen.

Aber dieser hier zeigt mir alles. Und das Knurren, das tief aus seiner Brust kommt, als er mich mit einem weiteren lebensverändernden Kuss beglückt?

Es klingt besitzergreifend. Als würde er Anspruch auf mich erheben.

Und in diesem Moment möchte ich mich ihm einfach hingeben. Möchte, dass er mich besitzt, verehrt; dass er mich auf jegliche erdenkliche Weise dominiert.

Jackson schiebt das Trikot und das T-Shirt darunter hoch und über meinen Kopf. Meine Nippel beginnen unter seinem heißen Blick zu kribbeln. Als er mich in die Mitte des Bettes schiebt, schließt er seine Lippen um den dünnen Stoff meines BHs.

Mir entweicht ein Stöhnen. »Oh Jackson.«

Seine großen Hände streichen über meinen Bauch, und zwischen meinen Beinen wird es feucht. Als er seine Hand schließlich unter den Stoff schiebt und meinen Kitzler findet, muss ich mir auf die Lippen beißen, um nicht schon zu kommen.

»Fühlt sich das gut an?«, fragt Jackson und küsst die Wölbung meiner Brust.

»Du weißt, dass es das tut«, sage ich mit atemloser

Stimme, während er das Körbchen meines BHs herunterzieht und nun meine andere Brustwarze in seinen Mund nimmt. Mit seinen Lippen auf und seinen Fingern in mir stehe ich kurz vorm Explodieren.

»Das ist so gut. So, so gut.« Ich wölbe meinen Rücken und lehne mich in seine Berührung, als sein Mund wieder meine Brust hinaufwandert. Heiße Küsse brennen sich in meine Haut und in meine Seele. Jeder einzelne davon markiert mich als Jacksons Eigentum.

Denn als Jackson gerade wieder einen Finger tief in mir versenkt, trifft es mich mit einer Deutlichkeit, wie ich sie schon lange nicht mehr gespürt habe.

Ich gehöre Jackson.

Ganz und gar.

Ich wollte ihm schon immer gehören.

Und jetzt, wo es so weit ist, weiß ich, dass ich diesen Mann niemals mehr verlieren möchte.

Mein Orgasmus trifft mich mit einer überwältigenden Macht. Während er über mich hinwegrollt, klammere ich mich an Jackson fest, der seine Stirn an meine gelehnt hat. Die Intensität dieses Ereignisses lässt mir Tränen in die Augen schießen.

»Tenley.« Es klingt fast wie eine Huldigung.

Ich lege einen Arm um seine Schultern und klammere mich an ihn, während Wellen der Lust durch meinen Körper rollen.

»Gott, du bist so verdammt sexy, wenn du kommst.«

Er zieht sich zurück und lässt seine dunklen Augen über meinen Körper gleiten, was meinen Orgasmus nur noch weiter in die Länge zieht. Dann steht Jackson schließlich auf und entledigt sich seiner Klamotten. Sein steifes Glied ragt nach vorn, und ich lecke mir erwartungsvoll die Lippen.

Er streift sich ein Kondom über und schon ist er wieder

über mir. Ihn so auf mir zu spüren, ist das herrlichste Gefühl auf der Welt. Die Art, wie seine Brust meine Nippel streift und wie seine Hände über meinen Bauch wandern, steigert meine Vorfreude ins Unermessliche.

»Bitte, Jackson. Ich brauche dich.«

Seine vom Küssen geschwollenen Lippen kollidieren mit meinen, als er mit einem langsamen Stoß in mich eindringt.

Ich werde mich wohl nie an das Gefühl gewöhnen, Jackson in mir zu haben. Es fühlt sich jedes Mal besser an. Unsere Körper finden einen perfekten gemeinsamen Rhythmus. Ich komme jedem seiner Stöße entgegen, bevor er seinen harten Schaft herauszieht, kurz wartet, und dann wieder in mich eindringt.

Schweiß bildet sich auf seiner Stirn, als er mein Bein höher auf seine Hüfte legt. »Fuck. Das fühlt sich fantastisch an«, murmelt Jackson gegen meinen Hals.

Ich halte mich an seinem Rücken fest, während er seine Stöße fortsetzt. Sie sind nicht mehr langsam und kontrolliert, sondern hart und schnell.

Mit jeder Bewegung seiner Hüfte trifft er einen Punkt tief in mir drin. Die Hitze, die sich in meinem Inneren aufbaut, steht kurz davor, sich Bahn zu brechen.

»Ich bin so nah dran.«

»Und ich bin schon da, Tenley. Ich kann mich nicht länger zurückhalten.«

Als sich sein Orgasmus in das Kondom entlädt, löst das meinen eigenen aus. Seine Stöße werden langsamer, während er mich durch unseren Höhepunkt führt. Ich spüre jeden Teil dieses Orgasmus in jedem Teil meines Körpers. Er krempelt mein gesamtes Wesen um und hinterlässt seine Spuren in mir.

Genau wie sich Jackson auf meinem gesamten Körper verewigt hat, als er schließlich auf mir zusammenbricht.

Unsere Atemzüge vermischen sich, während sich unsere Körper von der überwältigenden Erfahrung erholen, die wir gerade miteinander geteilt haben.

»Verdammte Scheiße, Tenley. Es hat sich fast so angefühlt, als wäre ich kurz weggetreten.«

Ich fahre mit den Fingern durch sein Haar. Seine Worte verursachen ein Kribbeln in meinem Bauch. »Mmm, ich weiß, was du meinst. Das war …«

Es gibt keine Worte, die beschreiben könnten, wie heftig dieser Orgasmus war.

»Ich weiß.« Jackson drückt mir einen Kuss auf die Wölbung meiner Brust, genau über meinem Herzen. Genau dort, wo sich dieser Mann eingenistet hat.

Nicht in meinen wildesten Träumen hätte ich mir vorstellen können, dass es sich mit Jackson so anfühlen könnte. Er bedeutet alles und noch viel mehr für mich.

Hoffentlich können wir auch in Zukunft so weitermachen wie bisher. Denn jetzt, wo Jackson wieder Football spielt, wird der Sport zurück in den Mittelpunkt rücken.

Und ich kann nur hoffen, dass wir uns das Rampenlicht teilen können.

Kapitel Dreiundzwanzig

»Also, wen feuern wir bei diesem Spiel noch mal an?«, frage ich und nehme einen Bissen von meiner Pizza. Das Spiel zieht sich wie Kaugummi. Wir sind im zweiten Viertel, es steht null zu null und keine der beiden Mannschaften macht eine wirklich gute Figur.

»So ungern ich es auch sage: Vegas. Sie müssen gewinnen, damit wir in der Play-off-Runde ein Spiel näher an Kansas City dran sind.«

Ich schüttle den Kopf, wobei einige Wassertropfen von meiner Dusche vorhin auf meinem T-Shirt landen. »Ich werde das System hinter diesen Play-offs nie verstehen.«

Jackson dreht sich zu mir um. »Tenley, ich glaube nicht einmal, dass die meisten Spieler verstehen, wer welches Spiel mit wie vielen Punkten verlieren muss, um weiterzukommen, wenn es knapp ist.«

Sein schelmisches Lächeln sagt mir alles, was ich wissen muss. Jackson zeichnet mit seinem Finger Kreise auf meinem entblößten Bein. Als er nach dem Spiel zurückkam, war das Adrenalin noch durch seinen Körper geschossen. Nicht, dass ich mich beschweren wollen würde.

Ich genieße jede Gelegenheit, die ich bekomme, um mit Jackson zusammen zu sein.

Die Season ist schon weit fortgeschritten und die Mountain Lions haben eine gute Chance, in die Play-offs zu kommen.

»Ich feuere sie trotzdem nicht gerne an.«

Jackson dreht sich mit einem müden Lächeln zu mir um. »Es ist zum Wohle von Denver.«

Ich kneife ihn in seinen Bizeps. »Na dann werde ich mich in deinem Namen ärgern. Ich hasse den Kerl, der dir das angetan hat.« Mein Blick fällt auf den inzwischen geschmolzenen Eisbeutel auf dem Bett. Ich nehme noch einen letzten Bissen, werfe den Rand meiner Pizza in die leere Schachtel und wische mir die Hände ab.

»Ich mag diese Seite an dir.«

»Ach ja? Und welche Seite wäre das?«, frage ich, während ich mit einem Finger über die hervorstehende Ader an seinem Arm fahre.

»Deine beschützende.« Er drückt meinen Oberschenkel, und eine Woge der Lust durchfährt mich.

Ich beuge mich über ihn, und seine Augen verdunkeln sich. »Das heißt aber nicht, dass ich es gut finden muss, wenn du verletzt wirst und dann auch noch genau das Team anfeuern musst, das dafür verantwortlich ist.«

Jackson packt mich am Hintern und zieht mich näher zu sich heran. Mit den Händen stütze ich mich auf seinen kräftigen Brustmuskeln ab und atme ihn tief ein. Der Duft seines Duschgels ist einfach überwältigend.

»Ich mag es, dich auf meiner Seite zu haben.« Mit seiner Hand wandert er an meinem Körper hinauf, bis er schließlich auf dem Pulsschlag an meinem Hals angekommen ist.

»Du hattest mich immer auf deiner Seite«, erwidere ich und lege meine Stirn an seine.

Jackson streicht mit seinem Daumen über meine Unterlippe und entlockt mir ein leises Stöhnen. »Aber ich mag es, diese Seite an dir zu sehen.«

»Denkst du, es hätte geklappt mit uns?«

»Wenn wir schon in der Highschool zusammengekommen wären?«, beendet Jackson meinen Gedanken.

Ich nicke.

Er lehnt sich zurück, während die Geräusche des Spiels um uns herum verstummen. »Ganz ehrlich? Ich habe keine Ahnung. Was, wenn wir so geendet hätten wie Rachel und ich?«

»Ich weiß nicht, ob wir so geendet hätten. Aber ich weiß auch nicht, ob ich schon für dich bereit gewesen wäre.«

Ein kleines Lächeln umspielt Jacksons Lippen. »Fuck, ich bin mir sicher, dass ich es nicht war. Ich glaube, es war auch deshalb so einfach, mit Rachel zusammen zu sein, weil wir nicht wirklich ineinander verliebt waren.«

»Wirklich?« Verwirrt runzle ich die Stirn.

Jackson lehnt sich zurück gegen das Kopfteil, während seine Hände über meine Oberschenkel wandern.

»Als ich in der Highschool gemerkt habe, dass ich gut genug im Football sein könnte, um ein Stipendium zu bekommen, war ich für Rachel nur noch ein Mittel zum Zweck. Ich glaube, deshalb habe ich mich auch so sehr auf Football konzentriert und darauf, gut genug zu spielen, um es in die NFL zu schaffen.«

»Und warum hast du die Beziehung mit ihr dann nicht beendet, als du gedraftet wurdest?«

»Wegen der Fangirls«, sagt Jackson mit einem Lachen.

»Aber natürlich. Der heiße Jackson Fields. Die Frauen hätten sich dir wahrscheinlich in Scharen an den Hals geworfen.«

»Du lachst, aber es ist wahr«, meint Jackson und zeigt mit einem Finger auf mich.

Ich schnappe ihn mir und verschränke unsere Hände ineinander. »Du bist also aus reiner Bequemlichkeit bei Rachel geblieben?«

»Ich bin nicht stolz darauf, aber wir haben uns beide in gewisser Weise gegenseitig ausgenutzt. Sie, um voranzukommen, und ich, um mich nicht mit dem Lebensstil eines NFL-Spielers auseinandersetzen zu müssen.«

Ich würde ihn zu gerne fragen, was das nun für uns bedeutet. Aber es ist alles noch so neu. Wir waren nahtlos von Freunden zu mehr als Freunden übergegangen. Fast schon zu nahtlos. Bin ich nur etwas, mit dem sich Jackson die Zeit vertreibt?

»Da macht sich aber jemand gerade ziemlich viele Gedanken, oder Tenley?«, meint Jackson und streicht mit seinem Finger die Sorgenfalte zwischen meinen Augen glatt.

»Und wie kommst du darauf?«

»Weil ich dich kenne.«

»Das tust du.« Ich blicke in dieses Gesicht, in das ich gefühlt schon so lange verliebt bin, wie ich denken kann. Ich kann mich kaum an eine Zeit erinnern, in der ich nicht in Jackson verschossen war.

»Also, was schwirrt dir im Kopf herum?«

»Dass alles so schnell zwischen uns gegangen ist.«

»Und darüber machst du dir Gedanken?«

Ich nicke. »Ich habe nur Angst davor, was als Nächstes passieren könnte.«

Im Bruchteil einer Sekunde hat Jackson mich auf den Rücken gedreht und liegt auf mir. »Darüber musst du dir keine Gedanken machen.«

Er reibt seine Nase an meiner, und sein Atem ist warm auf meinem Gesicht. Immer, wenn wir so zusammen sind, pulsiert das Verlangen in meinen Adern. In der Zwischenzeit sollte ich mich eigentlich daran gewöhnt haben.

»Ganz egal, was passiert, Tenley: Wir werden immer zusammengehören.«

Mein Herz droht bei Jacksons Worten aus meiner Brust zu springen. Ich dachte, ich hätte diesen Mann schon vorher geliebt. Aber das ist nichts im Vergleich zu jetzt.

Ich verschlinge seine Lippen in einem langsamen, sinnlichen Kuss. Das Gefühl seiner Zunge gegen meine bringt mich fast um den Verstand, und mit jedem Zusammenstoß will ich mehr.

Ich habe mich noch nie so nach jemandem verzehrt. Jede Zelle vibriert vor Verlangen nach diesem Mann; danach, jeden Teil von ihm an jeder Stelle von mir zu spüren.

»Ich liebe es, wie du schmeckst.« Jackson drückt sich etwas hoch und legt eine Hand auf mein Gesicht. »Ich liebe es, wie du mich ansiehst. Die Art, wie du riechst. Gott, ich liebe einfach alles an dir.«

»Mmm, Jackson.«

Das sind nicht die Worte, die ich von ihm hören will, aber er will mich genauso wie ich ihn. Ich schlinge meine Beine um seine Hüfte und habe das Gefühl, zu verglühen, wenn ich ihn nicht gleich in mir spüre.

Jackson schiebt mein T-Shirt hoch und über meinen Kopf. Mein nackter Körper unter seinem entlockt ihm ein leises Knurren.

»Fuck.« Jackson saugt an meinem Hals, und zwischen meinen Beinen wird es feucht. Mit meinen Fingernägeln fahre ich an seinem Rücken hinab und streife den Bund seiner Jogginghose.

»Ich brauche dich, Jackson.«

Er hinterlässt eine Spur heißer Küsse auf meinem Hals. Meiner Brust. »Alles zu seiner Zeit, Tenley.«

Er nimmt einen Nippel in seinen Mund. »Ich liebe deine Lippen auf mir.«

»Mmm, und ich liebe es, wie dein Körper auf mich reagiert.« Auf jedem Zentimeter meiner Haut bildet sich eine Gänsehaut, und die Luft um uns herum vibriert.

Jackson küsst sich einen Weg zu meiner anderen Brust und knabbert an meinem steifen Nippel. Ich wälze mich unter ihm hin und her. Ich will mehr. Sein eigenes Verlangen drückt hart und steif gegen meinen Unterkörper.

Seine Lippen wandern wie ein Flüstern auf meiner Haut meinen Körper hinab, bevor er meine Beine auseinanderdrückt. Er findet meine Augen, wirft mir noch einen neckischen Blick zu und lässt seine Zunge zwischen meine Schamlippen gleiten.

»Aaah!« Das ist zu viel. Und gleichzeitig nicht genug. Er penetriert mich mit seinen Fingern und seiner Zunge und steigert mein Vergnügen ins Unermessliche, bis ich schließlich laut stöhnend unter ihm komme.

Sterne glänzen hinter meinen Augen, während eine sengende, hell leuchtende Hitze meinen Körper durchfährt, als Jackson mich durch einen der intensivsten Orgasmen führt, den ich je erlebt habe. Ich hatte nicht gewusst, dass Sex sich so anfühlen könnte. Vielleicht ist er deshalb so gut, weil ich mit jemandem zusammen bin, den ich liebe und dem ich etwas bedeute.

Mein Atem geht stoßweise, während mein Körper langsam wieder zu sich findet.

»Du bist die schönste Frau der Welt, wenn du so kommst«, flüstert Jackson in meinen Mund. »Das wird sich für immer in mein Gedächtnis eingebrannt haben.«

Ich öffne meine Augen und sehe unbändige Lust in Jacksons Blick. Ich ziehe ihn an meinem Körper hoch, seine nackte Haut auf meiner. Nicht der kleinste Luft-hauch könnte durch uns hindurchdringen.

»Ich will dich in mir spüren.«

Jackson will gerade nach einem Kondom greifen, aber ich halte ihn auf und gebe ihm wortlos zu verstehen, dass ich nichts zwischen uns haben möchte. »Bist du sicher, Tenley?«

Ich nicke. »Ja. Bitte.«

Jackson presst seine Lippen, auf denen noch mein eigener Höhepunkt zu schmecken ist, auf meine. Ich schlinge meine Arme um ihn, will ihn noch näher bei mir haben, und da er nirgendwo anders hinkann, dringt Jackson mit einem schnellen Stoß in mich ein.

Er schluckt mein Keuchen hinunter und hält kurz inne.

»Ich glaube nicht, dass ich das lange durchhalte.« Sein heißer Atem streift meinen Hals. »Du fühlst dich einfach zu gut an.«

Ich pulsiere um ihn herum und habe mich immer noch nicht ganz von meinem ersten Orgasmus erholt. »Dann fang an, dich zu bewegen.«

Jacksons Stöße sind lang und hart und treffen einen Punkt in mir, der mir den Atem raubt. Schweiß sammelt sich auf meiner Stirn, während ich versuche, meinen zweiten Höhe-punkt an diesem Abend noch ein wenig hinauszuzögern. Ich will das Gefühl von Jackson ohne Kondom in mir auskosten.

Nichts hat sich jemals so gut angefühlt. So richtig.

Jackson stützt sich auf seine Ellbogen, während er seine Augen auf eine Art und Weise über mich gleiten lässt, die mich begehrenswert fühlen lässt. Ich lege meine Hände in seinen Nacken und ziehe ihn nach unten.

»Du musst für mich kommen. Verdammt, ich muss kommen.«

Jeder von Jacksons Stößen wird härter, schneller. Er

gleitet mit seiner Hand über meinen Bauch und findet meinen Kitzler, und nur zwei Liebkosungen seiner Finger später explodiere ich erneut unter ihm.

Ich fühle mich, als hätte etwas von mir Besitz ergriffen, so schnell wie ich immer für Jackson komme. Ich habe noch nie so viel gefühlt. So als würde mein Körper beinahe explodieren, weil die ganzen Gefühle keinen Platz mehr haben.

Liebe. Lust. Ekstase.

»Tenley.« Mein Name ist nicht mehr als ein Knurren auf seinen Lippen, als ich schließlich spüre, wie er in mir kommt und damit meinen eigenen Höhepunkt weiter hinauszieht. Die Luft um uns herum ist wie elektrisiert, während Jackson mich in seine Arme nimmt und sich auf den Rücken dreht.

»Wie fühlst du dich?«, stößt er nach wer weiß wie langer Zeit hervor. Unsere Körper kühlen sich langsam ab, während wir einfach daliegen und keiner von uns irgendwelche Anstalten macht, aufzustehen.

»Glücklich. Und zufrieden.«

»Ist das alles?«, fragt Jackson und streicht mit seinem Finger über meinen Arm.

»Gibt es noch etwas, das ich fühlen sollte?« Ich kuschle mich an ihn und küsse den harten Muskel unter mir.

Doch Jackson löst sich von mir und rutscht auf dem Bett nach unten, sodass wir auf einer Augenhöhe sind. Der Blick in seinen Augen raubt mir den Atem.

»Liebe?«

Die Farben des Fernsehers sind das einzige Licht, das in dem dunklen Raum auf Jacksons wunderschönes Gesicht fällt.

»Ich weiß, dass es dir vielleicht etwas schnell vorkommen mag, aber ich liebe dich, Tenley.«

»Ja?«

Jackson streicht mir eine widerspenstige Haarsträhne hinters Ohr. Immer, wenn er mich berührt, fühlt es sich an wie beim ersten Mal. Es ist, als würde er meinen Körper permanent unter Strom setzen, wenn er in der Nähe ist. Ich möchte dieses Gefühl niemals verlieren.

»Ich habe etwas länger gebraucht, um das zu erkennen, als ich hätte brauchen sollen, aber: Ja, ich liebe dich.«

Jackson atmet tief ein und wirkt ein wenig nervös. »Ich habe nicht erkannt, was ich überhaupt fühle, weil ich noch nie so etwas für jemanden empfunden habe.«

»Ich weiß, was du meinst. Ich habe bisher auch nur für einen einzigen Mann so empfunden.«

Jackson stößt ein unwirsches Brummen aus, und der eifersüchtige Ausdruck in seinen Augen verrät mir, dass er keine Ahnung hat, von wem ich spreche. »Ich will nichts über ihn wissen.«

»Willst du nicht?« Ich werfe Jackson auf den Rücken und lehne mich über ihn.

»Nein.« Ein weiteres Brummen.

»Das ist aber schade.« Ich fahre mit einem Finger über seine Nase. Über den Amorbogen seiner Oberlippe. Über seinen Kiefer. »Weil ich es nämlich liebe, über ihn zu sprechen.«

Erkenntnis schleicht sich in seinen Blick. »Na dann erzähl mir von ihm.«

Er verschränkt die Arme hinter dem Kopf und sieht mir in die Augen.

»Er kann manchmal etwas mürrisch sein.«

»Ich bin nicht mürrisch.«

Ich lege einen Finger auf seine Lippen, um ihn zum Schweigen zu bringen. »Außerdem kann er nicht wirklich gut mit Kritik umgehen, wie es scheint. Man lernt doch immer wieder etwas dazu.«

Sein Unterkiefer zuckt, als er die Spitze meines Fingers in den Mund nimmt.

»Er hat mich unterstützt, obwohl er gleichzeitig hart dafür arbeiten musste, wieder auf dem Feld stehen zu können.«

Jackson fährt mit einer Hand mein Bein hinauf und zieht mich zu sich herunter. »Erzähl mir mehr.«

»Er ist ein ziemlich guter Küsser. Und ein relativ guter Kicker.«

»Ich nehme alles zurück, was ich gesagt habe.«

Lautes Lachen bricht aus mir heraus, als Jackson beginnt mich zu kitzeln und sich auf mich wirft. »Warst du schon immer so streitlustig?«

»Ich schätze, du bringst das in mir zum Vorschein.« Ich versuche, ihn wegzuschieben, aber er hält mich nur noch fester. Als er sich schließlich zurück auf seine Fersen setzt, ringe ich nach Atem.

»Nimm das zurück.«

»Welchen Teil?« Auch ich setze mich auf, gebe aber nicht nach. »Ich glaube nicht, dass ich etwas gesagt habe, was nicht der Wahrheit entspricht.«

»Du hast Glück, dass ich dich liebe, Tenley.«

»Ja, ich kann mir vorstellen, dass es sehr schwer sein muss, jemanden wie mich zu ertragen.«

Jackson rollt sich vom Bett und geht Richtung Badezimmer. Das schwache Licht des Fernsehers hebt das Prachtexemplar von einem Mann, das da vor mir steht, noch einmal besonders hervor.

»Hey.« Ich gehe auf die Knie und krabble zu ihm hinüber. Dann lege ich von hinten meine Arme um ihn herum und flüstere ihm die Worte zu, die ich bis jetzt noch nicht gesagt habe. »Ich liebe dich, Jackson. Das tue ich schon seit Langem und werde es auch noch lange tun.«

Jackson legt seine warmen Hände auf meine Arme.

»Ich glaube nicht, dass ich je genug davon bekommen werde, dich diese Worte zu mir sagen zu hören.«

Ich drücke ihm einen Kuss auf den Hals. »Dann werde ich es dir jeden Tag sagen. Ich liebe dich. Ich liebe dich. Ich liebe dich.«

Ein unbeschreibliches, warmes Glücksgefühl durchströmt meinen Körper, als Jackson sich in meinen Armen umdreht. »Ich liebe dich. Und ich bin mir ziemlich sicher, dass wir jetzt etwas Schlaf brauchen, weil wir beide einen langen Tag vor uns haben.«

Jackson nimmt mich in seine Arme, manövriert uns zurück ins Bett und deckt uns zu. Seine ruhige Stärke überträgt sich auf mich, während er den Fernseher ausschaltet und wir uns aneinander kuscheln.

Daran könnte ich mich gewöhnen – diese Worte von ihm zu hören, nach denen ich mich seit der neunten Klasse gesehnt habe. Langsam überkommt mich der Schlaf, während ich mit einem Lächeln auf dem Gesicht darüber nachdenke, wie perfekt das Leben in diesem Augenblick ist.

Kapitel Vierundzwanzig

JACKSON

»Jackson. Kann ich dich mal kurz in meinem Büro sprechen?«, hallt die Stimme von unserem Coach durch den Kraftraum. Ich lege das Gewicht, mit dem ich gerade trainiere, ab und folge ihm unter den neugierigen Blicken der Jungs aus dem Raum. Ich fühle mich, als wäre ich gerade ins Büro des Schuldirektors gerufen worden.

»Was ist los, Coach?«

Schweiß rinnt mir aus jeder Pore meines Körpers, als ich in seinem Büro stehe und auf die schlechten Nachrichten warte, die ihm ins Gesicht geschrieben stehen.

»Hast du schon das Neuste gehört?«, fragt er und wirft eine Zeitschrift auf seinen Schreibtisch. Ein Bild von Rachel und mir blickt mir entgegen, darüber die Schlagzeile: *Ex von Fields packt aus – ist er wirklich ein egoistischer Liebhaber?*

»Was für eine verdammte Scheiße. Ist das dein Ernst?« Ich werfe die Zeitschrift in den Mülleimer neben seinem Schreibtisch und lasse mich frustriert darüber, welche

Wendung mein Tag gerade genommen hat, auf einen Stuhl fallen.

»Ich weiß, dass du dich nicht damit auseinandersetzen willst, aber du musst.« Unser Coach war schon immer einer der geduldigsten Menschen gewesen, mit denen ich zusammengearbeitet habe. Er erhebt nie seine Stimme und ist der ruhige und beständige Faktor unseres Teams.

»Auch wenn das alles nur Mist ist?« Ich muss nichts davon lesen, um zu wissen, dass es nur Lügen sind. Rachel war eine, die sich die Wahrheit immer so zurechtgebogen hat, bis sie bekam, was sie wollte.

Der Coach presst seine Lippen zu einer dünnen Linie zusammen. »Normalerweise rückt das die Person, über die sie sprechen, in ein schlechtes Licht. Selbst wenn es nur Lügen sind, wird das Team ein Statement veröffentlichen.«

Ich verdrehe die Augen. Ich hätte wissen müssen, dass Rachel nicht einfach stillschweigend verschwinden würde. Denn auch wenn sie als Influencerin bereits selbst eine gewisse Popularität erlangt hatte, so war ich doch immer ein gutes Aushängeschild für sie gewesen.

»Und wenn das nichts bringt?«

Der Coach zuckt mit den Schultern. »Darüber denken wir nach, wenn es so weit ist. Im Moment möchte ich, dass du dich auf dein Spiel konzentrierst. Buffalo ist dieses Wochenende dran, und die fahren gerade einen Sieg nach dem anderen ein.«

Ich nicke und versuche, den Artikel aus meinem Kopf zu verdrängen. »Alles klar.«

Dann stehe ich auf und gehe zurück in den Kraftraum, um meine Übungen zu beenden. Mit meiner Konzentration ist es allerdings vorbei. Es ist mir scheißegal, was Rachel über mich gesagt hat. Das sind alles nur Lügen. Aber ich mache mir große Sorgen um Tenley und was sie wohl davon halten wird.

Denn das Letzte, was ich will, ist, dass sie davon in Mitleidenschaft gezogen wird.

TENLEY

»ALLES IN ORDNUNG BEI DIR?« Jacksons tiefe Stimme reißt mich aus meinem wütenden Geschnippel des Essens heraus.

Ich schaue auf und blicke in besorgte braune Augen.

»Warum sollte etwas bei mir nicht in Ordnung sein? Nur weil ich ein paar Stunden, bevor meine Familie zum Abendessen vorbeikommt, einen – wohlgemerkt sehr detaillierten – Artikel über dein Sexleben mit Rachel lesen musste?« Ich setze ein gekünsteltes Lächeln auf. »Völlig in Ordnung.«

»Fuck«, flüstert Jackson. »Du weißt, dass nichts davon wahr ist, oder?«

Ich lasse das Messer fallen und ignoriere für einen Moment das Essen, das ich fertigstellen sollte. »Es ist ganz egal, was davon wahr ist und was nicht. Es ist trotzdem noch da draußen und kann von der ganzen Welt gelesen werden.«

Jackson läuft um die Kücheninsel herum und nähert sich mir vorsichtig. »Das Team hat ein Statement veröffentlicht.«

»Oh, gut. Dann wird jetzt wohl jeder die Tatsache ignorieren, wie du im Bett immer nur nimmst und nimmst und nie etwas zurückgibst.«

Jackson weicht vor mir zurück, als hätte ich ihm eine Ohrfeige verpasst. »Das ist verdammt noch mal nicht wahr, und das weißt du auch.«

Ich drücke mir die Handballen auf die Augen und versuche, meine aufsteigenden Emotionen zu unterdrücken. Wut. Eifersucht. Angst. Noch mehr Wut. »Ich weiß. Aber warum sollte sie so etwas tun?«

»Ich liebe es, wie du immer wieder das Gute in jedem Menschen sehen willst.« Jackson legt seine Arme um mich, und zum ersten Mal an diesem Tag verflüchtigt sich meine Wut ein wenig.

»Wird das immer so sein?«

»Wie sein?« Er legt sein Kinn auf meine Schulter, während ich mich in seine Umarmung fallen lasse.

»Sich Sorgen zu machen, dass dich jemand durch den Dreck zieht. Irgendein Skandal, von dem ich nichts weiß und der nur darauf wartet, sein hässliches Gesicht zu zeigen. Fans, die dich anschreien, wenn wir zusammen in der Öffentlichkeit sind.«

»Es ist immer wieder ein Auf und Ab. Das bringt dieses Business so mit sich.«

»Ein Business, von dem ich keine Ahnung habe, wie es funktioniert.«

»Was ist wirklich los, Tenley?«

Bevor ich antworten kann, klingelt es an der Tür. Jackson lässt mich zwar los, wendet jedoch seinen Blick nicht von mir ab. »Dieses Gespräch ist noch nicht beendet.«

Ich folge ihm, und bereits zum zweiten Mal an diesem Tag ziert ein falsches Lächeln mein Gesicht.

»Hi, Schätzchen«, begrüßt mich die fröhliche Stimme meiner Mutter.

»Hi, Mom.« Ich schließe sie extra lange in die Arme und versuche alles an Kraft zu sammeln, um den heutigen Abend zu überstehen.

»Hier riecht es aber gut.«

Jackson steht bei meinem Vater und unterhält sich

angeregt, während meine Mutter und meine Schwestern mir in die Küche folgen. Leider haben meine Nichten und Neffen heute Abend Fußballtraining mit ihrem Vater, weshalb es niemanden gibt, der die Aufmerksamkeit von mir ablenkt.

»Wie geht es dir?«, fragt Penny und greift nach der Flasche Wein, die ich bereitgestellt habe.

»Gut. Warum?«, entgegne ich und zucke gelassen mit der Schulter. Ich will mir auf gar keinen Fall anmerken lassen, wie aufgewühlt ich heute bin.

»Du weißt ganz genau, warum.« Nora wirft mir einen vielsagenden Blick über ihr Glas hinweg zu.

»Können wir bitte nicht darüber reden?« Es überrascht mich nicht, dass meine Schwestern bereits davon wissen. Aber ich habe im Moment absolut keine Lust, mit ihnen oder sonst jemandem darüber zu sprechen.

»Worüber reden?«, fragt meine Mutter und schaut zwischen uns dreien hin und her.

»Rachel hat eine Enthüllungsgeschichte über das Sexleben von ihr und Jackson veröffentlicht«, erwidert Nora ohne zu zögern.

»Ernsthaft?« Ich kippe die Hälfte meines Weins hinunter. »Musstest du das jetzt wirklich Mom erzählen?«

»Du tust ja fast so, als ob ich das nicht auch selbst hätte herausfinden können.« Sie wirft mir einen Blick zu, den nur Mütter aufsetzen können.

Ich schaue um sie herum und sehe, dass mein Dad und Jackson im Wohnzimmer beschäftigt sind. Gott sei Dank. Das Letzte, was ich will, ist, dass mein Dad bei diesem Gespräch dabei ist.

»So gut wie Mom sich mit Technik auskennt, hätte es gut sein können, dass das vollkommen an ihr vorübergeht«, meint Penny absolut nüchtern.

»Ich möchte euch nur darauf hinweisen, dass ich erst

neulich gelernt habe, wie ich mein eigenes Gram-Konto errichte«, sagt sie und sieht uns hochnäsig an.

»Du meinst Instagram, Mom?«, fragt Nora und zieht eine Augenbraue hoch.

Mom schnipst mit den Fingern. »Ganz genau. Das war es. Das habe ich ganz allein hinbekommen, ohne irgendjemanden von euch um Hilfe bitten zu müssen. Also, worum geht es jetzt in diesem Artikel?«

Nora steigt sofort darauf ein und erläutert – bis ins kleinste, schreckliche Detail –, was Rachel alles über ihr Sexleben ausgeplaudert hat.

»Also das kann auf keinen Fall alles stimmen«, meint Mom nur schulterzuckend, bevor sie sich daran macht, das Abendessen für alle auszuteilen. Sie scheint sich ganz wie zu Hause zu fühlen.

»Und warum nicht?«, fragt Nora.

»Tenley würde niemals mit jemandem zusammen sein, der egoistisch ist und nicht an andere denkt. Dafür hat sie ein viel zu gutes Herz.«

Bei diesen Worten meiner Mutter beruhigen sich meine Nerven wieder ein wenig. »Danke, Mom.«

Ich helfe ihr dabei, den Tisch zu decken, als mein Dad und Jackson gerade das Zimmer betreten.

»Wie läuft's in der Schule, Ten?«, dröhnt Dads Stimme durch den kleinen Raum. Er spricht sehr laut. Das musste er aber auch immer tun, um in einem Haus mit vier Frauen Gehör zu finden.

»Ich habe dieses Jahr eine echt tolle Gruppe von Kindern.« Ich lege einen Arm um Jacksons Taille, als er sich neben mich stellt. »Sie lieben diesen Kerl hier.«

»Ich habe deinem Vater gerade erzählt, dass ich deine Klasse schon einmal besucht habe, bevor ich wieder ins Team eingestiegen bin.« Jackson trägt ein stolzes Lächeln auf den Lippen. »Ich mag es, dich unterrichten zu sehen.«

»Tenley ist wirklich die beste Lehrerin, die es gibt«, sagt Dad, als wir uns alle an den Tisch setzen.

»Dem stimme ich vollkommen zu.« Jackson setzt sich neben mich und bekommt das Grinsen gar nicht mehr aus dem Gesicht.

»Iiiih, das ist ja ekelhaft«, schaltet sich Penny ein und verdreht auf der anderen Seite des Tischs die Augen.

»Penny«, tadelt Dad sie mit strenger Stimme. »Du kannst dich doch trotzdem für deine Schwester freuen.«

»Ich freue mich ja auch für sie. Das heißt aber nicht, dass ich ihre neue Beziehung ständig vor die Nase gehalten bekommen will.«

Der Unmut in ihrer Stimme ist nicht zu überhören. Nur Schwestern können sich so etwas erlauben.

»Beachte sie einfach gar nicht«, winkt mein Vater ab und wendet sich Jackson zu. »Wie läuft's mit dem Team? Für Denver sieht es ja ziemlich gut aus momentan.«

»Wir haben noch ein hartes Stück Arbeit vor uns. Hoffentlich können wir die Dynamik aufrechterhalten.«

»Denver muss mal wieder einen Super Bowl spielen. Es ist schon viel zu lange her«, meint Dad ernst und schüttelt den Kopf.

Jackson presst die Lippen zusammen. »Darauf arbeiten wir hin.«

Danach wird die Unterhaltung etwas lockerer. Jackson kennt meine Familie, seit sie nebenan eingezogen sind. Ich habe manchmal ganze Tage bei ihm zu Hause verbracht und er bei mir. Dieses Familientreffen ist wie Balsam für einen Nachmittag voller angespannter Nerven.

Viel zu schnell machen sich alle wieder auf den Weg zur Tür, doch bevor ich ihnen folgen kann, hält meine Mutter mich noch einmal zurück.

»Kommst du zurecht?«, fragt sie mich und streichelt mir über die Wange.

Ich beiße mir auf die Lippe, um nicht in Tränen auszubrechen. Die vielen Emotionen dieses Tages fordern langsam ihren Tribut. »Ich komme schon klar.«

»Es ist okay, es langsamer angehen zu lassen, Tenley.«

»Warum sollten wir es langsamer angehen lassen?«

Sie presst ihre Lippen zu einem schmalen Strich zusammen. »Du bist gerade erst diese neue Beziehung mit ihm eingegangen. Es ist in Ordnung, sich erst einmal richtig kennenzulernen. Pass auf dein Herz auf.«

Ich befreie mich aus ihrem Griff, und mein Abwehrmechanismus wird sofort aktiv. »Warum sollte ich auf mein Herz aufpassen müssen?«

»Schätzchen, ich meine das nicht böse. Du bist der netteste, liebevollste und fürsorglichste Mensch, den ich kenne. Ich will nicht, dass du ausgenutzt wirst.«

»Jackson wird mich nicht ausnutzen.« Ich verschränke die Arme und versuche, meine Wut unter Kontrolle zu halten.

»Er vielleicht nicht, aber er steht im Rampenlicht, ob du das willst oder nicht. Und die meisten Leute werden nicht lange überlegen, bevor sie dich hintergehen, um an ihn heranzukommen.«

Ihre Worte berühren etwas in mir, das ich den ganzen Nachmittag versucht habe zu ignorieren. Das ist eine Seite von Jackson, die ich noch nie erlebt hatte. Die Seite, die mit dem Football-Ruhm einhergeht. Heute ist es Rachel, und morgen könnte es alles Mögliche sein.

Jackson war schon immer mein bester Freund gewesen. Das ist eine Rolle, in der ich mich wohlgefühlt habe. Ich stand nie im Rampenlicht so wie er und Rachel. Aber jetzt bedeutet jegliche Zukunft mit Jackson, dass ich auch dort bin. An einem Ort, an dem ich noch nie war und an dem ich auch meine Zeit nicht verbringen möchte.

Aber wenn es bedeutet, mit Jackson zusammen zu sein, kann ich dann damit umgehen?

Das ist eine Frage, mit der ich mich nicht zu sehr auseinandersetzen möchte, weil die Antworten darauf vielleicht nicht so ausfallen werden, wie ich mir das wünsche.

Kapitel Fünfundzwanzig

JACKSON

»Bist du bereit für das Spiel morgen?« Tenley legt ihren Kopf auf ihre Hände, während sie in die Kamera ihres Handys schaut. Obwohl sie nicht in meiner Wohnung bleiben müsste, wenn ich weg bin, tut sie es trotzdem.

Es war für uns beide eine anstrengende Woche. Der Artikel, den Rachel veröffentlicht hat, ist immer noch in aller Munde, und es macht mich fertig, zu sehen, wie sehr Tenley das alles mitnimmt.

»Aber sowas von.«

»Und dein Knie fühlt sich gut an?«

Ich lächle über den besorgten Ton in ihrer Stimme. »Immer darauf bedacht, dass es mir gut geht.«

»Irgendjemand muss ja dafür sorgen, dass du dich um dich kümmerst.«

»Ach ja?« Ich lächle sie verschmitzt an. »Und wer kümmert sich um dich?«

»Niemand, der momentan hier ist«, erwidert sie und zieht skeptisch eine Augenbraue hoch.

»Nur weil ich nicht bei dir bin, heißt das nicht, dass ich mich nicht um dich kümmern kann.«

Das Feuer, das auf einmal in ihren Augen lodert, entgeht mir keinesfalls. »Und wie willst du das anstellen?«

Ich lecke mir über die Lippen und richte meinen Blick auf die winzige Kamera, hinter der sich die Frau verbirgt, die ich so liebe. »Zieh dein T-Shirt aus.«

Sofort werden ihre Wangen rosa. »Ist das dein Ernst? Das … das können wir nicht machen.«

»Warum nicht?« Das ist einer der Vorteile, wenn man Kapitän ist. Wir bekommen auf Reisen unser eigenes Zimmer. Ich rücke näher an sie heran, als ob sie dadurch auf magische Weise in meinem Bett erscheinen würde.

Tenley beißt sich auf die Lippe und schenkt mir ein schüchternes Lächeln, doch ich weiß ganz genau, was sich hinter dieser braven Fassade verbirgt. »Weil ich sowas noch nie gemacht habe.«

Dieses Geständnis lässt ein Lächeln über mein Gesicht huschen. »Würdest du dich besser fühlen, wenn ich dir sage, dass ich sowas auch noch nie gemacht habe?«

»Wirklich nicht?«, fragt Tenley aufgeregt, und ich nicke ihr zu.

»Also lass mich nicht noch einmal fragen.«

Dieses Mal zögert Tenley nur einen kurzen Moment, bevor sie schließlich ihr Shirt auszieht. Ihre zartrosa Brustwarzen sind bereits steif, genauso wie mein Schwanz, der beim Anblick ihrer Erregung fast aus meiner Jogginghose zu platzen droht.

»Was soll ich als Nächstes tun?«

Die Begierde in ihrer Stimme lässt meine Hand unter den Bund meiner Hose und zu meinem Schwanz wandern, aus dessen Spitze bereits der erste Lusttropfen fließt.

»Spiel mit deinen Nippeln.«

Tenley richtet die Kamera aus und stellt sie neben sich auf. Mit ihren schlanken Fingern kneift sie sich in die Brustwarzen, was mir ein tiefes Stöhnen entlockt.

»Ich wünschte, du wärst hier und würdest das tun«, flüstert Tenley.

»Was gefällt dir daran so sehr?«, frage ich sie, während ich mir einen runterhole.

»Ich liebe deine starken Hände.« Sie zwirbelt eine Brustwarze zwischen ihren Fingern, und ihr Rücken wölbt sich.

»Macht dich das feucht?«, knurre ich.

»Mmhmm.«

»Zeig es mir«, verlange ich.

Tenley zögert keine Sekunde und schiebt ihre Hand unter ihr Höschen.

»Fuck. Ich wünschte, ich wäre bei dir.« Mein Fokus ist voll und ganz auf das Handydisplay gerichtet, während ich dabei zusehe, wie Tenleys Finger verschwinden.

»Aaah!«

Die Geräusche, die Tenley von sich gibt, bringen mich beinahe um den Verstand. Ich lege das Handy beiseite und ziehe meine Hose herunter. Meine Eier sind kurz vorm Explodieren.

»Lass mich dich sehen«, bittet Tenley mit rauchiger Stimme.

Ich drehe die Kamera und zeige ihr meinen tropfenden Schwanz aus nächster Nähe. Die Spitze hat bereits ein dunkles Purpurrot angenommen. »Ich wünschte, es wären deine Hände auf mir.«

Meine Hüfte zuckt. Tenleys leises Stöhnen und Keuchen sind die einzigen Geräusche, die in dem Zimmer widerhallen. Wir bewegen uns miteinander, ohne ein Wort zu sagen, während wir unserer Erlösung immer näherkommen.

»Ich bin fast da, Jackson.« Tenley schiebt ihre Unterwäsche nach unten und winkelt ihre Hüfte so an, dass ich ihre wunderschöne Pussy sehen kann.

Ich fühle mich, als würde ich den Verstand verlieren. Als ich sehe, wie erregt Tenley ist, bewege ich meine Hand noch schneller. »Ich bin genau da, wo du bist.«

»Jackson!« Tenleys Schrei durchs Telefon wird gedämpft, als das Handy zu Boden fällt. Ihr keuchender Atem gibt mir den Rest, und nur wenige Augenblicke später ergieße ich mich in meine Hand und über meinen ganzen Bauch.

»Fuck, ja!« Ich beuge mich nach oben, während klebrige Samenfäden auf mir landen. »Scheiße, ist das gut.«

Da erscheint Tenleys Gesicht wieder auf dem Display, und sie wirkt zufrieden und glücklich. »Jackson?«

»Mmm, ja?« In der Zwischenzeit ist es schon spät geworden. Ich war heute Nachmittag abgereist, und nach der Landung hatten wir eine Teambesprechung nach der anderen.

»Das hat mir gefallen.«

Nachdem ich die Schweinerei auf meinem Bauch beseitigt habe, drehe ich mich um und positioniere das Handy genauso auf dem Bett wie sie. »Mir auch.«

»Macht die Auswärtsspiele auf jeden Fall attraktiver.«

»Ich vermisse dich«, gestehe ich ihr. Dieses Gefühl hatte ich auf Reisen noch nie. Früher habe ich es genossen, endlich mal allein zu sein. Aber jetzt teilen sich zwei Dinge meine Aufmerksamkeit. Ich möchte bei Tenley sein, aber gleichzeitig weiß ich auch, worauf mein Fokus zu liegen hat: Football und das große AFC-Spiel morgen.

»Zum Glück bist du ja bald wieder zu Hause. Und morgen tretet ihr denen erst mal so richtig in den Hintern.«

Ich lächle über ihr Vertrauen in uns. »Buffalo ist ein gutes Team. Das wird ein hartes Spiel werden.«

Tenley zieht sich die Bettdecke über ihren nackten Körper und lehnt sich gegen das Kopfteil. »Ich weiß, ich weiß. Du möchtest es nicht verschreien. Aber wenn ich dir sage, wie gut du morgen spielen wirst, wird das mit Sicherheit deine Leistung nicht negativ beeinträchtigen.«

»Sportler sind eben ein abergläubischer Haufen.«

»Ich weiß. So, jetzt musst du aber endlich schlafen gehen.«

Ich seufze und schaue auf die Zeit auf dem Wecker. »Ich liebe dich.« Diese Worte kommen mir in der Zwischenzeit so einfach über die Lippen. Am liebsten würde ich sie ihr bei jeder nur möglichen Gelegenheit sagen, denn Tenley verdient es einfach, sie so oft wie möglich zu hören.

»Ich liebe dich auch. Viel Glück für morgen.«

Tenley wirft mir noch einen Kuss zu, bevor sie das Telefonat beendet. Ich atme aus und denke über die Frau auf der anderen Seite der Leitung nach.

Wir haben uns so gut in unsere neuen Rollen als Paar eingefunden, dass es fast schon zu schön ist, um wahr zu sein. Aber jeder Tag mit Tenley ist noch besser als der vorherige. Und zum ersten Mal liegt mein Augenmerk nicht mehr einzig und allein auf Football. Eigentlich sollte ich mir mehr Gedanken darüber machen, wie leicht sie meine Aufmerksamkeit vom Football weglenken konnte, trotz all der Dinge, die im Hintergrund passiert sind.

Die Zeit, die ich mit Tenley verbringe, bringt einfach mehr Ausgewogenheit in mein Leben. An diesem Gedanken klammere ich mich fest, bis mich schließlich die Müdigkeit übermannt und ich langsam in den Schlaf gleite.

»DAS WAR HEUTE eine herbe Niederlage, Jungs. Aber niemand muss sich die Schuld dafür geben.«

Das ist die Untertreibung des Jahrhunderts. Dem heftigen Wind und Regen in Buffalo waren wir heute einfach nicht gewachsen. Wir sind es zwar gewohnt, draußen zu spielen, aber dieses Wetter war wirklich beschissen.

Zwei verschossene Field Goals und ein Extrapunkt. Und das war noch nicht einmal das Schlimmste. Buffalos Defense konnte zwei Pick Six verbuchen. Wir haben da draußen ausgesehen wie ein Witz, wie eine Kindermannschaft, die noch nie wirklichen Football gespielt hat.

»Morgen gönnen wir uns eine Pause, und am Dienstag sehen wir uns dann den Film an.«

Leises Murmeln ist zu hören, bevor er sich auf den Weg zurück ins Büro macht. Es gibt nichts Schlimmeres als eine herbe Niederlage. Besonders bei einem Auswärtsspiel. Das wird heute Abend ein langer Flug zurück nach Denver werden.

In der Umkleidekabine ist es ruhig, während die Jungs ihren Routinen nach dem Spiel nachgehen. Ich lege meine Schulterpolster in meinen Spind und gehe zurück in den Therapiebereich, weil ich ein Eisbad für mein Knie brauche.

»Alles okay bei dir?« Alex lässt seine Schulter untersuchen, da er im vierten Quarter einen ziemlich harten Schlag abbekommen hat.

Ich zucke mit den Achseln, während ich mich in die Wanne mit kaltem Wasser gleiten lasse. »Bin angepisst.«

Alex schüttelt den Kopf über mich. »Was du nicht sagst, Sherlock.«

Ich funkle ihn wütend an. »Ich habe beschissen gespielt. Muss ich dir das wirklich noch weiter aufdröseln?«

»Griesgrämig wie eh und je«, sagt Alex und lacht.

»Ich habe gerade erst wieder ins Spiel zurückgefunden, und das da draußen war ein Witz.« Ich zeige auf das Spielfeld.

»Statistisch gesehen ist es ziemlich unwahrscheinlich, dass du jedes Spiel gewinnst. Nächste Woche wird es wieder besser laufen.«

Ich lehne meinen Kopf gegen die metallene Wanne und atme gegen die eisige Kälte an. »Es ist noch mal schlimmer, wenn man die erste Hälfte der Season nur vom Spielfeldrand zusehen und nichts beitragen konnte. Wie viele Spiele hätten wir vielleicht gewinnen können, wenn ich da draußen gewesen wäre?«

»Hey.« Alex gibt mir einen Klaps auf den Arm. »Du kannst nicht alles kontrollieren. Wir alle wissen, dass der Typ ein unfairer Spieler ist. Sich auf das Was-wäre-wenn zu konzentrieren, hilft dir auch nicht weiter.«

Ich verdrehe die Augen. »Das habe ich alles schon mal gehört.«

Es fällt mir schwer, die Verachtung aus meiner Stimme herauszuhalten. Meine Gedanken drehen sich ständig darum, was ich vor diesem Spiel anders gemacht habe.

»Nächste Woche kriegen wir sie dran«, ruft mir Alex beim Verlassen des Trainingsraums noch zu.

Vielleicht hätte ich Tenley nicht anrufen sollen. Hätte keinen Sex mit ihr haben sollen. Zugegeben, seit meiner Rückkehr habe ich nicht mehr bei so einem Scheißwetter spielen müssen, aber trotzdem nagt das heute an mir.

Und ganz egal, was der Coach auch sagt: Ich fühle mich, als hätte ich mein Team im Stich gelassen. Wenn ich diese Field Goals gemacht hätte, hätten wir den Ball vielleicht nicht so oft werfen müssen. Und das hätte nicht zu diesen Picks geführt.

Ich muss dieses Gedankenkarussell endlich abstellen, bevor ich noch den Verstand verliere. Ich werde mir diese Woche den Film ansehen und wir werden uns neu formieren.

Und ich weiß, dass ich bis dahin jemanden habe, der mir da durchhelfen wird.

Tenley. Mein Licht am Ende dieses heutigen endlos scheinenden Tunnels.

Kapitel Sechsundzwanzig

TENLEY

Das Klacken der Wohnungstür weckt mich auf. Ich war auf der Couch eingeschlafen, und die fahlen Lichter der Stadt werfen ein schwaches Licht ins Wohnzimmer.

Jackson lässt seine Tasche neben die Tür fallen und stößt einen genervten Laut aus.

»Hey«, sage ich mit leiser Stimme.

Seine Augen finden meine. »Hi.«

Er kommt zu mir herüber und kniet sich neben mich hin. Er sieht ziemlich mitgenommen aus. »Tut mir leid wegen des Spiels.«

»Ich will nicht darüber reden.« Die Worte aus seinem Mund klingen viel schärfer, als ich es erwartet hätte.

»Es war nicht deine Schuld.« Ich lehne meinen Ellbogen an die Rückenlehne der Couch und lege meine Hand auf seine Schulter, um ihm etwas Trost zu spenden. Die Bestürzung, die von ihm ausgeht, ist förmlich spürbar.

Ein schockierter Ausdruck tritt auf sein Gesicht. »Ich habe nie gesagt, dass es das wäre.«

»Ich weiß.« Ich ziehe meine Hand zurück, als hätte ich mich verbrannt. »Aber ich kenne deine Gedankengänge.«

»Du bist kein Jackson-Experte auf allen Gebieten.«

»Das habe ich auch nie behauptet.« Ich bin mir nicht sicher, wer dieser Jackson hier vor mir ist, aber er ist nicht der Mann, den ich in den letzten Wochen kennen und lieben gelernt habe.

»Ich darf darüber wütend sein, dass wir das Spiel verloren haben.«

»Und ich habe auch nie gesagt, dass du das nicht sein darfst. Aber ich lasse mich deswegen nicht von dir anschnauzen.«

»Du lässt es aber so klingen, als wäre es meine Schuld«, knurrt er.

Ich werfe die Decke von meinem Schoß auf den Boden. »Ich habe nach dem Spiel extra auf dich gewartet, um zu schauen, ob es dir gut geht, und ich habe dir wortwörtlich versichert, dass es nicht deine Schuld ist. Aber wenn du dich wirklich so aufführen willst, dann sehen wir uns eben morgen nach der Arbeit.«

Anstatt mich in die Geborgenheit seines Zimmers zurückzuziehen, gehe ich in das Gästezimmer, in dem ich meine ersten Wochen hier bei ihm verbracht habe. Diese Seite von Jackson habe ich noch nie erlebt, und sie gefällt mir ganz und gar nicht.

Ich krieche unter die kühle Bettdecke und versuche, die unter der Oberfläche brodelnden Gefühle zu unterdrücken.

Durch diese Niederlage sind Jacksons Emotionen unberechenbar. Ich kenne Jackson. Ich war die ganze Season über mit ihm zusammen. Glaubt er wirklich, ich wüsste nicht, was ihm nach einer Niederlage durch den Kopf geht?

Die meisten Menschen suchen sofort die Schuld bei

den anderen. Aber nicht Jackson. Jackson nimmt immer alles auf seine Kappe und versucht dann herauszufinden, was er falsch gemacht hat und wie er es im nächsten Spiel besser machen kann.

Tränen steigen mir in die Augen. Es ist spät und ich bin müde. Ich will nicht böse auf Jackson sein, aber ich bin es. Vielleicht ist das die Schattenseite, wenn man einen Sportler liebt. Dass man sich mit ihren Launen auseinandersetzen muss, wenn die Dinge mal nicht so laufen, wie sie sich das vorstellen. Die letzte Woche war ziemlich herausfordernd gewesen. Die Sportreporter haben sich auf den Klatsch und Tratsch rund um Jackson und Rachel konzentriert, und das ist schrecklich. Ich will einfach nur, dass alles wieder so wird, wie es vor Erscheinen des Artikels war.

Ein mulmiges Gefühl steigt in mir auf, während ich die Bettdecke hochziehe und den Schlaf herbeisehne. Hoffentlich wird eine erholsame Nacht diese unguten Gefühle, die Jackson bei mir hinterlassen hat, wegspülen.

DAS LEISE PRASSELN des Regens am Fenster weckt mich noch vor meinem Wecker.

Ein düsterer Tag, genau passend zu meiner Stimmung.

Ich dusche und mache mich schneller fertig als sonst, da ich nicht das Risiko eingehen will, Jackson heute früh über den Weg zu laufen. Meine Emotionen brodeln immer noch nahe an der Oberfläche, und ich möchte sie auf gar keinen Fall vor der Schule freilassen.

Doch das Glück ist heute nicht auf meiner Seite. Jackson sitzt in der Küche und analysiert gerade ein Video des Spiels, als ich mich bemerkbar mache.

»Morgen.« Er dreht sich nicht einmal um, um mich anzusehen. »Ich hab dir Kaffee gemacht.«

»Danke.« Ich greife nach dem Thermobecher, der neben der Kanne steht, und schenke mir eine Tasse ein.

Eine seltsame Unbehaglichkeit liegt in der Luft. Außer der Kanne Kaffee, die er mir gemacht hat, zeigt Jackson keinerlei Reaktion auf mich. Es ist, als stünden wir wieder am Anfang, und ich habe keine Ahnung, wie ich mich ihm gegenüber verhalten soll.

»Kommst du nach dem Training zum Abendessen nach Hause?«, frage ich und durchbreche damit das unangenehme Schweigen.

»Denke schon.« Er nimmt einen Schluck von seinem Kaffee, sieht mich aber immer noch nicht an.

»Falls ja, dann sag mir bitte Bescheid. Dann kann ich auf dem Heimweg noch etwas mitnehmen. Wir proben nach der Schule noch für die Talentshow, ich werde also etwas später kommen.«

»Alles klar.«

Seine kurzen, knappen Antworten treiben mich an den Rand des Wahnsinns.

»Verhältst du dich wirklich immer so, wenn ihr mal nicht gewinnt?«, frage ich ihn frustriert.

»Du hast mir vorgeworfen, das Spiel verloren zu haben«, entgegnet er barsch.

»Nein. Ich habe dir gesagt, dass es nicht deine Schuld war. Das ist ein großer Unterschied, Jackson.«

»Auf jeden Fall hat es sich nicht gut angefühlt, Tenley.« Er sieht mich mit eiskalten Augen an.

»Dann werde ich das nächste Mal nach einem Spiel überhaupt nicht mehr mit dir reden. Denn es ist auch nicht meine Schuld, dass ihr verloren habt.«

»Vielleicht, wenn ich nicht so abgelenkt gewesen

wäre …« Seine Worte sind nicht so leise, wie er gehofft hatte.

»Wow.«

Das weckt seine Aufmerksamkeit. »Hör zu, Tenley, es tut mir leid, okay? Das Spiel war scheiße und wir waren nicht gut genug vorbereitet. Ich muss so eine Niederlage immer erst einmal verarbeiten, und bis jetzt habe ich das noch nie mit jemandem an meiner Seite machen müssen.«

Ich schnappe mir meine Tasche, die auf der Kücheninsel liegt. »Gut zu wissen. Dann bleibe ich wohl besser bei mir zu Hause, um dich in diesem Prozess nicht zu stören.«

»Ach komm. Jetzt sei doch nicht so.« Er greift nach meiner Hand, doch ich weiche ihm aus.

»Ich möchte dich auf keinen Fall ablenken«, werfe ich ihm seine eigenen Worte entgegen. »Wenn du alles verarbeitet hast, können wir uns wieder unterhalten.«

Und mit diesen Worten schmeiße ich die Tür hinter mir zu und mache mich auf den Weg durch die Lobby zu meinem Auto. Der trübe Tag passt wunderbar zu meiner momentanen Gefühlslage.

Niemals hätte ich gedacht, dass Jackson sich so verhalten würde. Und das alles dann auch noch abzubekommen? Fühlt sich ziemlich mies an.

Ist es das, was Football aus dem Mann macht, den ich liebe?

Denn so habe ich mir das Ganze nicht vorgestellt.

Kapitel Siebenundzwanzig

Heute läuft aber auch gar nichts rund. Wir liegen im dritten Quarter vierundzwanzig zu zehn zurück. Ein mickriges Field Goal von mir und das war's. L. A. liefert ein fantastisches Spiel ab. Sie waren die Außenseiter, und wir sollten dieses Spiel eigentlich mühelos gewinnen.

Stattdessen bekommen wir kräftig den Hintern versohlt. Und jeder spürt das. Die Fans im Stadion werden unruhig, als die Offense beim Third Down gestoppt wird. Erneut.

»Wir haben noch genug Zeit, Jungs. Nur nicht den Mut verlieren.«

Unser Coach versucht, die Motivation am Spielfeldrand aufrechtzuerhalten, während unser Punter aufs Feld rennt. Die anfeuernden Rufe der Zuschauer sind nur noch vage als solche zu erkennen. Der graue Himmel macht das Spiel noch trostloser, als es sowieso schon ist. Fast so, als hätte sich das Wetter unserer heutigen Leistung angepasst. Oder umgekehrt.

Es war eine anstrengende Woche. Das Verhältnis zu Tenley ist angespannt und das Training lief nicht gut. Der

Wirbel um Rachels bescheuerten Artikel hat sich endlich gelegt. Alex war die meiste Zeit der Woche nicht mit beim Training dabei. Das zeigt sich allerdings heute in seinem Spiel. Normalerweise erholen wir uns nach einer schweren Niederlage recht schnell, aber nicht diese Woche. Es ist, als würden wir mit Gewichten an unseren Beinen spielen. Schon die einfachsten Spielzüge fallen uns heute schwer.

Ich nippe an meinem Wasser, während die Defense ein paar gute Spielzüge aneinanderreiht und die Gegner beim Third Down stoppt.

»Gut gemacht, Knox.« Ich strecke ihm meine Faust entgegen, doch er reagiert nur mit einem Schulterzucken.

»Jetzt muss die Offense in die Gänge kommen.«

Alex läuft an der Seitenlinie auf und ab und versucht, seine Jungs zu motivieren. Er ist einer der besten Kapitäne, die ich je gesehen habe. Die Spieler respektieren ihn und legen sich für ihn ins Zeug. Er wird von jedem, der jemals für ihn gespielt hat, hoch geschätzt.

Colin und Logan helfen Alex bei der Ausführung der Spielzüge. Logan stürmt schnell durch die Mitte und landet auf L.A.s Seite des Feldes.

Der Funke ist aber genauso schnell wieder erloschen. Als er an der Achtunddreißig-Yard-Linie gestoppt wird, werde ich aufs Feld gerufen.

Während ich mich positioniere, versuche ich, den Lärm um mich herum auszublenden. Ich tippe mit der Fußspitze auf den Rasen und lasse die Arme locker hängen. Dann nicke ich meinem Holder zu, dass ich bereit für den Ball bin.

Danach geschieht alles wie in Zeitlupe. Einer von L.A.s Spielern springt ins Abseits und versetzt alle in helle Aufregung. Als mein Bein den Ball berührt, rennt er in mich hinein und lässt mich in einem ungünstigen Winkel auf dem Rasen aufkommen. Mein Knie bekommt die volle

Wucht dieses Angriffs ab und protestiert mit einem wütenden Knacken.

»Fuck!«, brülle ich und halte mir mein Knie. Ich höre Trillerpfeifen, als mein Long Snapper sich neben mich kniet.

»Alles okay bei dir?«

»Sehe ich etwa aus, als wäre alles okay bei mir? Fuck!«

Es ist mir scheißegal, was ich schreie, denn der Schmerz ist noch schlimmer als beim ersten Mal. Es fühlt sich an, als hätte jemand ein heißes Eisen in mein Knie geschoben und es herumgedreht.

Er tritt zurück, als die Trainer auf das Spielfeld kommen. Sie fangen an, mein Knie zu bewegen, und es tut in jeder Stellung weh.

»Bitte hört auf. Um Himmels willen, hört bitte auf.« Ich drücke meine Augen fest zu, um gegen die drohenden Tränen anzukämpfen. Mir dreht sich fast der Magen um, so starke Schmerzen habe ich.

»Kannst du allein vom Spielfeld laufen?« Sie beugen mein Knie erneut, und ich muss mich zusammenreißen, um mich nicht an Ort und Stelle zu übergeben.

»Fordert das Cart an.«

Ich lasse mich zurück aufs Spielfeld sinken und nehme das ruhige Stadion um mich herum wahr. Nur ein Gedanke schießt mir durch den Kopf.

Nicht schon wieder.

Tenley

Mir wird speiübel, als ich dabei zusehen muss, wie Jackson vom Feld transportiert wird. Sicher, er hat beim

Spielen schon so einiges abbekommen. Es ist so gut wie unmöglich, vollkommen unbeschadet aus einem Football-spiel zu kommen. Aber so schlimm war es noch nie.

»Das wird schon wieder«, versucht mich Gabby zu beruhigen und legt einen Arm um mich. Jackson hat mir diese Woche zwei Karten für das Spiel gegeben, weshalb sie heute mit dabei ist.

»Und wenn nicht? Er hat gerade erst wieder ange-fangen zu spielen.« Meine Gedanken springen sofort zum Worst-Case-Szenario.

Das Spiel geht weiter, mit L. A. im Ballbesitz. Aber ich kann mich nicht mehr darauf konzentrieren. Was, wenn Jacksons Verletzung dieses Mal schlimmer ist? Ist es wieder sein Knie? Wie geht es ihm?

Das wabernde Gefühl der Angst in meinem Bauch macht das Ganze nur noch schlimmer.

»Entschuldigen Sie, Miss Rhodes?« Jemand in Teamklei-dung hat die Familiensuite betreten und steht nun hinter mir.

»Ja?« Ich stehe auf und drehe mich um.

»Möchten Sie vielleicht Jackson sehen?« Ich nicke wie wild mit dem Kopf. »Wenn Sie mir bitte folgen würden, dann bringe ich Sie hinunter in den Trainingsraum.«

»Oh Gott.«

»Es wird alles gut werden. Kann ich mit ihr mitkom-men?«, fragt Gabby und legt ihren Arm um ich.

»Natürlich. Aber leider können wir Sie nicht mit in den Trainingsraum lassen.«

»Das ist vollkommen in Ordnung. Kann ich ihn jetzt sehen?«, frage ich ungeduldig. Ich mag mir gar nicht vorstellen, was passiert ist, wenn sie mich sogar in die Mannschaftsräume bringen.

Wir folgen der Dame durch die Tiefen des Stadions und lauschen der Menge, ohne zu wissen, was da draußen gerade vor sich geht. Selbst wenn ich wollte, könnte ich mich nicht mehr auf das Spiel konzentrieren. Meine Gedanken drehen sich nur noch darum, Jackson zu sehen und sicherzustellen, dass es ihm gut geht.

»Und jetzt nur noch hier durch. Wir werden hier auf Sie warten«, instruiert sie mich und bedeutet mir mit einem Nicken, dass ich hineingehen kann.

»Es wird alles gut werden, Tenley.« Gabby drückt mich noch einmal an sich, bevor ich durch die Tür gehe.

Sofort landen meine Augen auf Jackson. Er hat seinen Dress ausgezogen und einen Beutel mit Eis um sein Bein gewickelt. »Oh mein Gott. Geht es dir gut?« Ich eile zu ihm hinüber und strecke die Hand nach ihm aus, halte jedoch inne. Sein Shirt ist klitschnass und klebt an ihm wie eine zweite Haut.

»Was glaubt du denn, wie es mir geht?«, fragt er verbittert.

Ich ignoriere seinen scharfen Tonfall. »Was hat der Mannschaftsarzt gesagt?«

»Dass ich ins Krankenhaus muss, um ein paar Scans machen zu lassen, damit sie das Ausmaß der Verletzung feststellen können.«

Ich schlucke. Mein Mund ist trockener als die Sahara. »Was haben sie denn für eine Vermutung?«

»Du hast doch gesehen, was passiert ist«, schnauzt mich Jackson an.

»Ich habe den Zusammenprall gesehen. Was haben die Ärzte denn nun gesagt?« Ich versuche, ruhig zu bleiben. Jackson kann es jetzt absolut nicht gebrauchen, dass ich auch noch sauer auf ihn werde.

»Kreuzband.« Jacksons Kiefer ist angespannt und sein Blick ist voller Wut. Aber die kann doch unmöglich gegen mich gerichtet sein, oder?

Jetzt lege ich meine Hand doch auf seinen Arm. »Lass uns erst mal abwarten, was die Ärzte sagen.«

»Glaubst du wirklich, dass sie etwas Gutes zu sagen haben werden?« Jackson entzieht sich meiner Berührung und verschränkt die Arme vor der Brust. »Mein Knie pocht wie verrückt, Tenley! Nichts wird gut sein. Fuck!«

Ich zucke vor seinem Schrei zurück und halte schön den Mund, weil ich nichts sagen will, was ihn noch mehr aufregt. So habe ich Jackson noch nie erlebt. Nicht nach der Niederlage letzte Woche, und auch nicht, als er sich zum ersten Mal am Knie verletzt hat.

Ich lerne schneller, als mir lieb ist, dass Jackson mehrere Seiten hat, wenn es um Football geht. Seiten, die mir nicht wirklich gefallen.

»Okay, Jackson.« Jemand – vermutlich der Arzt – betritt den kleinen Raum. »Wir werden dich ins Krankenhaus bringen, um zu sehen, womit wir es zu tun haben und wie es dann weitergeht.«

Jackson grummelt eine Antwort.

»Möchten Sie mitkommen?«, fragt mich der Arzt.

»Sicher …«

»Sie muss nicht mit dabei sein«, unterbricht mich Jackson. Er würdigt mich keines Blickes.

»Dann werde ich in ein paar Minuten zurück sein. Halt die Ohren steif.« Der Arzt klopft ihm auf die Schulter, bevor er das Zimmer wieder verlässt.

»Du kannst nach Hause gehen, Tenley. Ich rufe dich später an.«

Nun reißt mein sowieso schon äußerst dünner Geduldsfaden endgültig. »Warum wolltest du denn dann überhaupt, dass ich hier runterkomme?«

Jackson lässt seine Augen durch den Raum schweifen und sieht alles an, nur nicht mich. »Ich habe niemanden darum gebeten, dich zu holen. Das Team hat gedacht, dass ich dich mit hier unten haben will.«

»Lass mich mit dir mitkommen. Wenn es schlechte Nachrichten sind, dann lass mich für dich da sein«, versuche ich ihn umzustimmen.

»Ich will dich nicht dabeihaben! Ich habe noch nie jemanden gebraucht.«

»Das ist sehr traurig, Jackson«, erwidere ich mit bebender Stimme. Der Mann, der hier vor mir liegt, zerbricht vor meinen Augen.

»Tja, aber es ist die Wahrheit. Dieser Sport war schon immer alles für mich, selbst als manche Personen aus meinem Leben verschwunden sind.«

Ich schüttle den Kopf. »Football kann nicht alles sein.«

»Genau da liegst du falsch, Tenley.« Ich hasse es, wie er klingt. Wie jemand, den ich überhaupt nicht kenne. »Football war schon immer mein ganzes Leben, lange bevor du mit ins Spiel gekommen bist. Football, nicht du.« Er lehnt sich auf dem Tisch zurück und legt seine Hände vors Gesicht. Wahrscheinlich hat er nicht einmal bemerkt, was für einen Schlag er mir gerade versetzt hat. Tränen steigen mir in die Augen, doch ich halte sie zurück. Wer auch immer diese Person hier vor mir ist, hat sie nicht verdient.

»Ich habe nie darum gebeten, dein ganzes Leben zu sein, Jackson. Ich möchte nur ein Teil davon sein.«

»Ach ja?« Er nimmt seine Hände vom Gesicht und eiskalte Augen, die ich noch nie gesehen habe, blicken mich an. »Und jetzt sieh dir an, wo mich das hingebracht hat. Ich bin wieder verletzt und muss wahrscheinlich sogar operiert werden.«

Ich presse meine Hände auf mein Herz und versuche, die zerbrochenen Teile zusammenzuhalten. Das ist nicht der Junge von nebenan, in den ich mich verliebt habe. »Es ist also meine Schuld, dass dieser Spieler während deines Kicks in dich hineingerannt ist?«

»Wenn ich mich nicht so sehr auf dich und darauf, wie du mit dieser ganzen Rachel-Football-Geschichte umgehst, konzentriert hätte, hätte ich mich mehr um meine Reha kümmern können. Mein Knie wäre jetzt stärker und nicht schon wieder lädiert. Du bist eine Ablenkung, die ich mir nicht leisten kann, Tenley.«

Ich stoße ein wütendes, bissiges Lachen aus. »Eine Ablenkung? Als das siehst du mich also? Wer war es noch mal, der dich zur Reha gebracht hat? Der dafür gesorgt hat, dass du dein Bein nicht bewegst, wenn du es nicht solltest? Der dir bei deinem Training geholfen hat?« Ich tippe mit dem Finger auf meine Brust, und meine Stimme wird immer lauter. Ich kann meine Gefühle einfach nicht mehr im Zaum halten. »Das war ich. Du hättest dich schon viel früher wieder verletzt, wenn ich nicht für dich da gewesen wäre.«

»Dann ist es also meine Schuld?«, fragt Jackson und setzt sich wutentbrannt auf.

»Es ist die Schuld von überhaupt niemandem!«, schreie ich. »Du hast keinen Einfluss darauf, was passiert. Schau dir doch nur den Spieler von Arizona an, dem zweimal hintereinander das Kreuzband an derselben Stelle gerissen ist. Gott, du bist gerade so ein … so ein Arschloch!« Das Wort rutscht mir heraus, bevor ich es verhindern kann, aber ich meine es auch so. Jackson verhält sich gerade wie ein selbstgerechtes Arschloch.

»Ich brauche dich hier nicht.«

»Gut. Dann sehen wir uns wohl bei dir zu Hause, schätze ich.« Ich will mich gerade umdrehen und gehen, als seine Stimme mich aufhält.

»Nein.«

»Nein?«

Jackson schüttelt den Kopf. »Ich brauche weder dich noch sonst jemanden. Ich bin besser dran, wenn ich allein bin.«

Der kalte, berechnende Ton in seiner Stimme durchdringt meine Brust und lässt mein Herz nun endgültig zerspringen.

»Wenn du das wirklich glaubst, Jackson, dann tust du mir leid.«

»Dann ist es ja gut, dass ich dich nicht brauche.«

Ich reiße mich zusammen, als ich das Stadion verlasse. Als ich durch die Stadt fahre. Als ich mein Auto in der Garage parke. Als ich durch mein Haus ins Wohnzimmer stolpere. Aber als ich auf der Couch zusammenbreche, werde ich von meinem Kummer überwältigt. Den Jungen, in den ich mich einst verliebt habe, zu verlieren, frisst mich förmlich auf. Ein Schmerz, den ich noch nie gespürt habe, droht mein Innerstes zu zerstören. Heiße Tränen laufen mir übers Gesicht, und ich kann mich nicht einmal mehr in Jacksons sichere Arme retten, um diesen Schmerz verschwinden zu lassen.

Ich habe mein Herz dort im Stadion zurückgelassen. Und ich habe keine Ahnung, ob ich es jemals zurückbekommen werde.

Kapitel Achtundzwanzig

»Miss Rhodes?« Bobby zupft an meinem Hosenbein, während ich an der Tafel stehe.

»Was gibt's?« Seine blauen Augen sehen mich verwirrt an.

»Wo sind denn die ganzen Footballspieler heute?«

Ich wende meinen Blick wieder der Tafel zu und atme tief durch. »Nun, sie konnten heute nicht kommen, weil sie am Wochenende ein wichtiges Spiel haben.«

»Sind denn nicht alle Spiele wichtig?«, fragt er und neigt seinen Kopf zur Seite. Seine kindliche Unschuld zaubert mir ein Lächeln aufs Gesicht.

»Das hast du recht. Aber so mitten in der Season ist es schwierig für sie, uns zu besuchen. Vielleicht danach wieder.«

Bobby zuckt nur mit den Schultern und trottet zurück in die Leseecke. Tränen schießen mir in die Augen, während ich mich darauf konzentriere, Buchstaben an die Tafel zu schreiben.

Jeder einzelne Tag dieser Woche war ein reiner Kampf für mich gewesen. Der Stolz auf die Mountain Lions ist überall in der Stadt zu sehen. Jedes Mal, wenn ich die schwarz-gelben Teamfarben sehe, muss ich wegschauen. Das alles erinnert mich viel zu sehr an Jackson; daran, wie er mich so gefühlskalt abserviert hat.

Ganz egal, was ich auch tue: Ich bekomme das Bild seiner Augen in diesem Trainingsraum im Stadion einfach nicht aus dem Kopf. Das war nicht der Mann gewesen, den ich schon seit meiner Jugend kannte. Der Mann, der mein Herz in seinen Händen hielt. Ich würde sogar behaupten, diesen Mann da unten nicht einmal wiedererkannt zu haben.

»Bereit, an unserem Auftritt für die Talentshow zu arbeiten?« Ashleys Stimme lässt mich zusammenzucken und reißt mich aus meiner Gedankenspirale. Da die Winterferien fast vor der Tür stehen, haben wir unseren Stundenplan entsprechend angepasst, um für die bevorstehende Talentshow zu üben.

»Na klar.« Ich klatsche in die Hände, um die Aufmerksamkeit aller auf mich zu lenken. »Wer möchte vor der Pause mit in die Turnhalle gehen, um für unsere Talentshow zu üben?«

Begeisterte Rufe dringen an meine Ohren, während wir alle Kinder in einer halbwegs geraden Linie aufstellen. Auf dem Weg nach unten begleitet uns aufgeregtes Geplapper, und als wir in der Turnhalle ankommen, rennen alle in verschiedene Richtungen davon.

»Okay, Kinder! Sobald ihr auf euren Plätzen steht, starte ich die Musik. Solltet ihr mal nicht weiterwissen, schaut einfach zu euren Freunden.«

Ich schließe mein Handy an das Lautsprechersystem an, und kurze Zeit später hallt ein Kinderlied durch den großen Raum. Ashley und ich versuchen zwar zu helfen, aber Vorschulkinder wollen nun mal ihr eigenes Ding machen.

»Zum Glück haben ihre Eltern schon Eintrittskarten gekauft«, sagt Ashley lachend neben mir.

»Sie werden zuckersüß aussehen, wenn sie die Talentshow eröffnen.«

»Wie kommst du eigentlich klar?«

Ich wende meinen Blick nicht von den übenden Schülern ab. »Ganz gut so weit.«

Ashley lässt neben mir ein Schnauben hören. »Dir geht es ungefähr so gut wie der Hauptdarstellerin in einer Liebeskomödie, die gerade abserviert wurde. Ich bin überrascht, dass du nicht zu Hause bist und heulend einen ganzen Becher Eis in dich hineinstopfst.«

»Wohl eher eine Flasche Wein«, murmle ich.

»Hast du mal mit ihm gesprochen?«

Ich schüttle den Kopf, als das Lied zu Ende geht. »Das war toll, Kinder! Noch einmal, und dann könnt ihr ein bisschen spielen. Ich bin mir sicher, dass sich eure Familien schon riesig auf den Auftritt nächste Woche freuen!«

Ich starte das Lied erneut und setze mich auf einen Stuhl, während ich alles versuche, um nicht in meiner eigenen Traurigkeit zu versinken. »Wenn er mich zurückgewollt hätte, hätte er sich bei mir gemeldet. Er hat es selbst gesagt – er braucht mich nicht.«

»Ich habe euch beide zusammen erlebt. Ihr seid wie füreinander geschaffen. Er hat nur Angst davor, wie sehr er dich liebt.«

»Er hat gesagt, dass ich eine Ablenkung für ihn bin, Ash.« Meine Stimme zittert. »Das ist keine Liebe.«

»Oh, Süße.« Sie hängt sich bei mir ein und lehnt ihren Kopf an meine Schulter. »Welcher Mann weiß schon, was gut für ihn ist? Er hat nur Angst, weil seine Zukunft nach seiner Verletzung nicht mehr so rosig aussieht wie zuvor.«

»Nun, ich kann dir sagen, was sie nicht beinhalten wird, und zwar mich.«

»Du bist nur verletzt. Er wird schon wieder zur Vernunft kommen.«

Ich kaue auf meiner Lippe herum und versuche, die aufsteigenden Tränen zu unterdrücken. Mein Bauchgefühl hat mich in letzter Zeit förmlich angeschrien, das Handy in die Hand zu nehmen und nachzufragen, wie es ihm geht. Ich wollte sogar auf der Website von Sports News Weekly nachsehen, ob es Neuigkeiten zu seinem Knie gibt, aber ich konnte nicht. Solange ich es nicht von Jackson hörte, wollte ich es nicht wissen. Wenn es ihm nicht wichtig genug war, mir zu sagen, wie es ihm geht, dann würde ich auch nicht nachfragen.

»Und was, wenn nicht? Was, wenn er nicht zur Vernunft kommt und es keine Zukunft für uns gibt?« Meine Stimme bricht und nun läuft mir doch eine Träne über die Wange. »Was, wenn Jackson nur meine Vergangenheit hätte sein sollen?«

Das Lied endet, und ohne dass ich noch etwas sagen muss, fangen alle Schüler an, herumzurennen und zu spielen.

Ashley lehnt sich näher an mich heran und flüstert mir – ganz leise, damit niemand um uns herum etwas mitbekommt – ins Ohr: »Dann gönnst du dir eine Flasche Wein und suchst dir einen Lückenbüßer.«

Meine Brust zieht sich bei diesem Gedanken schmerzhaft zusammen. Ich will keinen Lückenbüßer. Ich liebe Jackson, seit ich vierzehn Jahre alt bin. Er ist in meinem Leben, seit wir zum ersten Mal zusammen zur Schule gelaufen sind. Der Gedanke, ihn nicht mehr in meinem Leben zu haben, ist kaum zu ertragen. Aber das ist wohl meine neue Realität.

»Lass uns erst mal mit dem Wein anfangen. Ich gebe dir Bescheid, wenn ich bereit für einen Lückenbüßer bin.«

Kapitel Neunundzwanzig

»Jackson. Wie geht es dir heute?«, fragt mich der Coach, während er sein Büro betritt und sich an seinen Schreibtisch setzt.

»Ging mir schon mal besser«, brumme ich und lehne meine Krücken, mit denen ich schon die ganze Woche herumhumpele, gegen seinen Tisch.

Er legt seine Fingerspitzen aneinander und schaut auf die Papiere vor ihm. Zweifellos ist das der Bericht des Mannschaftsarztes, wie es um mein Knie steht. Ich habe versucht, mich so gut wie möglich auf dieses Treffen vorzubereiten, aber es wird wohl nicht gerade lustig werden.

»Ich weiß, dass das nicht das ist, was du hören willst, aber du bist raus für diese Season.«

Wenn mein Knie nicht in einer Schiene stecken würde und mein Gewicht tragen könnte, würde ich vom Stuhl aufspringen. »Die Season ist noch nicht zu Ende! Ich kann es auskurieren und wieder zurückkommen. Du kannst mich nicht auf IR setzen!«

Injured Reserve – verletzte Reserve. Die zwei

schlimmsten Worte, die man einem Footballspieler sagen kann.

»Es ist nur zu deinem Besten, Junge. Ich will nicht, dass du es übertreibst und dich dauerhaft verletzt. Das ist dieser Sport nicht wert.«

Ich schüttle den Kopf und versuche, meine Wut im Zaum zu halten. »Doch, das ist er! Dieser Sport ist alles für mich.«

»Jackson.« Der Coach steht auf, geht um seinen Schreibtisch herum und setzt sich vor mir auf die Kante. »Dieser Sport kann nicht alles für dich sein. Er sollte nicht alles für dich sein.«

»Aber ist es nicht genau das, was du möchtest? Engagierte Spieler?« Ich fahre mir mit der Hand durch die Stoppeln an meinem Kinn, die in der Zwischenzeit ganz schön dicht geworden sind. Als ich mich endlich dazu aufraffen konnte, mich zu rasieren, konnte ich nur noch an Tenley denken.

Ihre sanfte Berührung. Wie sie mit ihren Fingern über mein Gesicht streichelte. Die Art, wie sie mich ansah, als wäre ich ihr Held.

Ich habe meine Faust so sehr zusammengepresst, dass mein Rasierer auseinandergebrochen ist.

»Engagiert, ja. Aber ich will nicht, dass du dein Leben für diesen Sport aufs Spiel setzt.«

»Fuck.« Ich lehne mich auf meinem Stuhl zurück und starre an die Raufaserdecke. Die Season läuft noch für ein paar Wochen, und ich würde nicht mehr mit auf dem Feld stehen können. Bis zu dieser Season war ich gesundheitlich immer topfit gewesen, und so einen krassen Zusammenstoß wie den im Trainingslager hatte ich vorher auch noch nie gehabt. »Typisch. Ich war noch nie verletzt, und jetzt erwischt es mich gleich zweimal hintereinander in einer Season.«

Der Coach klopft mir auf die Schulter. »Habe ich dir jemals von meiner Zeit als Spieler erzählt?«

Ich schüttle den Kopf und bin mir nicht sicher, ob ich in meinem jetzigen Zustand bereit für eine Geschichte von ihm bin.

»Erstes Spiel der Season, wir gegen Cincinnati. Es war eine Out-Route, etwas, das ich im Schlaf hinbekam. Aber als ich mich umdrehen wollte, ist meine Achillessehne gerissen und ich war für die Season erledigt. Und das alles, ohne dass mich auch nur irgendjemand berührt hatte.«

»Shit. Ich glaube, das wusste ich noch gar nicht.«

Er zuckt mit den Schultern. »So läuft das in diesem Sport nun mal. Ich wurde operiert, habe meine Reha gemacht und kam im nächsten Jahr wieder zurück.«

»Hast du den Super Bowl gewonnen?«

Er lacht und schüttelt den Kopf. »Das wäre in der Tat ein Ende wie aus dem Bilderbuch gewesen, nicht wahr? Aber nein, als Spieler habe ich ihn nie gewonnen.«

Meine Brust senkt sich, während ich langsam ausatme. »Kommt jetzt der inspirierende Teil, wo du mir sagst, dass das Leben auch weitergehen wird, wenn ich es nie bis zum großen Endspiel schaffe?«

Er stößt einen Seufzer aus und setzt sich auf den Stuhl neben mich. »Nein. Es hat sich ziemlich beschissen angefühlt, nie den Super Bowl zu gewinnen. Aber letztendlich gab es andere Dinge, die mir mehr bedeutet haben als der Sport.«

»Was für andere Dinge?«, frage ich und bereite mich bereits seelisch auf die Antwort vor, die nun kommen wird.

»Eine Familie. Ich hatte zu der Zeit zwei kleine Kinder, und obwohl ich es nie bis zum Super Bowl geschafft habe, habe ich mich jedes Mal, wenn ich nach Hause kam, wie der verdammt noch mal beste Spieler aller Zeiten gefühlt.«

Ich lächle, aber als ich daran denke, was ich vor

Kurzem verloren haben könnte, vergeht mir das ganz schnell wieder. Mit Tenley an meiner Seite, auch wenn wir letztendlich nur ein paar Monate zusammen waren, habe ich mich gefestigter gefühlt als jemals mit Rachel. Tenleys strahlendes Lächeln und ihre Lebensfreude waren einfach ansteckend. Meine ganze Wohnung riecht immer noch nach ihr, so als ob sie sie genauso vermisst und nicht loslassen will.

»Football ist schon mein ganzes Leben, seitdem ich denken kann. Es fällt mir schwer, mich mit der Tatsache abzufinden, dass ich vielleicht nie die Chance auf einen Super-Bowl-Ring haben werde.«

»Weißt du eigentlich, wie schwer es ist, einen Super Bowl zu gewinnen?«

Ich antworte ihm nicht.

»Zu Beginn des Trainingslagers gibt es fast dreitausend Anwärter, die in eine Mannschaft wollen. In irgendeine Mannschaft. Dreitausend, Jackson. Dann müssen wir das Team auf dreiundfünfzig reduzieren. Dann müsst ihr als Team zusammenfinden. Und gewinnen. Und was, wenn du verletzt wirst? Entlassen? Getauscht? Die Season besteht aus siebzehn Spielen. Und dann musst du noch vier Spiele in den Play-offs gewinnen, drei, wenn du Glück hast und ein Freilos bekommst. Das ist ungefähr eine«, er hält inne, um nachzudenken, »dreiprozentige Chance, einen Super Bowl zu gewinnen.«

Beschämt lasse ich den Kopf hängen.

»Es ist nichts Falsches daran, den Super Bowl gewinnen zu wollen, Junge. Aber es kann nicht alles sein. Du musst etwas finden, das dir mehr bedeutet als Football. Etwas, das du so sehr liebst, dass allein der Gedanke, es nicht mehr zu haben, schlimmer wäre, als nie wieder einen Snap zu spielen.«

Tenley füllt all meine Gedanken aus. Vor meinem geistigen Auge erscheinen Bilder von ihr, wie sie lacht, wie sie mit mir tanzt, wie sie mit mir kocht. Die Art, wie sie mich immer angesehen hat. Wie sie sich um mich gekümmert hat. Und wie ich ihr das Herz gebrochen habe, als ich sie aufgefordert habe, aus meinem Leben zu verschwinden.

»Was, wenn ich es schon hatte und es verloren habe?« Meine komplette aufgestaute Wut hatte sich damals gegen Tenley gerichtet. Ich habe es gehasst, sie an ihr auszulassen, aber sie war nun mal da. Jeder Tag ohne sie war seitdem die reinste Hölle gewesen. Eine Hölle, die ich mir selbst erschaffen habe und von der ich noch nicht weiß, wie ich wieder herauskomme.

»Jackson, was auch immer du getan hast, ich glaube nicht, dass es schlimm genug war, um es nicht wieder geradebiegen zu können. Du musst nur stark genug dafür kämpfen, um die Dinge, die du liebst, wieder zurückzubekommen.«

Kapitel Dreißig

»Was für ein erfreulicher Anblick«, hallt Alex' Stimme durch den Umkleideraum.

Das Training der Mannschaft war schon lange vorbei, aber ich war immer noch hier. Ich hatte meinen Spind ausgeräumt und war einfach noch nicht bereit, diesen Ort zu verlassen. Alex ist von unseren anderen Kapitänen, Colin und Knox, umgeben.

»Ich hatte eigentlich gehofft, mich heimlich hier rein- und wieder rausschleichen zu können.«

»Injured Reserve macht dich ganz schön grummelig«, meint Knox und hält eine Flasche Bourbon hoch. »Dachte, das könnte dir helfen, deine Schmerzen ein wenig zu lindern.«

»Du bist so ein Arsch.« Ich humple mit meinen Krücken hinüber, greife nach der Flasche und nehme einen kräftigen Schluck, der mir die Kehle hinunterbrennt.

»Was für ein Scheißglück, Fields.« Colin hat seine Hände in den Hosentaschen vergraben. »Wie geht es dir mit der ganzen Sache?«

Statt ihn anzuschnauzen, lasse ich einen Moment

vergehen. Ich habe schon Tenley verärgert; ich will die Liste nicht noch erweitern.

»Ganz ehrlich? Ich weiß es nicht. Ich wollte auf keinen Fall zur Injured Reserve gehören, aber hier bin ich nun.« Ich deute auf mein lädiertes Bein.

»Wenigstens hast du Tenley.« Alex nimmt selbst einen Schluck Bourbon und reicht ihn dann an Knox weiter, doch noch bevor er ihn nehmen kann, schnappe ich ihn mir und nehme noch einen Schluck.

»Nicht mehr.«

Alle drei stöhnen gleichzeitig auf. »Was hast du verdammt noch mal getan, Mann?«, fragt Knox.

»Wie kommst du darauf, dass ich etwas getan habe?«

Colin zieht eine Augenbraue hoch. »Oh, bitte. Sollen wir wirklich glauben, dass dieser Sonnenschein irgend-etwas getan und dich verlassen hat?«

Ich setze die Flasche ein weiteres Mal an. Ich nehme sowieso einen Uber nach Hause, also was soll's.

»Kann sein, dass ich meine ganze Wut über alles, was diese Woche passiert ist, an ihr ausgelassen habe.«

»Nicht dein Ernst!«, sagt Alex barsch. »Aber so schlimm kann es doch gar nicht gewesen sein, oder?«

»Kann sein, dass ich ihr gesagt habe, dass sie nur eine Ablenkung und für das alles verantwortlich ist.«

»Fuuuck.« Knox weicht vor mir zurück. »Da hast du es ja mal komplett versaut.«

»Ich war einfach so wütend.« Ich fahre mir mit der Hand durch die Haare. »Football war so lange mein ganzes Leben, und bei dem Gedanken, dass mir das genommen werden könnte, bin ich einfach durchgedreht.«

»Ich habe das Gefühl, dass es hier eine wertvolle Lektion zu lernen gibt.« Colin schickt ein Lächeln in meine Richtung, das ich nicht erwidere. Meine Laune ist schon die ganze Woche über auf dem Nullpunkt.

»Und welche wäre das?«, frage ich und lasse mich auf die Bank fallen, weil ich nicht mehr länger auf meinem Bein stehen kann.

»Dass man vielleicht keine Gespräche führen sollte, wenn man starke Schmerzen hat.«

Ich sehe ihn ausdruckslos an. »Danke für diese weisen Worte, Sherlock. Kein Wunder, dass du keine Freundin hast.«

Für einen winzigen Moment sehe ich etwas in seinen Augen aufflackern, doch schon kurze Zeit später ist es wieder verschwunden.

»Was Colin zu sagen versucht«, mischt sich Alex ein und unterbindet damit jeden weiteren Einwand von ihm, »ist, dass diese Worte in der Hitze des Gefechts gesagt wurden. Es ist nichts, was man nicht wieder rückgängig machen könnte.«

»Du warst nicht dabei.«

Ich konnte an diesem Tag nichts sehen außer meinen eigenen Kummer. Ich war so verbittert darüber gewesen, dass mir mein Lebensziel genommen worden sein könnte, dass ich es an der einzigen Person, die immer für mich da gewesen war, ausgelassen hatte. Warum sollte sie zu mir zurückkehren wollen, wo ich ihr gegenüber doch so unfair und launisch gewesen war?

»Jackson, solange ich dich kenne, habe ich dich noch nie so glücklich gesehen wie in den letzten paar Wochen. Normalerweise bist du eher ein mürrisches Arschloch. Aber Tenley hat dich glücklich gemacht. Das konnten wir alle sehen.« Alex setzt sich mir gegenüber auf die andere Bank. »Willst du das wirklich aufgeben?«

Ich hebe meinen Blick, und seine Augen sehen mich schmerzerfüllt an. Wir vier waren noch nie die Typen dafür gewesen, uns hinzusetzen und über unsere Gefühle zu reden. Doch diese Jungs sind die einzigen, denen ich anvertrauen würde, wie ich mich fühle.

Jede einzelne Erinnerung in den letzten dreizehn Jahren, egal ob gut oder schlecht, war irgendwie mit Tenley verknüpft. Könnte ich mein Leben wirklich ohne neue Erinnerungen an die Frau leben, die ich liebe?

Ein kleines Lächeln schleicht sich auf meine Lippen.

»Das ist das Gesicht eines Mannes, der noch nicht bereit ist, aufzugeben.« Colin klopft mir auf die Schulter. »Also, wie willst du sie zurückgewinnen?«

Tenley hatte letzte Woche ganz nebenbei eine Bemerkung gemacht, die mein Gehirn nun auf Hochtouren laufen lässt. »Ich hätte da schon eine Idee. Aber dafür brauche ich eure Hilfe.«

Kapitel Einunddreißig

TENLEY

»Das habt ihr alle super gemacht! Ich bin so stolz auf euch.« Ich gebe allen Schülern um mich herum ein High Five. »Jetzt gehen wir raus und schauen den anderen zu, okay? Feuert sie richtig laut an.«

Die Kinder nicken mir mit eifrigen Gesichtern zu, als wir uns in die Turnhalle begeben, um uns die restlichen Auftritte der Talentshow anzusehen. Als die ganze Klasse versammelt ist, stelle ich mich neben Ashley.

»Sie sahen so goldig aus da oben.«

Ich schenke ihr ein breites Lächeln; eines der ersten aufrichtigen in den letzten Wochen. »Ganz egal, was Vorschulkinder machen, es ist immer goldig.«

»Sie hätten auch einfach nur dastehen können, und es wäre trotzdem toll gewesen.«

Ein paar Kinder betreten die Bühne, um zu singen, und ich lehne mich gegen die Wand. Die letzten zwei Wochen waren wahnsinnig anstrengend gewesen. Ich hatte kaum Schlaf abbekommen und kroch entsprechend auf dem Zahnfleisch. »Ich wünschte nur, Jackson hätte sie sehen können.«

»Er wird schon wieder zur Vernunft kommen.«

Darüber kann ich nur den Kopf schütteln. »Ich mache mir da in der Zwischenzeit keine Hoffnungen mehr, aber ich bin mir sicher, dass die Kinder ihn gerne hier gehabt hätten.«

»Ähm, bist du dir sicher, dass er nicht hier war?«

Ich runzle verwirrt die Stirn über ihre Frage. »Ja, ich bin mir absolut sicher, dass er nicht hier war.«

Da nickt Ashley in Richtung Bühne, auf der niemand anderes steht als Jackson.

»Was um alles in der Welt?«, flüstere ich.

Er räuspert sich, bevor er in das Mikrofon spricht. »Hallo alle miteinander. Einige von euch kennen mich vielleicht. Ich bin Jackson Fields, Kicker bei den Denver Mountain Lions.«

»Es ist Mr. Jackson!«, höre ich Lily von ihrem Platz in der ersten Reihe schreien. Jackson winkt ihr zu.

»Go Mountain Lions!«, ruft ein Elternteil von der Tribüne aus.

Jackson lacht nervös. »Danke, Mann. Aber heute bin ich hier, um eine Geschichte zu erzählen.«

»Was macht er denn da?« Ein ungutes Gefühl macht sich in meinem Magen breit, als ich ihn so auf der Bühne stehen sehe.

»Schau einfach zu«, beruhigt mich Ashley, die ihren Blick nicht von ihm abwendet.

»Es war einmal, vor sehr langer Zeit, da gab es zwei Freunde, einen Jungen und ein Mädchen.«

Der Vorhang öffnet sich und zwei Spieler aus dem Team stehen nebeneinander auf der Bühne. Alle im Publikum brechen in Gelächter aus. »Sie wohnten nebeneinander und waren beste Freunde.«

»Oh mein Gott«, flüstere ich und ich lege mir

geschockt die Finger an die Lippen, während ich diesem Schauspiel zusehe.

»Aber der eine Freund hat nicht gemerkt, wie sehr ihn seine Freundin mochte, also hat er beschlossen …«, Jackson macht eine Pause, »mit einer anderen Freundin Händchen zu halten.« Colin betritt die Bühne und nimmt Alex' Hand, die anscheinend die von Jackson darstellen soll.

»Müssen wir wirklich Händchen halten?«, zischt er Jackson zu.

»Halt die Klappe und nimm meine Hand«, sagt Alex, der Quarterback des Teams, während er sich Colins Hand schnappt.

Das gesamte Publikum lacht hysterisch, als es diese Szene sieht. Aber ich weiß genau, was hier vor sich geht.

»Der Junge und seine andere Freundin haben lange Zeit Händchen gehalten. Aber die andere Freundin war traurig, weil sie unbedingt mit ihrem besten Freund Händchen halten wollte.«

Knox, ein großer, kräftiger Mann, der mich darstellen soll, macht ein betrübtes Gesicht. »Eines Tages, weit in der Zukunft, hört der Junge schließlich auf, mit dem Mädchen Händchen zu halten.« Die beiden Spieler lassen ihre Hände los, und Colin verlässt die Bühne.

»Der Junge verletzt sich und seine Freundin kümmert sich daraufhin um ihn.«

Alle Augen sind auf die Bühne gerichtet, und ich kann nur dabei zusehen, wie Jackson unsere Geschichte erzählt. »Als sie merkten, dass sie sich wirklich mochten, fingen sie an, Händchen zu halten.«

Knox und Alex nehmen sich an den Händen und sehen sich an, als wüssten sie nicht, was hier eigentlich los ist.

»Warum halten die denn so oft Händchen?«, flüstert Ashley.

»Weil wir hier in einer Schule sind.«

»Oh, richtig.«

»Der Junge mag dieses Mädchen wirklich sehr, aber er war nicht gerade nett zu ihr.« Knox reißt seine Hand von Alex los und geht schmollend in eine Ecke.

»Ich würde nicht unbedingt sagen, dass ich schmollend in eine Ecke gegangen bin«, murmle ich.

Da finden Jacksons Augen meine, und ich verkrampfe vor lauter Aufregung meine Hände ineinander. »Der Junge hat erst gemerkt, was er hatte, als es zu spät war. Und deshalb hofft er jetzt, dass seine Freundin wieder mit ihm Händchen halten will. Vielleicht für immer.«

Mir rutscht das Herz in die Hose, während wir uns gegenseitig ansehen. Es ist, als wären wir die einzigen beiden Menschen in diesem Raum. Selbst von so weit weg kann ich die Reue in seinen Augen erkennen.

»Also, ähm: Danke, dass ich eure Talentshow crashen durfte«, murmelt Jackson und verlässt unter tosendem Applaus die Bühne. Alex und Knox verbeugen sich noch, bevor sie es ihm unter noch größerem Jubel gleichtun.

»Du musst mit ihm reden.« Ashley packt mich am Arm, aber meine Füße sind wie am Boden festgeklebt.

»Und was soll ich bitte sagen?« Mein Mund fühlt sich an wie Schleifpapier, während ich versuche zu verarbeiten, was ich da gerade gesehen habe.

»Ich weiß nicht, vielleicht dass du ihn liebst und ihm verzeihst?«, erwidert Ashley und verdreht die Augen. »Du kannst nicht einfach hier stehen bleiben und ihn ignorieren. Das war wahrscheinlich das Süßeste, was ich je gesehen habe.«

Ashley gibt mir einen leichten Schubs und quietscht erfreut, als ich mich auf den Weg hinter die Bühne mache. Dort herrscht reges Treiben. Schüler rennen herum und bereiten sich auf ihre Auftritte vor, während Lehrer und Freiwillige versuchen, den anwesenden Spielern die Hand zu schütteln. Eine Hand ergreift mich und zieht mich hinter die Seile, die den Vorhang öffnen.

»Ich hatte gehofft, dass du hier hinter die Bühne kommen würdest«, flüstert mir Jackson zu, während ich ihn anstarre. Aus der Nähe sieht er ziemlich müde aus. Tränensäcke hängen unter seinen Augen, und seine Schultern sind auf eine Weise angespannt, wie ich es noch nie gesehen habe.

»Wie hast du es geschafft, hier reinzukommen?«

»Ich habe die Schuldirektorin bequatscht.« Jackson schenkt mir ein kleines Lächeln. »Ich musste es irgendwie schaffen, dich zu Gesicht zu bekommen.«

»Du hättest anrufen können.«

»Wärst du drangegangen?«

Meine Lippen beben, und ich schüttle den Kopf. Ich verschränke die Arme und bereite mich auf das vor, was ich gleich sagen werde. »Warum hätte ich auch drangehen sollen? Schließlich hast du gesagt, ich sei nur eine Ablenkung.« Ich kann den Schmerz in meiner Stimme nicht verbergen.

»Ich weiß. Und es tut mir leid. Gott, Tenley, noch nie in meinem Leben hat mir etwas so leidgetan.« Jackson greift nach meinen Unterarmen, und seine Berührung lässt meine Haut in Flammen aufgehen. Es ist erst ein paar Wochen her, aber mein Gott, wie habe ich seine Berührung vermisst.

»Woher soll ich wissen, dass es dir wirklich leidtut? Du sagst, du willst ›wieder Händchen halten‹, aber ich glaube nicht, dass ich es jedes Jahr mit Football-Jackson aushalten kann, oder wenn das Drama namens Rachel beschließt, wieder gegen dich zu schießen. Ich kann diese Art von emotionalen Peitschenhieben nicht ertragen.«

»Das Team hat mich auf Injured Reserve gesetzt.« Jackson sagt das so sachlich, dass mir der Schock ins Gesicht geschrieben stehen muss.

Ich schnappe nach Luft. »Injured Reserve? War es so schlimm?« Jackson ist die einzige Person, auf die ich gleichzeitig wütend sein kann und der ich gleichzeitig Trost spenden möchte, wenn es ihr schlecht geht.

»Ich muss nicht operiert werden, aber der Coach will nicht riskieren, dass ich zurückkomme und irgendwelche bleibenden Schäden bei mir anrichte. Ich habe ein wirklich tiefgründiges Gespräch mit ihm geführt.«

»Und worum ging es dabei?«

Jackson nimmt meine Hände und zieht mich zu sich heran. Unsere Oberkörper berühren sich, und ich möchte mich einfach nur in seine Arme werfen, aber ich bin immer noch misstrauisch gegenüber dem, was er mir da gerade erzählt.

»Dass Football nicht alles sein kann. Dass er als Spieler nie einen Super Bowl gewonnen hat und ich etwas finden muss, das mir mehr bedeutet als der Sport.«

Ich atme scharf ein und ignoriere das Chaos um uns herum. »Und hast du etwas gefunden, das dir mehr bedeutet als der Sport?«

Er nickt. »Das habe ich. Und ich fürchte, ich war nicht gut zu ihr. Sie war die wichtigste Person in meinem Leben, und ich habe sie einfach beiseitegeschoben, als würde sie mir absolut gar nichts bedeuten. Ich habe es an ihr ausgelassen, als es mit meinem Spiel mal nicht so gut lief.«

Wütend wische ich mir eine Träne weg, die ich nicht mehr zurückhalten konnte. »Dabei wollte sie doch nur sicherstellen, dass es dir gut geht.«

Jackson streicht mir über die Wange und wischt mit

seinem Daumen eine weitere Träne weg. »Ich weiß nicht, wo ich heute ohne sie sein würde. Sie ist die einzige Person, die mir etwas bedeutet, und ich habe sie behandelt, als wäre sie mir völlig egal. Das werde ich für immer bereuen. Ich liebe sie so sehr, und alles, was ich will, ist bei ihr zu sein. Mit ihr in der Küche zu tanzen. Mit ihr Kürbisse zu schnitzen. Mit ihr dumme Dinge anzustellen.«

Ich kann das Lächeln, das sich auf meine Lippen schleicht, nicht mehr verhindern. »Vielleicht sogar ein paar Minuten im Himmel mit ihr zu verbringen?«

Jacksons strahlendes Lächeln gilt einzig und allein mir. »Es wird definitiv so einige Minuten im Himmel mit ihr geben. Solange sie sich dazu entschließt, mir ihr Herz wieder anzuvertrauen.«

Ich lege meine Arme um seinen Hals und ziehe ihn zu mir herunter. »Mein Herz hat schon immer nur dir gehört.«

»Na Gott sei Dank.« Jackson überwindet den restlichen noch vorhandenen Abstand zwischen uns, und sein Kuss heilt jedes gebrochene Stück meines Herzens. Es ist ein sanfter Kuss, aber ich spüre ihn überall. Er bringt jede Zelle meines Körpers, die sich in den letzten Wochen so schrecklich nach diesem Mann gesehnt hat, zum Leuchten.

Ich unterbreche den Kuss, bewege mich aber keinen Millimeter von ihm weg. »Ich habe dich vermisst.«

»Die letzten zwei Wochen waren die schlimmsten meines Lebens.«

Ich lege eine Hand auf seine Brust und spüre seinen gleichmäßigen Herzschlag. »Wie geht es deinem Bein? Ich wollte dich jeden Tag anrufen, um nach dir zu fragen …« Ich beende den Satz nicht. Wir wissen beide, was passiert ist.

»Es wird wieder verheilen. Aber als ich endlich den Arsch wieder hochbekommen habe, wurde mir klar, dass ich nie wieder vollständig sein würde, sollte ich dich verlieren.«

Mein Herz sprang bei diesen Worten beinahe aus meiner Brust. »Dann ist es ja gut, dass du wieder zur Vernunft gekommen bist.«

»Solange ich dich habe, Tenley, ist alles andere nur ein Bonus. Ich brauche nur dich.«

Ich hauche ihm einen zärtlichen, sanften Kuss auf die Lippen.

»Dann werde ich für immer dir gehören.«

Epilog

»Wir dürfen nicht zu spät kommen, Tenley. Bist du bald fertig?«

Als sie aus dem Badezimmer des Hotels kommt, sah sie selten schöner aus als in diesem Moment. Mit ihren kurzen gelockten Haaren und dem silbernen knielangen Paillettenkleid muss ich wirklich an mich halten, um sie nicht zurück ins Schlafzimmer zu zerren und ihr zu zeigen, wie sehr ich sie liebe.

»Ohne uns können sie nicht anfangen.« Schon den ganzen Tag über trägt sie ein Lächeln auf dem Gesicht. Von dem Moment an, als wir hier gelandet waren, bis jetzt.

»Nun glaube ich wirklich, dass wir zu spät kommen. Verdammt, Tenley. Du siehst einfach hinreißend aus.«

Sie dreht sich im Kreis, kommt zu mir herüber und streicht mit einer Hand über mein schwarzes Sakko. »Du siehst auch nicht schlecht aus, mein Hübscher.«

»Wie konnte ich nur so viel Glück haben, dich zu finden?« Ich lege meine Hände auf ihre Hüften, nur knapp über ihrem perfekten Hintern.

»Vielleicht sollten wir deinen Eltern danken, dass sie nebenan eingezogen sind.« Sie drückt mir einen unschuldigen Kuss auf die Lippen, bevor sie wieder einen Schritt zurückgeht. »Gott, sogar Rachel gebührt ein Dankeschön, weil sie diejenige ist, die damals diese Party veranstaltet hat.«

Ich lächle und nehme ihre Hand, während wir das Zimmer verlassen und uns mit dem Aufzug von der Suite im obersten Stockwerk auf den Weg nach unten machen. »Wer hätte gedacht, dass wir nach jenem Abend hier landen würden?«

Ich streiche ihr das Haar aus dem Nacken und drücke ihr dort einen Kuss auf die Haut. Als ich sie in meine Arme schließe, versinkt sie noch tiefer in meiner Umarmung.

»Ich kann immer noch nicht glauben, dass wir das tun.«

Ich blicke auf und begegne ihren Augen in dem verspiegelten Glas des Aufzugs. »Ich bin etwa dreizehn Jahre zu spät dran. Ich hoffe, du kannst mir verzeihen.«

Als das Bing des Aufzugs ertönt, dreht sich Tenley in meinen Armen um. »Damals wären wir noch gar nicht bereit gewesen. Und jetzt komm. Ich bin bereit, mit der Show loszulegen.«

Sie nimmt meine Hand und geht rückwärts in die überfüllte Hotellobby.

Es hat lange gedauert, bis ich diese Frau vor mir als solche gesehen habe. Und ich bin einfach nur dankbar, dass sie mich dann auch noch wollte. Denn was ich für Tenley empfinde, ist mit nichts auf der Welt zu vergleichen. Auf der Injured-Reserve-Liste zu stehen, hat mir viel Zeit zum Nachdenken gegeben. Ich bin dann zu Hause, wenn sie nach Hause kommt. Jeden Abend, wenn ich neben ihr einschlafe, und jeden Morgen, wenn ich neben ihr aufwache, muss ich mich kneifen. Ich kann mich mehr als glücklich schätzen, dass sie mich zurückgenommen hat. Diese letzten Monate waren wie ein Traum.

An manchen Tagen habe ich das Gefühl, mein Herz könnte zerspringen, so sehr liebe ich diese Frau.

»Mr. Fields. Ihre Limousine ist da.«

Der Hotelmitarbeiter zeigt auf das lange schwarze Auto, das unsere Ankunft erwartet.

»Da hat sich heute Abend aber jemand ganz schön ins Zeug gelegt.« Tenley wirft mir einen verspielten Blick zu, als sie ins Auto steigt.

»Was soll ich sagen?« Ich knöpfe mein Sakko auf und setze mich neben sie. »Du hast es verdient.«

Eine Flasche Champagner und zwei Sektgläser stehen für uns bereit. Tenley lässt den Korken knallen, woraufhin sich ein Teil des sprudelnden Getränks im hinteren Teil des Wagens verteilt. Ihr Lachen beruhigt meine Nerven ein wenig. Ich halte ihr die beiden Gläser hin und beobachte, wie sie in jedes davon etwas einschenkt.

»Auf was stoßen wir heute Abend an?« Sie legt ihre Beine über meine und macht es sich auf ihrem Sitz bequem, während wir den Las Vegas Strip entlangfahren.

»Auf dich, Tenley. Danke, dass du mich nie aufgibst. Danke, dass du immer für mich da bist. Dass du mich liebst. Ich will gar nicht daran denken, wie ein Leben ohne dich aussehen würde.«

Sie stößt mit mir an, bevor sie näher an mich heranrückt. »Und nach heute Abend wirst du darüber auch nie mehr nachdenken müssen.«

Tenleys Lächeln strahlt heller als die Lichter um uns herum, die uns den Weg zu der kleinen Kapelle weisen, in der wir von unseren Familien bereits erwartet werden.

Heute vor ein paar Wochen war ein ganz normaler Tag gewesen. Nachdem die Mountain Lions eine schwere Auswärtsniederlage erlitten hatten, hatte Tenley förmlich darauf gewartet, dass ich zusammenbreche. Ich konnte es in ihrem Gesicht sehen.

Aber ich war nicht zusammengebrochen. Im Gegenteil. Dass sie bei mir war, hatte es mir leichter gemacht. Und da konnte ich sehen, wie sich das letzte Stück ihres Vertrauens festigte. Sie konnte darauf vertrauen, dass ich sie nicht jedes Mal anschnauzen würde, wenn im Spiel mal etwas schiefging. Das war der Moment, in dem ich es wusste. Ich hatte keinerlei Zweifel mehr daran, dass ich sie zu meiner Frau machen wollte.

»HEIRATE MICH.«

»Was?«, fragt sie und sieht mich schockiert an.

»Ich liebe dich, Tenley. Und es gibt nichts auf der Welt, was ich mir mehr wünsche, als dich zu heiraten.«

»Wir sind doch erst seit ein paar Monaten zusammen«, versucht sie mich zur Vernunft zu bringen.

Ich ziehe sie auf meinen Schoß. »Und? Auch wenn ich nicht wusste, dass du es warst, habe ich die Person, die mir diesen Kuss gegeben hat, schon geliebt, seit ich ein schmächtiger Vierzehnjähriger war. Und es gibt nichts, was ich mir mehr wünsche, als dich zu heiraten.«

Ihr Lächeln wird breiter, als sie ihre Stirn gegen meine lehnt. »Ist das dein Ernst?«

»Selbst wenn ich nie wieder Football spielen kann, wird mein Leben trotzdem fantastisch werden, weil ich dich habe.«

»Hast du überhaupt einen Ring?«

Ich hebe Tenley hoch und trage sie ins Schlafzimmer. »Ob ich einen Ring habe?«, frage ich spöttisch mit einem Lachen auf den Lippen.

Nachdem ich sie auf unserem Bett abgesetzt habe, gehe ich in den begehbaren Kleiderschrank und hole eine kleine Samtschachtel. Als ich zurück ins Zimmer komme, sehe ich, wie sie ihre Hände vors Gesicht hält, und muss grinsen.

»Ich habe das schon seit dem Tag, an dem wir wieder zusammengekommen sind. Und wenn ich wüsste, dass ich wieder hochkomme, würde ich mich jetzt hinknien.«

Tenley zieht mich neben sich runter aufs Bett.

»Ich bin vielleicht für eine Zeit lang vom Weg abgekommen, aber mit dir an meiner Seite und deiner Führung werden wir als Paar immer besser werden. Ich liebe dich, Tenley, und nichts würde mich glücklicher machen, als dein Ehemann zu sein.«

Ich öffne die Schachtel und enthülle einen gelbgoldenen Ring mit einem schlichten runden Diamanten darauf. Nichts zu Protziges, genau wie sie.

»Willst du mich heiraten?«

»Aber natürlich!« Sie wirft sich in meine Arme und küsst mein Gesicht von oben bis unten ab. »Ja! Ja! Ja!«

Ich atme erleichtert aus; ich war wohl nervöser, als ich dachte. »Gott sei Dank.« Ich ziehe den Ring heraus und stecke ihn ihr an den Finger.

»Er ist wunderschön«, schwärmt sie, während sie mit ihren Fingern vor ihrem Gesicht herumwackelt. »Aber darf ich mir etwas wünschen?«

»Alles, was du möchtest.« Ich küsse ihren Hals und möchte diesen Moment mit ihr feiern.

»Lass uns nach Vegas fahren. Ich will nicht länger warten, um offiziell zu dir zu gehören. Wir können unsere Familien einfliegen lassen, aber lass es uns tun. Kein Warten mehr.«

Ich lächle und rolle mich auf sie. »Das ist die beste Idee überhaupt.«

»Wo bist du denn gerade mit deinen Gedanken?«

Tenleys Hand auf meiner Wange bringt mich zurück in die Gegenwart.

»Bei dem Moment, als ich dich gefragt habe, ob du mich heiraten willst.«

Sie kippt den Rest ihres Champagners hinunter und schenkt mir eines dieser Lächeln, das nur für mich bestimmt ist. »Die einfachste Frage, die mir je gestellt wurde.«

Ich bringe unsere Lippen zusammen und schmecke die Luftbläschen auf ihrem Mund. Sofort öffnet sie sich mir und liebkost meine Zunge mit ihrer. Jedes Mal, wenn ich mit dieser Frau zusammen bin, kann ich mich in ihr verlieren. In dem Gefühl ihres geschmeidigen Körpers auf meinem oder ihrer Hände, wenn sie mir durchs Haar fährt.

Ihr Stöhnen wird durch meinen Mund gedämpft, als ich mit meinen Fingern unter den Saum ihres Kleides fahre. Doch schon landen ihre Hände auf meinen und ich werde gestoppt.

»Fangen Sie nichts an, was Sie nicht zu Ende bringen können, Mr. Fields.«

»Ich habe die feste Absicht, alles zu Ende zu bringen, was ich heute Abend anfange, baldige Mrs. Fields.«

»Ich liebe einfach, wie sich das anhört.«

Da bemerken wir, wie sich die Trennwand öffnet. »Wir sind da.«

Die Limousine hält vor der kleinen Kapelle, die Tenley für uns ausgesucht hat und vor der bereits unsere Familien warten. Der Fahrer öffnet uns die Tür und wir steigen aus.

»Wurde auch Zeit, dass ihr endlich kommt«, begrüßt mich meine Mutter und schließt mich in die Arme.

»Glaub mir, ich habe darauf um einiges länger gewartet als du.« Mein Blick bleibt an Tenley hängen, die gerade ihre Eltern umarmt. Ihre Schwestern und Gabby stehen wartend daneben.

»Wir sind gleich so weit«, meint die Hochzeitsplanerin, die am Eingang der kleinen Kapelle steht. »Jackson, wenn Sie mir bitte folgen würden. Dann kann Tenley sich noch in Ruhe fertig machen.«

»Wir sehen uns dann drinnen.«

»Wir sehen uns dann drinnen«, erwidert sie.

Im Vorraum verabschieden wir uns, und als ich mich zurück auf den Weg zu einem der kleinen Räume mache, werde ich von laut dröhnenden Stimmen überrascht. Colin, Alex, Knox und Logan sitzen alle um einen Tisch in der Mitte des Raums herum.

»Was zum Teufel macht ihr denn hier?«

»Dachtest du etwa wirklich, du könntest ohne uns heiraten?« Colin ist der erste, der auf mich zukommt. »Sehr schick, Mann.«

»Die Season ist gerade erst zu Ende gegangen. Ich dachte, jeder bräuchte etwas Zeit zum Erholen.« Die Mountain Lions haben es nicht in die Play-offs geschafft. Es war eine harte Season gewesen, vor allem, weil ich ihnen nicht dabei helfen konnte, zu gewinnen. Aber alles geschieht aus einem bestimmten Grund. Ich wäre heute auf keinen Fall hier, wenn die Season für mich anders ausgesehen hätte.

»Und dafür das hier verpassen? Auf keinen Fall.« Alex reicht mir einen Drink. »Diese Kapelle hier ist der einzige Ort, wo wir heute Abend sein sollten.«

»Es ist noch nicht zu spät, einen Rückzieher zu machen.« Knox klopft mir auf die Schulter und kommt an meine Seite.

»Leck mich. Es gibt keinen Ort, an dem ich heute Abend lieber wäre«, erwidere ich und stoße seine Hand weg.

»Ich wollte ja nur sichergehen. Keine Ahnung, warum Tenley gerade einen so mürrischen Drecksack wie dich haben will, aber ihr zwei scheint glücklich miteinander zu sein.«

Ich kann nicht verhindern, dass sich ein Lächeln auf meinem Gesicht ausbreitet. Der einzige Ort, an dem ich heute Abend sein wollen würde, ist hier. In dieser kleinen Kapelle am Ende des Las Vegas Strip, wo ich darauf warte, Tenley zu heiraten.

»Es ist mir ein Rätsel, warum du dich an eine einzige Frau binden willst. Du könntest jede haben, die du möchtest«, sinniert Colin. »Ich könnte heute Abend jede Frau auf dem Strip bekommen, ohne mich großartig anzustrengen.«

»Irgendwann wirst auch du es verstehen, Colin«, meint Logan und schüttelt den Kopf über ihn.

»Warum habe ich mich noch mal so darüber gefreut, euch hier zu sehen?«, frage ich lachend.

»Okay, okay. Hört endlich auf, Jackson so zu verarschen«, sagt Alex und schart die Jungs um sich herum. »Wenn ich darf, würde ich gerne einen Toast aussprechen.«

Alle verstummen, stellen sich im Kreis um mich herum und erheben ihre Gläser.

»Auf Jackson. Ich weiß, dass es eine harte Season für dich war, aber ich glaube, du warst von uns allen am Ende am erfolgreichsten. Ich bin mir sicher, dass du und Tenley euch aufgrund dessen, was ihr durchgemacht habt, lieben und schätzen werdet, und dass ihr alle Probleme, die auf euch zukommen, umtackeln könnt.«

Knox schnaubt. »Umtackeln. Sehr schön.«

»Werd endlich erwachsen, Mann«, rügt ihn Logan.

Meine Augen begegnen denen von Alex und wir müssen lachen. Ich hätte nichts anderes erwarten sollen.

Genau deshalb liebe ich diese Jungs und freue mich, dass sie hier sind. »Okay, okay. Auf Jackson.«

»Auf Jackson.« Wir stoßen mit unseren Gläsern an, als gerade die Hochzeitsplanerin ihren Kopf in den mit Samt ausgekleideten Raum steckt.

»Wir wären dann so weit.«

Ich atme tief durch, und meine Nervosität macht schlagartig auf sich aufmerksam.

»Wir sehen uns dann da draußen. Herzlichen Glückwunsch, Mann.« Alle klopfen mir auf den Rücken, bevor ich der Planerin nach draußen folge, um meinen Platz einzunehmen und auf meine zukünftige Ehefrau zu warten.

Meine Tenley.

Für immer.

TENLEY

»BIST DU BEREIT?«, fragt Gabby.

Während ich mit meinem Vater im hinteren Teil der kleinen Kapelle stehe, schwirren die Schmetterlinge nur so in meinem Bauch. »Ja.«

»Dann lasst uns loslegen.«

Die Musik setzt ein und meine beiden Schwestern und Gabby machen sich auf den Weg, den kurzen Gang entlangzuschreiten. Mein Vater streckt mir seinen Ellbogen hin und ich hänge mich bei ihm ein.

»Du siehst wunderschön aus, Tenley. Ich bin so stolz auf dich, und ich weiß, dass Jackson der Richtige für dich ist.«

Tränen steigen mir in die Augen. »Ich habe das

Gefühl, dass ich die ganze Zeit nur am Flennen sein werde.«

»Das zeigt nur, dass du weißt, dass du das Richtige tust.« Er drückt mir einen Kuss auf die Wange, als plötzlich die Musik wechselt und ich mich nun selbst auf den Weg den kleinen Gang entlang mache.

Am anderen Ende wartet Jackson auf mich. Und obwohl ich ihn erst vor wenigen Augenblicken das letzte Mal gesehen habe, ist mein Herz zum Bersten gefüllt mit Liebe.

Ich bin schon fast mein halbes Leben lang in diesen Mann verliebt. Er hat mir meinen ersten Kuss gegeben. Er war in jedem bedeutsamen Moment für mich da gewesen. Und als er mich am meisten brauchte, war ich an seiner Seite.

Die ganze Zeit über ist unsere Liebe füreinander stetig gewachsen. Sie hat sich verändert und ist zu dem geworden, was sie jetzt ist. Etwas so Tiefes, etwas so Allumfassendes, dass ich nicht weiß, ob ich überhaupt einen einzigen Tag ohne ihn überleben würde. Denn dieser Mann bedeutet mir alles.

Als ich endlich am Ende des Gangs bei ihm ankomme, laufen mir bereits die Tränen übers Gesicht. »Gebt gut aufeinander acht«, flüstert mein Vater uns zu, während Jackson meine Hand nimmt und mich an seine Seite zieht.

Die Frau vor uns beginnt mit der Hochzeitspredigt, und Jackson wendet seinen Blick keine Sekunde von mir ab. Früher dachte ich immer, dass ich mal eine große Zeremonie mit allen, die ich kenne, haben wollen würde. Doch es hat sich herausgestellt, dass ich nur meine Familie und Jackson brauche. Denn sie sind alles, was für mich zählt.

»Soweit ich weiß, hat jeder von euch sein Gelübde selbst geschrieben?«

Jackson nickt, und die Dame deutet an, dass er anfangen soll.

»Tenley, ich dachte, ich wüsste ganz genau, wie mein Leben verlaufen würde. Ich würde Football spielen und nebenbei irgendwann heiraten. Nun, es hat sich herausgestellt, dass ich absolut keine Ahnung hatte. Denn seit ich dich getroffen habe, habe ich auf unseren Moment gewartet. Du bist die Richtige für mich. Solange du in meinem Leben bist, habe ich alles, was ich brauche. Ich liebe dich mehr als alles andere in diesem Leben, und ich werde dir jeden Tag aufs Neue zeigen, wie viel du mir bedeutest.«

Ich schniefe bei seinen Worten und lasse mich von seiner Liebe durchströmen. »Jackson, ich bin schon in dich verliebt, seit du nebenan eingezogen bist. Und auch, wenn wir kein Paar waren, habe ich dich aus der Ferne geliebt. Und als ich dir endlich zeigen konnte, wie sehr ich dich liebe, wusste ich nicht, dass jemand so lieben kann. Du machst es mir einfach, dich zu lieben. Es wird auch schwierige Zeiten geben, aber ich weiß, dass wir es schaffen werden, solange wir nur zusammenhalten. Denn alles, was ich brauche, bist du. Ich liebe dich.«

Als Antwort formt auch er ein ›Ich liebe dich‹ mit den Lippen.

Nun entwischt auch ihm eine Träne, und ich hebe die Hand, um sie fortzuwischen. Die Zeremonie geht weiter, bis wir schließlich aufgefordert werden, uns zu küssen, was unter großem Jubel und Klatschen der Anwesenden geschieht.

Es ist der beste Kuss meines Lebens. Er besiegelt unsere Liebe, unser Versprechen für die Zukunft und alles, was wir füreinander bedeuten. Als Jackson sich schließlich zurückzieht und mich anlächelt, falle ich ihm in die Arme.

»Auf Mr. und Mrs. Fields.«

»Ich liebe dich, Mrs. Fields«, flüstert Jackson mir zu.

»Und ich liebe dich, Mr. Fields.«

Jackson gibt mir noch einen innigen Kuss, bevor wir gemeinsam den Gang entlang hinausschreiten.

Und endlich nach vierzehn Jahren unser Happy End bekommen.

ENDE

Bonus Epilog

JACKSON

»Fields, machst du heute Abend mit uns einen drauf?«, meldet sich Knox am Spind neben mir zu Wort. Heute war unser erster Tag mit organisierten Teamaktivitäten, OTA's, gewesen, und so gerne ich auch mit den Jungs abhängen würde, werde ich heute bereits von jemand anderem erwartet.

»Tut mir leid, Mann. Heute ist Tenleys erster Sommerferientag und das wollen wir feiern.«

»Ich wünschte, wir hätten auch Sommerferien«, beklagt sich Colin.

»Alter! Wir haben förmlich von Februar bis Juni Sommerferien«, meint Alex und verpasst ihm einen Schlag auf die Brust.

»Ja, aber die Sommerferien waren immer das Beste. Keine Schule. Schwimmen gehen. Manchmal wünsche ich mir das echt zurück.«

»Und in diesem Sinne«, sage ich, während ich mir mein T-Shirt drüberziehe, »fahre ich jetzt nach Hause zu meiner Frau.«

»Es ist echt ekelhaft, wie verliebt du bist«, meint Knox.

Ich schenke ihm ein zuckersüßes Lächeln. »Oh ja, das bin ich wohl.«

Dann schnappe ich mir meine Tasche, werfe sie über die Schulter und verlasse das Trainingsgelände. Auch wenn ich in den letzten Wochen förmlich an Tenley geklebt habe, habe ich sie in den letzten Stunden schrecklich vermisst.

Jetzt, wo sie endlich Freizeit hat, muss ich wieder trainieren.

Aber es fühlt sich gut an. Mein Knie war wieder stark. Da ich auf Injured Reserve gesetzt wurde, waren die Trainer sehr vorsichtig mit mir umgegangen, und ich habe mich nie besser gefühlt.

Zum Glück dauert die Fahrt durch die Stadt nicht lange, da der Nachmittagsverkehr noch nicht eingesetzt hat, und eine Aufzugfahrt später stecke ich auch schon meinen Schlüssel ins Schloss.

»Du bist zu früh zu Hause!«, höre ich Tenley von innen rufen.

»Ich habe dir doch gesagt, dass ich um drei zu Hause bin.«

Tenley schiebt sich vor mich und hält mir mit ihren zierlichen Händen die Augen zu. »Es ist erst zwei. Das ist zu früh.«

»Und warum darf ich noch nicht zu Hause sein?«

»Weil ich mit deiner Überraschung noch nicht fertig bin.« Das ›du Dummkopf‹ spricht sie zwar nicht aus, ist ihrem Tonfall aber deutlich anzuhören.

»Und was soll ich jetzt machen, bis du fertig bist?« Ich lege meine um einiges größeren Hände auf ihre und nehme sie von meinem Gesicht. Dabei halte ich meine Augen jedoch fest geschlossen, da ich mir auf keinen Fall den Zorn dieser Frau zuziehen will.

»Geh ins Schlafzimmer.«

»Diese Idee gefällt mir.« Ich wackle mit den Augenbrauen, auch wenn ich nicht genau weiß, ob Tenley es sieht.

»Wir werden nicht das tun, was du denkst, Jackson. Und jetzt folge mir.«

Tenley zieht mich in ihre Richtung. Ich würde dieser Frau überallhin folgen.

Meine Knie stoßen an die Bettkante, als Tenley mir schließlich erlaubt, die Augen zu öffnen.

»Hallo, mein Hübscher«, begrüßt sie mich und legt ihre Hände auf meine Schultern.

»Mmm, hallo du.« Ich lasse meine Hände an den Rückseiten ihrer Beine hochgleiten und ziehe sie an mich heran. Ihr lieblicher Duft überwältigt mich immer wieder. Gott, wie ich diese Frau liebe.

»Würdest du mir noch ein paar Minuten geben, damit ich deine Überraschung vorbereiten kann?« Sie lehnt ihre Stirn gegen meine, und ihr warmer Atem streift meine Lippen.

»Ich brauche aber noch einen Kuss, bevor du gehst«, flüstere ich. »Der letzte ist schon viel zu lange her.«

»Wir haben uns doch erst heute früh gesehen«, meint Tenley, bevor sie meine Lippen mit Küssen überhäuft.

Dann will sie sich umdrehen, doch ich lasse sie nicht weit kommen, sondern ziehe sie zu mir zurück und beiße in ihre volle Unterlippe. Am liebsten würde ich sie jetzt direkt aufs Bett werfen, mich über sie hermachen, ihren Körper um mich herum spüren und mich in ihr verlieren.

Doch Tenley hat andere Pläne. »Nein, nein, nein. Du darfst dich nicht ablenken lassen, bevor ich dir deine Überraschung gegeben habe. Ich bin gleich wieder da.«

Mit diesen Worten schubst sie mich zurück aufs Bett und stürmt aus dem Zimmer. Ich sehe ihr wehmütig nach, während das Verlangen durch meinen Körper pulsiert.

Aber wann tut es das schon mal nicht? Mein Verlangen nach dieser Frau ist einfach unstillbar. Ich weiß nicht, wie ich vorher ohne sie leben konnte und kann mir nicht mehr vorstellen, wie es ohne sie wäre.

Da kommt mein Sonnenschein mit einem breiten Lächeln zurück ins Zimmer und drückt mir eine Schachtel in die Hand. »Es ist nicht viel und die Post war heute ziemlich spät dran, aber ich glaube, es wird dir gefallen.«

Sie setzt sich im Schneidersitz neben mich aufs Bett und verschränkt die Hände, während ich an der Schleife ziehe, die das Päckchen zusammenhält, und ein kleines Trikot herausziehe.

Ein Trikot in Form eines Stramplers, um genau zu sein. Mit meiner Nummer und *Daddy* als Aufdruck auf der Rückseite.

»Tenley …« Mir fehlen die Worte. Als ich mich zu ihr umdrehe, sehe ich Tränen in ihren Augen. »Bedeutet das, was ich denke, dass es bedeutet?«

»Ja.«

»Wir bekommen ein Baby?«

»Wir bekommen ein Baby!«, ruft Tenley und schubst mich zurück aufs Bett. »Ich bin schwanger!«

»Heilige Scheiße!« Ich streiche Tenley die Haare aus dem Gesicht und habe keine Ahnung, wie mir das vorher nicht aufgefallen sein konnte. Alles an ihr strahlt. »Seit wann weißt du es? Ich dachte, der Test war negativ.«

Kurz nach unserer Hochzeit hatten wir beschlossen, dass wir mit der Familiengründung nicht länger warten wollten. Wir hatten vierzehn Jahre darauf gewartet, endlich zusammen zu sein. Außerdem werden wir auch nicht jünger und hätten lieber gestern als heute Kinder.

»Das habe ich auch gedacht. Aber letzte Woche habe ich mich während der Arbeit auf einmal nicht gut gefühlt und wusste sofort, dass da irgendetwas nicht stimmt.«

Ich drehe uns herum und platziere Tenley in der Mitte des Betts. Dann lasse ich meine Hand unter ihr Shirt gleiten und lasse sie auf ihrem Bauch liegen. Sie sieht noch genauso aus wie immer, aber verdammt noch mal, wir bekommen ein Baby.

»Warum hast du mir nicht gesagt, dass du dich nicht gut fühlst?«

Sie legt ihre Hand auf meine. »Weil ich dir keine zu großen Hoffnungen machen wollte.«

Meine Sicht verschwimmt langsam, als ich mein Gesicht an Tenleys Hals lege. »Heilige Scheiße, Tenley.«

Ich kann nicht aufhören, diese Worte zu sagen.

Tenley und ich werden Eltern.

»Du wirst die beste Mutter sein, die es auf dieser Welt gibt.« Ich verteile Küsse auf ihrem Hals und ihrem Unterkiefer, während ich mich zu ihren Lippen vorarbeite.

Sie lacht in meinen Mund hinein und unsere Zungen treffen sich.

»Du weißt schon, dass du dich jetzt mit den Schimpfwörtern ein wenig zurückhalten musst, oder?«

Ich sehe sie fest an. »Da wirst du mir wohl ein paar deiner Tricks beibringen müssen.«

»Was für eine schwierige Aufgabe.« Sie zieht mich für einen weiteren Kuss zu sich herunter.

»Ich bin schon gespannt, wie unsere Kinder wohl aussehen werden«, meint Tenley, streicht mit einer Hand meinen Arm hinab und verschränkt unsere Finger miteinander.

»Gott, ich hätte so gerne jemanden, mit dem ich Football spielen kann. Und dem wir jeden Abend etwas vorlesen können.«

Ich blicke erneut auf das Trikot.

»Ich kann nicht glauben, dass wir ein Baby bekommen,

Tenley. Niemals hätte ich erwartet, dass das Leben so schön werden könnte.«

»Dann sollten Sie lieber mal damit anfangen, es zu glauben, Mr. Fields, denn es wird noch besser werden.«

»Ich kann es kaum erwarten, Mrs. Fields. Ich kann es verdammt noch mal kaum erwarten.«

Möchtest du die neuesten Informationen zu meinen kommenden Veröffentlichungen? Melde dich jetzt für meinen Newsletter an.

Über den Autor

Nachdem sie in der zweiten Klasse einen Preis für junge Autoren gewonnen hatte, war Emily Silver dazu bestimmt, Schriftstellerin zu werden. Sie liebt es, inklusive Geschichten zu schreiben, mit starken Heldinnen und charmanten Helden, die dein Herz erobern werden.

Als Liebhaberin alles Romantischen begann Emily damit, Bücher in ihren Lieblingsorten auf der ganzen Welt anzusiedeln. Als leidenschaftliche Reisende hat sie alle sieben Kontinente besucht und ist um die Welt gesegelt.

Wenn sie nicht schreibt, findet man Emily oft dabei, Cocktails auf ihrer Veranda zu genießen, so viel Romantik wie möglich zu lesen und ihr nächstes großes Abenteuer zu planen!

Finde sie in den sozialen Medien, um auf dem Laufenden über all ihre Abenteuer und kommenden Veröffentlichungen zu bleiben!

Off the Deep End

The Ainsworth Royals

Royal Reckoning

Reckless Royal

Royal Relations

Royal Roots

Royal Ties

The Love Abroad Series

An Icy Infatuation

A French Fling

A Sydney Surprise

www.ingramcontent.com/pod-product-compliance
Lightning Source LLC
Chambersburg PA
CBHW021305190726
48288CB00003B/704